LA
MIE
DE
PAIN

Bluff

DU MÊME AUTEUR

Nullarbor, *Hoëbeke, 2007 ; Folio, 2009*
Mal tiempo, *Fayard, 2009 ; 10-18, 2011*
Manuel El Negro, *Fayard, 2013 ; 10-18, 2015*

David Fauquemberg

Bluff

roman

Stock

Couverture Atelier Didier Thimonier
Photo : © Bruce Connew, with the permission of
Taukihepa beneficial owner, Dean Tiemi Te Au

ISBN : 978-2-234-07982-3

À K.

C'est tout ce qu'un homme peut faire – trouver une chose qui soit à lui. Se fabriquer une île.

Terrence Malick, *La Ligne rouge*

Bluff

Silence quand il entra, pas un regard sur lui – il aurait pu être un fantôme. Il avait hésité longtemps, penché sur la vitrine à épier Dieu sait quoi, son souffle avait découpé un halo dans le givre. Dehors il pleuvait froid, c'était la tempête. Dockers et pêcheurs désœuvrés : si cette assemblée d'hommes ne vous dissuadait pas, c'est que vous cherchiez les histoires. On ne poussait jamais par hasard la porte de l'Anchorage Café, surtout en plein hiver austral, quand les rafales soufflées de l'Antarctique tourmentaient sans répit le sud de la Nouvelle-Zélande. Elles couchaient les panneaux et faisaient crépiter tous les drapeaux du port, elles projetaient des embruns glacés à vous tatouer la peau. On apercevait d'ici la fumée blanche des déferlantes qui saccageaient depuis deux jours les eaux pourtant abritées de Bluff Harbour. Au large, c'était l'enfer.

L'étranger referma la porte, il fit glisser son sac à dos d'un coup d'épaule. Pas grand-chose dedans. Son visage pâle et creux, ses longs cheveux étaient en désordre, le gel avait noirci ses lèvres, ses mains étaient ankylosées. Il ne sentait plus rien. Seul un homme au comptoir lui rendit son salut. Bonnet tiré au bas du front, pull de marin à grosses mailles, il portait une moustache épaisse, aussi blanche que ses cheveux. Des cernes profonds dévoraient ses pommettes, deux sous chaque œil. Aux trois quarts tourné vers la porte, il fixait l'étranger avec le port hautain, un rien moqueur, des vieux Maoris. Il n'était pas très grand ni très costaud, et le colosse polynésien qui buvait avec lui, deux mètres et cent trente kilos engoncés sous plusieurs couches d'habits, l'écrasait de toute sa masse. Une impression de force se dégageait pourtant de lui, un charisme évident. Il fit un geste, Viens. Il se serra contre le géant pour ménager une place à ses côtés.

L'étranger approcha d'un pas incertain, il posa le sac entre ses jambes au pied du comptoir. Le vieux remarqua le tissu déchiré, la boue séchée sur les chaussures de cuir. L'étranger surprit son regard. Il cala sa main sur le comptoir, embarrassé. C'est qu'il avait marché longtemps. « D'où tu viens ?... » Il était français. Le vieux partit d'un rire voilé d'ancien fumeur. « Ça, j'avais entendu !... J'ai un peu voyagé... » Il fit signe au serveur d'ajouter une bière. « Mais là t'arrives pas de Paris, aye... » Le Français passa la main sur son menton. Parti de Wellington, là-haut, sur l'île du Nord, il avait traversé le détroit de Cook en ferry jusqu'à Nelson. De là, il était descendu à pied à travers l'île du Sud. Le géant silencieux se pencha sur lui, yeux écarquillés. Nelson, c'était à l'autre bout. Mille kilomètres à vol d'oiseau, entre les deux rien que des lacs et des montagnes, des plateaux d'altitude où l'on pouvait errer des jours sans rencontrer personne. C'était l'hiver depuis trois mois, il gelait à fendre les pierres et sur les hauteurs le blizzard tombait sans prévenir, décimant les troupeaux.

Le vieux but une gorgée de bière. « Nelson, aye ?... Sacrée marche... » Le Français avait pris son temps, dix mois au hasard des chemins. « En tout cas t'iras pas plus loin !... Bluff, c'est le bout de la route. Nous autres Maoris, on dit Murihiku – la queue du monde... » Une voix lourde d'alcool s'esclaffa dans son dos. « La queue, ou autre chose !... » Le vieux ignora la remarque, il reposa son verre. « T'as vu le pays, alors... » Le Français avait parcouru la côte ouest de l'île : Okarito, Hokitika... Le vieux savourait chaque nom comme s'il désignait un parent. « La terre où est née Pounamu, notre jade... » Le Français avait ensuite quitté la côte, traversé les Alpes néo-zélandaises au pied du mont Cook. « Aoraki et ses trois frères, la pirogue échouée !... » Il était remonté au nord jusqu'au Mackenzie Country, un fermier l'avait embauché sur les rives du lac Ohau. Il venait de passer un mois dans les solitudes immenses du Central Otago. Le Français contemplait le vide. De sa vie, il n'avait rien vu d'aussi fort. Les forêts, les rivières, la sauvagerie des montagnes – ça n'existait qu'ici. Le pays était puissant, voilà ce qu'il avait ressenti.

Le vieux s'inclina devant lui, touché du compliment. Il tendit une main calleuse, noircie par le grand air. « Sonny Rongo Walker, homme de mer. Rongo, c'est comme ça qu'on m'appelle... » Il désigna le colosse par-dessus son épaule. « Lui c'est Tamatoa, mon second – je l'ai ramené de Tahiti, alors il parle un peu français... Enfin, quand il cause !... » Il flanqua une claque sonore dans le dos du géant, qui parut ne pas la sentir. « T'as brûlé tes économies ?... » Le Français haussa les épaules. Billet d'avion payé, il ne lui était plus rien resté. Il avait travaillé à droite et à gauche : tirer des clôtures, arracher souches et broussailles de terres nouvellement défrichées. Rongo Walker hocha la tête, regard mauvais. « L'histoire de ce pays, aye, depuis les Pakehas : clôturer jusqu'au ciel, abattre nos grands arbres... » Les Pakehas, c'étaient les Blancs, débarqués du vieux continent un demi-millénaire après les premiers navigateurs polynésiens venus sur leurs pirogues doubles de Raiatea la mythique, des îles Cook ou des Australes – ils étaient les ancêtres du peuple maori. Pakeha : le Français n'avait cessé d'entendre ce mot, comme un reproche, au cours de son voyage. Rongo Walker chassa aussitôt la rancœur d'une moue résignée. « T'as des papiers, Frenchie ?... » Le Français ne répondit rien. « Juste pour savoir, aye !... La loi, par ici... »

Le vieux se tut, il pesait pour et contre. Septembre débutait dans quelques jours, la pleine saison des langoustes, où les prix crevaient le plafond sur les marchés asiatiques avant que les pêcheries australiennes n'entrent finalement dans le jeu, puis celles du Mexique. La réussite d'une année se décidait en trois, quatre semaines. Le boulot serait rude, une paire de bras en plus n'était jamais de trop. « T'as pas d'ennuis, au moins ?... » La question était superflue, le skipper en avait conscience – débarquer à Bluff par ce temps, à pied, avec un sac vide... Le Français roula ses épaules, les yeux au fond du verre. Ses articulations craquèrent dans le silence. Quand il se tourna vers le vieux, on lisait sur ses traits une inquiétude ancienne, un semblant de colère aussi. Rongo Walker força un rire. « Hey Frenchie !... T'as tué personne, aye ?... » Le Français desserra les dents. Pas ce genre d'ennuis, non.

Rongo Walker jaugeait discrètement l'étranger, ses avant-bras noueux, la corne aux jointures de ses mains. Un bon mètre quatre-vingt-cinq, bâti en force. Mais plus si jeune en vérité, la quarantaine peut-être. Sa barbe était piquée de blanc, des faisceaux de rides rayonnaient autour de ses yeux, à la commissure des lèvres. On n'aurait pas cru, à le voir, qu'il avait pu sourire autant.

« Si tu cherches un embarquement, ça pourrait m'arranger… Faudra un bout d'essai – la pêche, ici, c'est pas pour tout le monde… » Le Français tendit ses mains dans la lumière. Il avait fait une campagne au thon autrefois, en Australie – vingt ans après, les balafres des hameçons, les entailles creusées par le nylon des lignes étaient encore marquées. « Nous c'est la langouste, au casier… » Le Français hocha la tête. Quand partait-on ? Rongo Walker laissa échapper un soupir amusé. « Quand la baston se calmera !… Un coup de Southerly, ça peut traîner dix jours… » Il se courba pour attraper le *Southland Times*, il planta son doigt sur la carte météo en dernière page. Une flèche rouge fendait du sud au nord le détroit de Foveaux, au large de Bluff. Le Français consulta la légende : soixante nœuds et plus, cent vingt kilomètres-heure de vent. Juste en dessous, une vague stylisée marquée du chiffre sept – la hauteur, en mètres. « Et ça, c'est la houle établie… En mer tu te prends des immeubles, des murs de quinze mètres parfois… »

La porte s'ouvrit en grinçant. Un courant d'air glacial, chargé de grésil, précéda le nouveau venu. C'était un Pakeha en tenue de gros temps. Son ciré jaune dégoulinait. Repoussant la capuche, il frappa ses bottes sur le paillasson. Une croûte de sel épaisse blanchissait son visage, on aurait dit un revenant. Rongo Walker secoua la tête, atterré. « Hey Dangerous Dave !… On dirait que t'as vu le diable... » Le pêcheur ne répondit rien, il alla se planter à l'autre bout du comptoir, commanda un double whisky. « Dave a coulé trois bateaux, chaque fois il s'en est tiré... » Rongo Walker parlait bas, sans presque articuler. « L'hiver dernier, quand l'hélico de Te Anau les a récupérés au large du Fiordland, lui et son équipier avaient de l'eau jusqu'à la taille... » Dans les yeux du skipper, on ne lisait aucune peur, de l'incompréhension plutôt : comment pouvait-on se fourrer dans un pétrin pareil ? « Il croit qu'il a neuf vies, il joue avec sa chance... » Dangerous Dave avait vidé son verre, il tapa du poing sur le bar pour être resservi. Un cercle s'était formé autour de lui. « On est allés traîner autour du Roc, c'était pas beau à regarder... BLOODY HELL !... » Des huées, des sifflements saluèrent l'audacieux. The Rock, surnom que les pêcheurs de Bluff donnaient à Solander Island, c'était un caillou isolé en pleine mer à l'extrémité ouest du détroit de Foveaux. Il fallait cinq heures pour s'y rendre, sept sur une mer pareille. Le dernier endroit où mettre un caseyeur quand la tempête soufflait du sud. L'île n'offrait aucun abri, on y était à la merci du vent, des vagues scélérates. Rongo Walker désapprouvait, il ne s'en cachait pas. « Takaroa, le dieu de l'océan, chacun sait qu'il a deux visages... Vaut mieux pas le chercher quand il est en colère... » Le vieux jeta un coup d'œil à sa montre. « Six heures déjà... » Il donna une tape amicale sur l'épaule du Français. « Tamatoa te déposera à l'Eagle Hotel. Ils ont un dortoir là-bas, si tu crains pas le bruit... » Rongo Walker régla l'addition, il décrocha son lourd caban de laine d'une patère au coin du bar. « Dis-leur que tu viens de ma part, ils t'ouvriront un compte... Tu paieras au retour de pêche. » Il boutonna son caban jusqu'au cou, salua l'assistance. Son pick-up était garé juste devant, sur le trottoir.

Le Français se retrouva seul avec Tamatoa, qui sirotait sa pinte en silence, on aurait dit un dé à coudre dans son poing. Sous son bonnet il était chauve, il portait en guise d'anneaux deux manilles d'acier vissées dans ses oreilles. Sa bière vide, il la repoussa. Il désigna la porte d'un haussement de sourcils – cette manière de guerrier, de chasseur à l'affût qu'ont les Polynésiens. Une rafale assassine les cueillit dehors, Tamatoa courba le dos, sa main lourde broya l'épaule du Français. Son regard désignait une voiture de sport garée un peu plus loin, modèle ancien, customisé. Une entrée d'air dépassait du capot, un fin liseré jaune barrait les flancs vert sombre de la carrosserie, on y lisait en lettres grises : 351 – GT. Tamatoa remonta le trottoir en grondant sous l'averse, les traits en souffrance. Il se contorsionna pour s'asseoir au volant, ouvrit la portière passager. Quand le Français s'assit à côté de lui, il contemplait la neige crasseuse qui salissait son pare-brise, grelottant sur le siège en skaï. « On dit c'est la Polynésie, ça ?... Quel échec !... » Le Français fut surpris d'entendre sa voix, si douce et haut perchée. Tamatoa poussa à fond la manette du chauffage, il tourna la clé de contact. Le Français tressaillit au fracas de l'engin, et Tamatoa s'étrangla de plaisir. « C'est la Fairmont GT, ça !... T'as un V8 là-dedans, Cleveland 351... Six litres oh !... » Calant ses mains sur le bois verni du volant, il laissa tourner le moteur au ralenti, dans un rugissement rauque, saccadé, qui faisait trembler le châssis – le souffle d'un fauve en colère. Quand Tamatoa embraya, le V8 s'apaisa d'un coup, heureux de dévorer la route, ronronnement grave ponctué de bonds outrés dans les aigus aux changements de rapports. Trois cents mètres plus loin, il écrasa le frein devant un rectangle de briques aux fenêtres démesurées. Une enseigne grandiloquente couronnait la façade – les mots EAGLE HOTEL encadrant le dessin d'un aigle américain. Tamatoa se tourna vers le Français, sans détacher les mains de son volant. Il haussa les sourcils, Descends. La portière à peine refermée, les deux pots d'échappement de la Fairmont crachèrent le feu, leurs détonations couvrirent un instant les hurlements de la tempête.

Le Français se figea au moment de pousser la porte. Des éclats de voix, des rires lui parvenaient de l'intérieur. Vendredi soir, la fête commençait de bonne heure au pub du rez-de-chaussée.

La patronne le conduisit à l'étage, il restait une place libre au bas d'un lit superposé. La femme lui tendit une serviette et des draps, elle l'abandonna seul au fond du dortoir. Le Français défit son blouson avant de s'asseoir sur le lit, il devait se plier en deux pour ne pas se cogner la tête. Son casier n'avait pas de cadenas. Qu'avait-il à cacher ? Ses biens se résumaient à trois livres, un réveil, quelques vêtements de rechange. Il glissa son sac dans le casier sans même le vider. Il fit le lit, passa la taie sur l'oreiller puis il s'allongea sur le dos, mains derrière la nuque. Il se sentait lourd tout à coup. Le plus dur, ce n'est pas marcher. C'est quand on s'arrête – la fatigue vous cueille. Le dortoir se trouvait à l'aplomb du pub, il aurait pu tout aussi bien dormir au milieu des fêtards. Tout ce bruit l'arrangeait, au fond, pas moyen de penser.

Fermant les yeux, il sombra dans un sommeil sans rêves. Ses voisins de dortoir le réveillèrent en sursaut au milieu de la nuit. Le pub venait de fermer, ils débarquèrent en titubant, vociférèrent un long moment, lumières allumées, dans une langue étrange à la fois grave et mélodieuse, tout en voyelles. S'ils avaient remarqué la présence de l'intrus, ils ne le montraient pas. C'étaient des Samoans venus pour le travail, vingt ans à tout casser, l'aventure les avait menés jusqu'aux confins glaciaux du triangle polynésien, par quarante-six degrés de latitude sud – le bois flotté du Pacifique échoué sur des rives lointaines. Le plus costaud d'entre eux, taillé comme un buffet, se hissa au-dessus du Français. Les barreaux de l'échelle, les lattes du sommier miaulèrent sous son poids. L'instant d'après, ses ronflements faisaient trembler les murs.

La tempête souffla deux jours encore. Le bulletin météo que la radio de Bluff émettait au lever sonnait pour les pêcheurs comme une condamnation : « *High winds in Foveaux Strait, 50 to 60 knots out of the South-Southwest with very heavy swells at 7-8 metres...* » Les grues d'Island Harbour, le port artificiel où accostaient les rares cargos, les porte-conteneurs qui faisaient encore escale dans ce bout du monde, si loin des routes maritimes, tournaient au ralenti. Là-bas, de l'autre côté de la baie, au bout de l'interminable jetée de la fonderie de Tiwai Point, le *Johanna Schepers* attendait l'embellie pour rallier Rotterdam, via l'Australie et le cap de Bonne-Espérance, les soutes remplies d'écume d'aluminium. Bluff faisait le dos rond sous les assauts du vent, pas moyen de lui échapper, ses rafales polaires, charriant une pluie d'embruns, châtiaient les inconscients qui osaient sortir dans la rue et, s'engouffrant à travers le bois disjoint de maisons coloniales standard, inadaptées à ces extrêmes, elles poursuivaient les hommes jusque dans leur lit. Partout il faisait froid.

Le Français dormit jusqu'au soir. Il se réveilla dans l'obscurité au plus fort d'un cauchemar, il lui fallut de longues secondes pour saisir où il se trouvait. Pas un bruit dans le dortoir, il était seul. Il chercha à tâtons un interrupteur, n'en trouvant pas il se leva. Où était la sortie ? Il mourait de soif, tous ses os le faisaient souffrir. Voilà qu'il était vieux. Où avait-il cru disparaître ? Le temps l'avait rattrapé. Il fit un pas vers la porte, ses jambes le portaient à peine. Son corps ne voulait rien savoir, il lui faisait payer sa négligence des mois passés. C'était de bonne guerre. Ils s'entendaient pourtant si bien sur les chemins. Dans son sac il trouva la gourde, il la secoua – presque vide. Il se rassit sur son lit et but le reste d'eau. Il ferma les yeux dans le noir, son rêve le reprit aussitôt.

La faim le tira du lit aux aurores. Il entendit du bruit dans la cuisine au bas de l'escalier, l'odeur de pain grillé était insoutenable. « GOOD MORNING, LOVE !… » La matrone aux fourneaux l'accueillit d'une voix sonore, sans même se retourner elle lui indiqua une chaise, concentrée sur sa poêle où grésillait une énorme ration d'œufs brouillés au bacon. Ses beaux cheveux roux étaient ramenés en chignon. Elle fredonnait un air qui chantait l'amour éternel, toujours le même couplet. Le Français s'installa à la table commune, les travailleurs venus de loin le saluèrent d'un hochement, deux jeunes Maoris et trois des Samoans, ils se replongèrent aussitôt dans la contemplation d'une télévision qui crachotait au coin de la pièce, images sordides d'une scène de crime à Auckland, la grande ville du Nord, un nouveau-né retrouvé mort dans les toilettes d'un bar, les badauds faisaient part de leur indignation. Le Français emprunta le journal du matin pour étudier la météo – pas d'amélioration en vue. La cuisinière posa devant lui un pot de café en inox, une assiette d'œufs au bacon avec des pommes de terre et des tomates poêlées, des haricots en sauce, une pleine corbeille de pain grillé. Il mangea de bon appétit, son premier vrai repas depuis des jours. Le rire chantant de la cuisinière tinta dans son dos, elle posa la main sur son épaule. « Y a de quoi, Love, si t'as encore faim !... » Elle lui resservit une assiette et du café brûlant. L'horloge murale indiquait sept heures moins le quart. Les travailleurs se levèrent, ils firent docilement la queue pour rincer leurs couverts, nettoyer les assiettes, leurs corps massifs pliés au-dessus de l'évier. La cuisinière les regardait faire, attendrie. « Thanks, Rosie !... » C'était comme une mère. Elle les nourrissait dans l'exil.

Rosie épousseta les miettes sur la table, épongea la toile cirée. Elle s'arrêta un instant pour écouter les nouvelles, le dernier fait divers à la télévision. Un jeune Tongien d'Auckland faisait du stop au bord d'une avenue, il lançait des pierres aux bagnoles qui passaient sans le voir. Alertés, les policiers n'avaient eu aucun mal à embarquer le gosse : il s'était jeté de lui-même à l'arrière de leur véhicule, croyant qu'un conducteur, enfin, s'arrêtait pour le prendre. « Quel malheur... » Rosie soupira tristement. « Ces jeunes fument n'importe quoi, ils ne savent plus où ils vont, alors les ennuis pleuvent... » Le Français l'écoutait sans rien dire. Ces histoires le terrifiaient. Dix mois sans voir la ville, ce qu'elle faisait aux hommes – dans les forêts de l'île du Sud, les fermes d'altitude, on oubliait ces choses. On en venait à croire que le monde tournait rond. Rosie sentit son désarroi. Elle coupa le son. « Des voyageurs, on n'en voit pas souvent... Qu'est-ce qui t'amène ?... » Le Français se gratta le front, il n'avait pas réponse à ça. Partout les gens disaient qu'à Bluff, il n'y avait rien. Alors il était venu voir. « Paraît que t'es avec Rongo Walker ?... » Le pêcheur de l'Anchorage ne s'était pas encore manifesté, mais à coup sûr il le ferait – il inspirait confiance. « Rongo est un homme important dans la communauté, il sait beaucoup de choses. Il connaît la mer comme personne... » Rosie versa le reste du café dans son mug. « Avec lui, Love, faudra piger vite !... Rongo perd pas son temps à répéter... » Elle se tourna vers la fenêtre. Les nuages noirs défilaient en accéléré, on entendait le vent gémir dans les gouttières. « Vous sortirez pas ce matin, en tout cas... » Elle se leva, rinça le pot de café au-dessus de l'évier. Le Français ramassa son assiette et sa tasse, il allait les laver mais Rosie les lui prit des mains. « Va te reposer, Love... Tu en auras besoin. »

Il remonta dans le dortoir. Les autres Samoans venaient de rentrer, ils devaient travailler de nuit sur les docks. Ils dormaient lourdement, l'avant-bras en travers des yeux pour se protéger du soleil, un tremblement de terre ne les aurait pas réveillés. Le Français prit des habits propres, la serviette, il ressortit sans bruit. Il trouva les toilettes et la salle de bains tout au fond du couloir, dans un réduit bas de plafond. Il verrouilla la porte et se déshabilla, il aperçut ses flancs creusés dans le miroir – à force de marcher, il avait perdu dix kilos. L'eau chaude sur son dos lui tira une plainte, il n'avait jamais eu tant besoin d'une douche. Un nuage de vapeur s'engouffra derrière lui quand il ressortit dans le couloir glacial. L'étau lui écrasa les tempes sous ses cheveux mouillés. Il enfila un pull et une polaire sur sa chemise de flanelle, son coupe-vent, un bonnet et des gants. C'était sans doute insuffisant, mais il n'avait rien d'autre. Il avait quitté Wellington au printemps. Comment imaginer un temps pareil...

Il sortit de l'hôtel et la première gifle encaissée, il décida d'ignorer les bourrasques, la morsure des cristaux de glace. C'était ça ou rester assis, là-haut, dans le dortoir. L'immobilité le faisait dérailler, il réfléchissait à l'envers, toujours aux mêmes batailles – ça ne menait à rien. Il prit la première à droite pour s'écarter du front de mer, le vent était moins douloureux derrière les bâtiments. Il erra au hasard des rues, il n'y en avait pas dix, toutes agrippées aux flancs d'un promontoire que les baleiniers et les chasseurs de phoques, écossais ou suédois, venus chasser dans ces parages deux siècles plus tôt, avaient baptisé Old Man's Bluff – le Rocher du Vieil Homme. La peinture des façades, dévorée par le sel, laissait apparaître le bois centenaire des maisons, la tôle des toitures était rouillée à cœur, les porches élégants s'affaissaient entre leurs colonnes, on avait cloué du contreplaqué sur les bow-windows pour remplacer les vitres. Bluff avait connu la gloire, la ruée vers l'or de l'Otago en 1860, quand des aventuriers en mal de veine avaient rappliqué d'Australie et de Californie, déterminés à se refaire, puis l'ère de la viande d'agneau, de mouton et de bœuf congelée sur place, chargée sur les vapeurs et expédiée vers le vieux monde. Le port était prospère alors, la main-d'œuvre affluait du nord, on avait déposé des pierres sur le banc de sable d'Awarua pour faire tenir dessus le vaste port artificiel. Mais la conteneurisation du transport maritime avait détourné les cargos, l'Ocean Beach Freezing Works, immense usine frigorifique qui employait la moitié de la ville, avait fermé ses portes. On aurait dit que l'isthme étroit et marécageux, longtemps infranchissable, qui reliait la presqu'île de Bluff au « continent », comme les gens d'ici appelaient l'île du Sud, s'était de nouveau refermé. Le progrès était reparti, claquant la porte derrière lui. La largeur absurde des rues, les villas dévastées : cette ville avait rêvé trop grand. Elle comptait ses pertes à présent. Pas une âme en vue. Le Français se sentait chez lui.

Il aborda la pente, vent dans le dos. Ses jambes avaient retrouvé leur allant, son corps échauffé par la marche renonçait à se plaindre. Il repensa aux longues journées solitaires dans les forêts de Paringa, à goûter le silence, à peine un soupçon de vent dans les branches des totaras, le grondement d'une rivière invisible au fond de la vallée et quelques chants d'oiseaux, le tchip-tchip du fantail, ce passereau curieux qui venait se poser juste au-dessus de lui dès qu'il s'asseyait pour souffler, sautillant d'un perchoir à l'autre en déployant l'éventail gris et noir de sa queue, l'air affolé, comme chargé d'un message crucial. Plus tard, un type croisé sur les chemins du Sud lui avait confié que cet oiseau, Piwakawaka en maori, était un envoyé des dieux : il apportait la mort aux hommes. L'inconnu avait raconté ses parents disparus dans un accident de voiture, la peine si lourde à porter qu'il avait dû déménager dans une autre région. Un ami avait frappé chez lui un soir, Tes parents sont dans le jardin. En sortant, l'homme avait aperçu deux fantails sur la clôture, blottis l'un contre l'autre. Dans ce coin du pays, on n'en voyait jamais... Toutes ces heures passées à écouter les gens, sans rien leur confier de sa vie. Si on avait percé son crâne, des histoires en auraient coulé.

La rue s'achevait en impasse au pied d'un haut talus. Ses yeux se plissèrent dans la lumière blanche quand il se retourna. Un rayon de soleil perçait à travers les nuages, illuminant la baie d'Awarua. Par-delà la jetée de Tiwai Point, les monts Catlins se dessinaient en arrondis bleu sombre. Un nuage voila le soleil, et le Français sentit le gel lui pincer les pommettes. Il redescendit vers la mer. Les fils électriques chuintaient au-dessus de sa tête, ils ondulaient comme des vipères. Le Français longea des entrepôts à l'abandon, des murs de parpaings cimentés à la hâte, des cuves à carburant que nul ne remplissait jamais. Au pied de la colline, il retomba sur la grand-rue, traversa l'ancienne voie ferrée et tourna à gauche sur les quais. Il aperçut au loin les trois pontons du port de pêche et décida d'aller jeter un œil à ce qui l'attendait. La rue tournait le dos à la mer pour contourner le grillage d'un terrain vague, un hangar à bateaux, un atelier de marine dont les éclairs violents d'un poste à souder déchiraient la pénombre. Il arpenta les pontons, tous les bateaux étaient restés à quai, un désordre de caisses, de cordes et de casiers les encombrait. Certains marins profitaient du mauvais temps pour entretenir le moteur, réparer ce qui devait l'être. *SOUTHERN LEGEND*, *DESIREE*, *AURORA*, la poésie des noms opérait aussi bien qu'ailleurs. Il sourit devant l'arrogance d'une coquille de noix baptisée *SANSPEUR*, en français. La taille modeste des bateaux le surprit : c'étaient des chalutiers légers, des caseyeurs de trente ou quarante pieds, douze mètres à tout casser. De l'autre côté du bassin, devant les murs de conteneurs du port artificiel, étaient amarrées des unités plus grandes, des chars d'assaut trapus aux francs-bords surélevés – les dragueurs d'huîtres qui écumaient par tous les temps les bancs sableux du détroit de Foveaux.

Le Français souffla dans ses mains, il fit demi-tour pour rentrer. Le vent avait tourné, il commençait à retomber, quelques passants longeaient les murs pour se rendre au Four Square, la seule épicerie de Bluff. Rongo Walker avait laissé un message à la réception de l'hôtel. *Départ demain 5h, Toroa, ponton B.*

Le Français se coucha tôt mais le sommeil ne venait pas. Son corps avait pris l'habitude de s'éteindre brisé par les efforts du jour, le soir après dîner. Immobile sur le lit, des fourmis plein les jambes, il concentrait son attention sur le souffle pesant de ses compagnons de dortoir, les craquements de la toiture sous les rafales, pour tâcher d'endiguer ce flot d'images et de pensées qu'il tentait de semer depuis si longtemps. Où s'enfuir, maintenant ? Il était au bout du chemin.

Quand le réveil sonna à quatre heures trente, il eut l'impression de ne pas avoir fermé l'œil. À force de tension, il avait des crampes aux mollets, les épaules courbaturées. Il s'habilla aussi chaudement que possible, couche sur couche, il fourra son duvet et ses maigres affaires dans le sac à dos. En bas dans la cuisine, il réchauffa le café noir que Rosie avait laissé pour lui dans une casserole. Il but deux gorgées, vida le fond de sa tasse dans l'évier. Il avait l'estomac noué, pas moyen d'avaler. Il garda pour plus tard l'épais sandwich aux œufs que Rosie avait préparé.

À cinq heures du matin, une activité fébrile régnait sur les pontons du port. Tous les bateaux étaient illuminés, les équipages ordonnaient le matériel, chargeaient les vivres et l'eau, les appâts, ils s'interpellaient bruyamment, avec des jurons si obscènes qu'ils paraissaient improvisés au fur et à mesure. Au bout du ponton B, le Français comprit son erreur. Tamatoa, en bottes et ciré, s'affairait déjà sur le pont du *Toroa* – un caseyeur de quarante pieds avec une coque en bois robuste et taillée pour le large, un rouf imposant sur l'avant. Une cuve galvanisée occupait tout le centre du pont : le vivier à langoustes. Des coffres étaient aménagés sous l'abri de pont qui prolongeait le toit de la cabine, et d'autres au niveau de la poupe. Une montagne de casiers s'entassait sur le pont, des cages en acier grillagées, équitablement réparties pour ne pas compromettre l'assiette du bateau.

Tamatoa amarrait la dernière contre le bastingage. Il leva les yeux sur le Français, un rire muet souleva sa poitrine. « Hé Popa'a !... C'est tard là !... » Il semblait ne pas remarquer le lourd casier qu'il soulevait à bout de bras. Le Français n'avait jamais vu un homme aussi fort, si peu conscient de l'être. D'un geste du menton, le regard mimant la panique, Tamatoa désigna une écoutille ouverte au pied du rouf. « Le Chief, oh !... » Le moteur se mit à gronder sous le pont, la cheminée du *Toroa* cracha une suie épaisse qui puait le gasoil. Rongo Walker émergea de la trappe. Lui aussi portait son ciré. Il aperçut le Français planté là-haut sur le ponton. « Hey Frenchie !... T'as cru que tu prenais la navette de Rakiura, celle pour les touristes ?... » Il se hissa hors de la soute, il se rua dans la cabine. Le Français en profita pour descendre à la hâte l'échelle du ponton. Ça commençait mal, cette histoire. Il s'en voulait terriblement mais ne savait quoi dire, il craignait d'ajouter encore au malentendu – les mots, avec lui, avaient souvent cet effet-là. « Hé Popa'a !... » Tamatoa lui serra la main avec un soin inquiet, comme s'il recueillait un oiseau au creux de sa paume. « En gros, faut arriver avant !... » Il parlait d'une voix mélodique qui roucoulait les *r*, grimpait dans les aigus en bout de phrase. Ses yeux s'affolèrent tout à coup, le Français suivit son regard vers le rouf. Rongo Walker se tenait debout dans l'entrée, un pied dehors, l'autre derrière la marche, ciré et bottes sur les bras. « Tiens, essaie ça !... » Il lui lança le tout. « La tenue de mon fils, aye... Tu rentreras dedans. » D'un ton sinistre, il ajouta : « Il l'a pas usée, ça c'est sûr... » Le Français posa son sac à dos, il enfila la lourde cotte par-dessus ses habits, il passa les bretelles, rabattit les velcros pour bien serrer autour des bottes. C'était taillé pour lui, la veste de ciré aussi. Il se sentait prêt maintenant, à sa place. « Good !... » Rongo Walker lui tendit une caisse en plastique jaune remplie de lignes, il désigna le coffre où la ranger. Traversant le pont, le Français l'entendit dans son dos. « Hey Frenchie !... *TIME AND TIDE WAIT FOR NO MAN...* »

Le temps et la marée n'attendent personne.

Ils quittèrent Bluff Harbour accompagnés d'une armada, longèrent la côte vers le sud-est. Des pans de ciel s'ouvraient sur les constellations, le Français reconnut la Croix du Sud, les Nuages de Magellan. La mer était étrangement plate dans le chenal étroit qui menait au grand large, mais un fort courant de marée ralentissait leur progression, il faisait tressaillir la coque du *Toroa*. Les feux rouges et verts des bateaux tanguaient tout autour d'eux. Tamatoa se pencha par-dessus la lisse pour sonder l'horizon. « Ça va secouer oh, Popa'a !... » Il courut s'adosser à la cloison du rouf, dont l'auvent protégeait les hommes. Il fit signe au Français de venir s'abriter.

Passé le phare de Stirling Point, on entrait dans un autre monde. Le *Toroa* se cabra violemment puis resta suspendu, comme s'il hésitait, l'étrave bascula au sommet de la vague, un coup de barre habile atténua l'impact quand elle retomba de l'autre côté. Le vent avait faibli depuis la veille mais la mer restait grosse, des creux de quatre mètres, on entendait le grondement des déferlantes avant d'en encaisser le choc. Pris par le travers, le *Toroa* roulait terriblement. Un paquet d'eau gifla le bastingage, le Français dut s'arc-bouter pour ne pas basculer. Tamatoa ouvrit la porte de la cabine et prit son équipier par le bras, il le poussa à l'intérieur.

Hormis la rougeur du compas, Rongo Walker avait éteint toutes les lumières pour mieux juger la mer. Poings serrés sur les manetons d'une barre à roue minuscule, au bois éclairci par l'usure, il avait branché la VHF et prêtait une oreille distraite aux échanges des collègues avec Meri Leask, l'opératrice radio de Bluff, qui, depuis sa cuisine, tenait le registre des mouvements du port et s'assurait que les bateaux rentraient en temps voulu ; c'est elle qui, jour et nuit, captait les appels de détresse – plusieurs marins dans cette flotte lui devaient la vie. Chaque fois qu'il passait devant sa maison hérissée d'antennes et de paraboles, sur Marine Parade, Rongo Walker s'arrêtait pour la saluer, il offrait une morue bleue, une langouste de beau calibre, ce qu'il y avait. Le skipper lui avait dit un jour, pour plaisanter, qu'elle aurait pu tirer un livre de ses longues années de veille. Meri en avait rigolé. « Un livre, aye ?... Y aurait que des foutues pages blanches !... » Les confidences des hommes, dans leurs heures de grande solitude, ne franchiraient jamais sa porte.

Les feux des bateaux s'égaillèrent peu à peu dans toutes les directions, à chacun sa zone de pêche, advienne que pourra. Rongo Walker éteignit la radio. Il barrait debout, cuisses légèrement fléchies pour absorber les secousses, deux tours de roue à gauche, il remettait la barre dans l'axe au passage des vagues. La cabine était exiguë, trois mètres sur trois tout au plus. Le poste de barre occupait le coin droit. À gauche, une cuisinière au fioul avec deux réchauds et un four, à côté du petit évier. Un poêle au fioul, dont le conduit chromé disparaissait dans le plafond, séparait l'avant de la cabine du carré – deux banquettes autour d'une table, dans un recoin près de la porte. Tamatoa et le Français s'y étaient assis face à face. Rongo Walker se retourna vers eux, ses yeux luisaient dans la pénombre. « Hey Frenchie !... T'as de la chance, c'est mer d'huile ce matin... » Profitant d'un répit, il remplit son mug de café. « Foveaux Strait, c'est la tanière du monstre... Nous autres, on l'appelle Te Ara-a-Kiwa – le Chemin de Kiwa, l'ancêtre, celui qui a envoyé la baleine dévorer la terre pour creuser le détroit entre Stewart Island et l'île du Sud, les miettes qui tombaient de sa gueule sont devenues nos îles... » Rongo Walker balaya d'un geste solennel les vagues blanchies de colère, les turbulences du courant. « Si tu sais regarder, Frenchie, tu verras la baleine, son sillage et ses bulles... »

Le skipper maintenait un cap sud-est, il se guidait au phare dont l'éclat blanc interrompait la nuit toutes les dix secondes. La masse indistincte de Stewart Island dominait l'horizon, là-bas, dans le sud. D'un léger coup de barre, Rongo Walker redressa sa course pour laisser le phare sur tribord. « On va aller pêcher derrière Ruapuke, la mer sera moins cassante... »

Les premières lueurs de l'aube pointaient droit devant quand ils enroulèrent les hautes falaises de Ruapuke. La houle s'apaisa sous le vent de l'île, le *Toroa* ne roulait plus. Tamatoa, qui somnolait assis depuis une heure, ouvrit les yeux. Il empoigna la table pour se lever et sortit sur le pont. Rongo Walker mit le bateau face à la houle. Il resta un moment à admirer les hauts de l'île, dont les landes, les buissons secs scintillaient dans les premiers rayons. Le Français l'entendit grommeler des mots en maori. Puis il se redressa, il cala la barre avec un cordage et zippa son ciré. « Au boulot, Frenchie !... »

Dehors, Tamatoa avait sorti des caisses, trois longues lignes de pêche lovées sur des plaques de polystyrène. Le Français ne comprenait pas

– Rongo Walker avait parlé de pêcher la langouste au casier... « On va ramener du poisson, aye, pour appâter... Le barracouta, y a pas mieux !... » Il leur en fallait cent kilos, de quoi tenir une semaine. « La langouste, ça commence demain. Après on n'aura plus le temps... » Le skipper estima le défilement de l'eau contre la coque, échangea un regard avec Tamatoa, qui acquiesça sans mot. Rongo Walker le rejoignit, il s'inclina devant la mer, ses lèvres articulèrent une incantation silencieuse. Tamatoa empoigna un leurre argenté, il le lança très loin dans le sillage. La ligne se déroulait, il en noua l'extrémité à la rambarde de la poupe, il mouilla les deux autres.

Le premier poisson ne tarda pas à mordre. Une ligne se tendit et Tamatoa s'en saisit, la tête inclinée sur l'épaule, il ferra d'un coup sec puis remonta la ligne en prenant soin de maintenir une tension égale, attentif au rythme des vagues. Il sortit le barracouta, merveille d'un demi-mètre, étroite et fuselée, qui se débattait vaillamment. Tamatoa le souleva par les branchies, il sortit une pince de sa poche pour défaire l'hameçon. La robe argentée du poisson avait des reflets bleus, des zébrures sombres sur le dos, une voile hérissée de piquants courait le long du corps. La disproportion de sa tête lui donnait un air maléfique. Dans son œil jaune et noir, on lisait la colère. « Hé Popa'a !... Ce poisson, il s'appelle Makaa !... » Il le brandit au-dessus de l'eau dans la lumière rase et le rejeta à la mer. « Le premier pour Ta'aroa oh, le père de l'océan !... » Tamatoa ouvrit un coffre, il en sortit un long poignard et une paire de gants. « Toi tu ramasses !... » Il mima le geste d'attraper un poisson, trancha sa tête imaginaire par-dessous, en travers des branchies, fit mine de le jeter dans une caisse en plastique. Puis il empoigna les épaules du Français, à le soulever presque. « D'accord ?... » Le Français cala le couteau sous son coude, il se pencha pour enfiler les gants. Un grondement d'impatience lui fit lever les yeux. Tamatoa brandissait un barracouta, de sa main libre il montra les dents acérées à l'avant de la gueule, atrocement tordues, les longues épines sur le dos, écarquillant les yeux pour le mettre en garde, il lâcha le poisson dans le bac à ses pieds. Le Français eut du mal à se saisir de la bête qui battait le pont de sa queue, sa peau huileuse glissait sur la laine des gants. Il la retourna d'un coup de botte et referma la main gauche sur son ventre. La droite empoigna le couteau et trancha la tête de biais. Il ne put contenir un frisson quand les spasmes cessèrent. Il lança le barracouta dans la caisse. Un deuxième s'agitait au fond du bac, et Tamatoa remontait le suivant. Le Français s'essuya le front du revers de son gant. Le contact poisseux du sang lui souleva le cœur.

Les hommes pêchèrent toute la matinée, traçant et retraçant le même sillon à portée du rivage.

À chaque virement, Rongo Walker posait un pied dehors pour observer le Français. Prendre un bleu à son bord, c'était toujours à quitte ou double. Pour un qui pigeait vite et ne gênait personne, cinq vous mettaient la pagaille sur le pont – un danger pour les autres. Le Français s'en tirait pas mal, on parviendrait peut-être à en faire un pêcheur. Le rythme de Tamatoa le mettait au supplice – quand ce gaillard-là s'y mettait, personne ne pouvait suivre. Il fallait toujours le freiner sinon il travaillait dix heures sans une pause, par tous les temps.

À midi, le Français ne sentait plus ses reins, ses avant-bras tétanisaient. Tamatoa ne disait rien depuis des heures, mais c'était bon de travailler dur, en équipe, de sentir le vent dans son dos, les ondulations de la houle sous ses pieds. Le Tahitien maniait les lignes avec une maîtrise, un calme stupéfiants. Il ne forçait jamais les choses. Pas un geste inutile, il était à la fois gracieux et efficace. Il devinait la touche avant que le fil se tende, ferrait toujours au bon moment, il ne perdait pas un poisson. « J'suis de Raiatea oh, Popa'a !... Chez moi on est pêcheurs !... » Il lâcha sur le pont un gros barracouta, le plus beau de la matinée. « Marii Teriipaia, tu connais ?... Lui l'est de Tahaa, l'île-sœur... Papa Marii c'est ma famille, du côté de ma mère... Lui l'a pêché le plus gros marlin de la terre, Haura Moana, une tonne et quatre cents kilos !... » Son regard balaya le pont, il cherchait en vain un objet assez grand pour donner la mesure du monstre. À l'arrière du bateau, une ligne sursautait. Tamatoa tendit sa large main pour s'en excuser. « Tu connais pas le vieux, Popa'a ?... Papa Marii oh, c'est le plus grand pêcheur du Fenua !... »

Le soleil baissait déjà sur l'horizon quand ils rangèrent les lignes. Le Français avait le dos brisé, il mourait de faim et de soif. En guise de déjeuner, il avait partagé avec Tamatoa le sandwich aux œufs de Rosie. Rongo Walker tendit le nez dehors pour inspecter les caisses pleines. « NICE JOB, AYE !... » Le *Toroa* fit demi-tour pour rentrer. Les équipiers rincèrent le pont à grande eau, le sang et les écailles, les débris de chair roulaient sur le bois, ils s'écoulaient par les dalots. Le Français nettoya ses gants, la lame rougie du couteau avant de les ranger. Il commençait à prendre ses marques dans l'organisation minutieuse du bord, polie par les années – la seule manière de vivre et travailler ensemble dans l'éprouvant huis clos d'un navire de pêche. Le froid du soir tomba d'un coup, la sueur glacée dans son dos le fit grelotter. Tamatoa s'aspergea le cou, le visage et les mains, puis il tira de son ciré une serviette-éponge et il s'essuya avec soin. Posant la paume de sa main dans le dos du Français, il le poussa vers le rouf.

Des parfums de poisson et d'épices embaumaient la cabine. Rongo Walker avait réchauffé une casserole de ragoût, il mangeait d'une main, l'autre maniait la barre et la poignée des gaz. Tamatoa gronda de bonheur, il se servit une plâtrée de riz froid, il l'inonda de sauce et empila dessus trois quartiers de poisson. Il s'assit à la table du carré, replia ses longues jambes pour ne pas encombrer. Il bredouilla une prière, il attaqua avec les doigts. Le Français se posta près du skipper. Le *Toroa* doubla la pointe de l'île, et la houle se fit plus forte. Le Français dut caler ses fesses sur le rebord de l'évier. Rongo Walker donna deux tours de barre pour diriger l'étrave vers Bluff Harbour, dont on devinait l'entrée là-bas, au nord-ouest.

Vent tombé, la houle se faisait plus longue, elle ne déferlait plus. Le *Toroa* roulait lentement, sans à-coups, les paupières du Français se fermaient malgré lui. Il avait mangé à sa faim, la chaleur des épices courait de ses lèvres à son ventre. Dévissant d'une main le bouchon du thermos, Rongo Walker offrit du café à ses hommes. Il était fort et trop sucré, si chaud que le Français s'ébouillanta. Tamatoa vida son mug en deux gorgées puis il ferma les yeux, mains croisées sur son ventre. Son souffle se fit bientôt lourd, il ronflait.

Rongo Walker se pencha par-dessus la barre pour pointer du doigt les falaises. « Tu vois là-haut, Frenchie ?... C'était un Pa avant, un village fortifié... » À l'arrivée des Européens, sa tribu, les Kai Tahu, possédait des campements saisonniers partout dans la région. Mais leur grand bastion était Ruapuke. « Le chef Tuhawaiki, le plus puissant de l'île du Sud, en avait fait sa base au temps de la guerre des mousquets... » Rongo Walker évoquait les siècles anciens – au ton de sa voix, à l'émotion dont elle vibrait, on aurait dit un souvenir. « Tuhawaiki était un guerrier valeureux et cruel, tous les chasseurs de phoques, les baleiniers du coin l'avaient surnommé Bloody Jack... » La voix de Rongo s'enflammait puis soudain il cherchait ses mots, tiraillé entre le pur plaisir de raconter ces choses et le devoir de bien les dire. « À la bataille de Tuturau il a abattu Te Puoho, le chef des Kati Tama, il a pris sa tête en trophée... » Rongo Walker s'interrompit, comme s'il craignait de trop en dire. « C'est puissant les histoires, aye... L'histoire que tu racontes, elle dit qui tu es. » Le vieux souleva son bonnet, il passa la main sur son crâne. « J'ai l'impression parfois que c'est la seule chose qui nous reste. »

Rongo Walker se tut, ses yeux noirs sondaient l'océan, le soleil rouge pendu au ras de l'horizon. Ses traits s'animèrent soudain, il mâchonna un rire. « Tu connais Maui ?... Notre super héros à nous, les gens du Pacifique !... Maui qui piège le soleil avec un nœud coulant, qui l'oblige à freiner sa course pour faire durer le jour et que les hommes ne soient plus si pressés !... Maui le pêcheur qui ferre le plus gros des poissons et c'est l'île du Nord, Te Ika-a-Maui, un poisson si énorme que sa pirogue va chavirer !... » Rongo Walker reproduisait les gestes du héros et Tamatoa, dans un demi-sommeil, suivait des yeux les prouesses de l'ancêtre, un beau sourire aux lèvres. « Nos histoires devaient être démesurées pour survivre, Frenchie... Bibliques !... Comme votre Moïse, aye, quand il ouvre la mer. Il fallait ça pour que les générations s'en souviennent, pour qu'on n'oublie jamais le savoir qu'elles portent... On les raconte encore, les mêmes qu'il y a mille ans. On les danse ici, nos histoires, on les chante dans les réunions... »

KA EKE I TE KORIPORIPO O TAKITIMU...

Le skipper articulait à demi-voix ce chant cadencé, monotone, son pouce battait la mesure sur le bois de la barre. C'était le *Ka Eke* que Rongo Walker aimait tant, cette affaire de vagues puissantes qui portent la pirogue sur la mer de Tasman, déposent le navigateur en baie d'Awarua, de pensées qui survolent les mers, portées par le vent du sud.

Ils entrèrent à la nuit tombante dans la passe de Bluff Harbour, poussés par un courant qui faisait bouillonner les flots, on n'aurait pas été surpris de voir jaillir un monstre marin du chaudron. Tous les pêcheurs de Bluff semblaient s'être passé le mot, la flotte éparpillée se reformait en vue du port, effrayée par la nuit. Le balancement de tous ces feux vous réchauffait le cœur. Rongo Walker se surprit à compter, pour s'assurer comme chaque fois qu'il ne manquait personne. Il doubla les piliers de bois fatigués d'Old Wharf, laissa sur sa droite les plateformes en béton et les entrepôts titanesques d'Island Harbour.

Tamatoa se réveilla soudain en vue du ponton B, il fit signe au Français de le suivre dehors, ensemble ils préparèrent aussières et protections. Puis ils attendirent, assis sur la lisse à l'arrière. Rongo Walker débraya à l'approche des piles, il laissa le *Toroa* filer sur son erre, inversa le moteur au tout dernier moment. Quelqu'un traînait toujours sur les traverses grossièrement ajustées du ponton, qui venait vous aider d'un pas nonchalant, sa cigarette pincée entre les dents pour ne pas se la faire voler par les rafales. « Hey Storm !... » Tamatoa lança d'une main les lourdes aussières avant de bondir sur l'échelle.

Ils portèrent les barracoutas jusqu'au parking du port, pour les déposer à l'arrière du pick-up de Rongo Walker. Tamatoa riait en voyant le Français rougir sous le poids de sa caisse – lui en charriait trois à la fois. Le poisson débarqué, Rongo Walker leur donna rendez-vous au pub. Il rentrerait d'abord chez lui congeler le poisson, filerait à Invercargill pour le ravitaillement, de quoi boire et manger pour une marée de plusieurs jours. « On se rejoint dans deux heures. Buvez pas toute la bière, aye !... »

Tamatoa prit le temps d'apprécier les chromes rutilants de sa Fairmont GT, garée sur le parking. Il ouvrit au Français et laissa tourner le moteur, il fredonnait de joie en faisant glisser ses paumes sur le bois du volant. Il démarra sur les chapeaux de roues, fit rugir le moteur derrière un groupe de marins qui se retournèrent en riant, « Hey Bro !... », il s'engagea dans Gore Street. Il s'arrêta devant l'hôtel, mima la toilette et les habits propres, il désigna d'un regard les lumières de l'Anchorage, à trois cents mètres. « Plus tard oh, Popa'a !... »

La réceptionniste sourit quand il entra. « Rude journée, hein ?... » La puanteur de ses vêtements lui sauta à la gorge dans l'escalier. Personne dans le dortoir, il se laissa tomber sur son lit après la douche et resta longtemps immobile, attentif aux bruits du dehors. Le travail l'avait apaisé, il aurait pu dormir d'un trait jusqu'au matin. Il se frotta les yeux pour chasser le sommeil. Les autres l'attendaient.

Il se présenta le premier au bar de l'Anchorage. L'ambiance s'était réchauffée depuis le premier soir, les hommes étaient heureux de leur journée en mer. *Crayfish*, le mot était dans toutes les bouches : l'or rouge orangé de Bluff, la langouste du Sud dont la saison allait ouvrir. Les pêcheurs parlaient quotas, exportation. À quelle hauteur les marchés asiatiques placeraient-ils la barre, cette année ? En septembre, les pêcheries de la région avaient le monopole et les prix s'envolaient, ils pouvaient dépasser soixante-dix dollars le kilo, vingt de plus pour les pièces de belle taille, pourquoi ne pas rêver des cent dollars ? Les patrons jouaient leur année, et souvent leur bateau, sur le mois de septembre – le pire de tous pour naviguer dans ces parages, à la merci du Nor'wester, ce terrible vent de nord-ouest qui s'abattait sans prévenir sur la mer de Tasman.

Rongo Walker le rejoignit sur le coup de sept heures. Dans son caban bleu nuit, il en imposait. On sentait le respect dans la voix des hommes lorsqu'ils le saluaient. « Hey Rongo, la saison sera bonne ?... » L'année précédente, les coups de vent s'étaient succédé dans le Sud, il avait fallu se jeter dans la gueule du monstre pour ne pas tout perdre, les avaries et les blessures avaient eu raison d'une bonne moitié de la flotte. Au large de Stewart Island, un équipage pourtant aguerri s'était fait surprendre par une vague scélérate – trois hommes avaient péri en mer. « Comment savoir, aye ?... Faut être prêt à tout... » Rongo Walker rejoignit le Français au comptoir, il déboutonna son manteau. Il commanda une Speight's et la savoura. Il passa la main sur sa moustache pour essuyer la mousse.

Tamatoa ne venait pas. « Il doit pioncer à l'heure qu'il est. Dès qu'il se pose quelque part, il s'endort !... Je l'ai toujours connu comme ça... » Rongo Walker sourit en repensant aux quarts de nuit sur le cargo, de minuit à quatre heures, et tout ce temps Tamatoa ne disait pas un mot, il somnolait sur son fauteuil. Quand Rongo Walker en faisait la remarque, le Tahitien roulait des yeux, Hey Chief, parler à quoi ça sert ? « Je suis parti d'ici, Frenchie, j'avais pas dix-huit ans. Le Grand Océan, aye, c'est dans le sang je crois... Si on m'ouvrait les veines, il coulerait de l'eau salée !... » Rongo Walker s'était engagé dans la marine marchande, il avait navigué jusqu'à Rapa Nui, Hawaii, les Mariannes et les Carolines de l'autre côté, les îles Salomon, l'archipel des Santa Cruz... « J'ai fait le tour de mon pays, ce pays qu'est le Pacifique. Le plus vaste du monde, notre mer d'îles, Oceania !... La patrie des navigateurs... » Rongo Walker baissa les yeux. « Ce que j'étais libre, Frenchie !... J'aimais cette vie-là... » La houle infinie des tropiques dans la douceur des alizés, ces nuits de calme entre Tonga et Samoa où les raies, les baleines se dessinaient en phosphorescences dans le sillage du cargo, la voie lactée immense des îles Sous-le-Vent, si épaisse et si blanche qu'on l'aurait crue liquide ; cette fille de Suva, aux Fidji, comment s'appelait-elle... Varisila, elle avait la peau sombre et lisse, un parfum de mangue bien mûre, il riait de sa coupe afro – c'était la mode aux USA... Moi c'est naturel, elle disait. Ils avaient passé du bon temps tous les deux, pour un peu il serait resté. Cela faisait longtemps qu'il n'avait plus pensé à elle. Rongo Walker passa la main sur son visage. « Dix-sept ans de navigation... De simple matelot, j'ai fini second sur la ligne Sydney-Los Angeles. Six mois encore et j'étais capitaine... » C'est là qu'ils s'étaient rencontrés, Tamatoa et lui. Le Tahitien était calier à bord de ce cargo. Rongo Walker partit d'un rire fraternel. « Le meilleur matelot du Pacifique, aye !... Le type le plus loyal qu'on puisse imaginer... » Tamatoa comprenait vite, il savait regarder. Sa force était devenue légendaire dans tous les ports qu'il fréquentait. Le Tahitien maniait les conteneurs comme des cubes pour enfants, il soulevait sans effort les barils d'essence grand format, deux cents kilos à bras-le-corps. « Je me suis dit, Ce Big Fellah, je vais le ramener chez moi !... Les casiers lui feront pas peur... » Rongo Walker riait intérieurement, il avait cette manière de parler sans vous regarder, à voix basse, comme s'il s'adressait à lui-même, il se frottait le bras avec sa paume – soudain il prenait un air grave, il vous fixait droit dans les yeux. « Un jour, j'ai compris qu'il fallait rentrer. Si tu continues, j'ai pensé, tu seras bientôt plus capable de t'installer nulle part... » Il avait prévenu l'équipage avant sa dernière rotation, tous les Polynésiens avaient pleuré, sauf Tamatoa. Mais cette nuit-là, pendant leur quart, le Tahitien avait pris la parole. « J'en ai même sursauté, Frenchie !... Il m'a dit, Chief, moi je pars avec vous... » Rongo Walker était rentré à Bluff flanqué du colosse. « Les gens d'ici n'en revenaient pas, ils ont pensé : Rongo a fait fortune, il engage un garde du corps !... » Les deux hommes avaient travaillé ensemble pour le père de Rongo Walker, puis ce dernier avait repris le bateau familial. « Après je me suis marié, ma femme m'a donné deux enfants. La routine m'allait : la pêche, mon lopin et la saison venue, retourner dans nos îles quand l'oiseau puffin, notre Titi, revient de sa grande migration... »

Rongo Walker régla l'addition, il rajusta son bonnet. « Tu t'en es bien tiré, Frenchie... Je te propose cinq pour cent. Après, si tu bosses bien, on passera à dix... » Pour tout contrat, ils échangèrent une poignée de main. Ils partiraient le lendemain pour le Fiordland, sur la côte ouest, le meilleur coin pour la langouste. Ils resteraient là-bas le temps qu'il faudrait pour remplir le bateau. Départ quatre heures. « Rappelle-toi, Frenchie : le temps et la marée... »

Marii

Appelez-moi Papa Marii. C'est comme ça que les gens de mon île, ici à Tahaa, se souviennent de moi. Ils se rappellent aussi que j'ai pêché un jour le plus gros poisson de l'océan. C'est curieux, l'empreinte qu'un homme laisse après lui – elle est jamais comme il croyait. Presque cent ans sur cette terre, une vie pleine et honnête où j'ai travaillé tous les jours, j'ai cultivé mon Faapu sur la colline pour nourrir ma famille, j'ai eu la chance d'embrasser quarante arrière-petits-enfants. Dans ma communauté j'étais un Toohitu, un sage, j'ai respecté mon Dieu et je l'ai servi humblement. Je sais pourtant qu'on ne retiendra qu'une chose : ce marlin bleu d'une tonne et quatre cents kilos que j'ai ramené un jour à Raiatea, l'île-sœur...

J'ai jamais trop aimé ressasser cette histoire. La patate douce, Umara, se vante-t-elle de sa douceur ?... On venait me féliciter et moi je disais, Gardez vos louanges pour un autre !... Maintenant que j'ai baissé ma voile pour la dernière fois, je peux vous raconter. Pour moi c'était un jour de pêche, et nous voilà dans la légende avec ce poisson-là, inséparables tous les deux. Les gens du Pacifique parleront de nous dans mille ans, si la mer les a pas engloutis d'abord. Papa Marii, celui qui pêcha le grand Haura… Autant vous dire les choses comme elles se sont passées.

Mon nom est Temarii a Teriipaia, je suis né le 1er décembre 1919 à Iripau, le village dans le nord de Tahaa. Les Polynésiens, trois choses nous importent : un lopin de terre où bâtir son Fare, un coin de lagon pour la pêche, une montagne à cultiver. Moi c'est Murifenua dans la baie de Vaiore et ma plantation là-haut, sur la colline de Mahamene. J'ai retourné la terre toute ma vie. On dit toujours, Polynésiens, le peuple de la mer… Nos ancêtres, Tupuna, étaient de grands navigateurs, ils n'avaient pas peur de l'eau bleue, ils savaient les chemins d'étoiles et les piliers posés par les dieux dans le ciel, ils ont traversé le Grand Océan, Moana Nui, sur leurs pirogues doubles, ils ont tissé des liens entre nos peuples dans l'Océanie tout entière. Murifenua, on trouve le nom de ma terre au nord de la Nouvelle-Zélande, là où sont arrivées il y a mille ans les pirogues parties d'ici… Je le sais, parce que des Maoris de la tribu Muriwhenua ont voyagé jusqu'à Tahaa pour renouer avec l'esprit de leurs ancêtres…

De fins navigateurs, c'est vrai, mais la culture aussi c'était leur grande affaire. Ils prenaient nos plantes avec eux d'île en île à bord des bateaux, pour les semer plus loin et féconder la terre. Sur la mer, rien ne pousse. L'homme est né de la terre, il lui appartient. Toute ma vie j'ai récolté le taro, Uru le fruit de l'arbre à pain, la banane. La vanille aussi, j'avais plus de mille pieds et c'est du travail !... Faut féconder les fleurs, désherber les rangs avec le coutelas, chasser les bœufs qui descendent la nuit de la montagne pour tout saccager. Mon Faapu, là-haut, donnait sur le lagon et ses trois eaux, la brune, la turquoise et la noire, en face les pics de Bora Bora, l'île des guerriers. Les gens passaient, ils me disaient, Tu as la plus belle vue de l'île. Est-ce que j'avais le temps de regarder la vue ?...

Jusqu'au bout, j'ai bêché la terre. Mais je passais jamais plus de trois jours à planter. Après, fallait que j'aille au large... En mer je m'ennuyais jamais, je pêchais du lever au coucher. Tai'a !... Tai'a !... Pêcher, petit déjà, j'avais que ça en bouche, j'allais avec mon père... À treize ans j'ai taillé ma première pirogue à balancier dans le bois du Purau, comme nos ancêtres, Tupuna, eux qui n'avaient rien et pourtant, fabriquaient des merveilles. Pour ça, faut savoir observer la nature, bien comprendre les choses... Avec mon Va'a, ma pirogue, j'étais le plus heureux, je partais pêcher seul sur le lagon. La nuit je lançais mon filet près des Motus, j'attrapais des rougets à la traîne le long du récif... Quand j'en avais assez, je rentrais pour les vendre. Des fois, j'en prenais vraiment beaucoup. J'entendais tous ces poissons frétiller sur le sable, là, j'étais content !... J'ai pratiqué toutes nos manières, la ligne de fond qu'on lance dans les trous à thons, la pêche au caillou des jours de fête, j'ai plongé profond pour attraper les poulpes et les pieuvres à la main, les plus beaux coquillages, j'ai harponné Honu, la tortue verte...

Mais les Polynésiens, ce qu'on aime vraiment, c'est partir au grand large, par-delà le récif, pour chasser Mahi Mahi le coryphène, la bonite surtout, Auhopu... Ça c'est la pêche des princes !... J'ai tout connu là-dehors, toutes les mésaventures d'une vie de navigateur. Les mers impossibles quand le Maraamu se lève et qu'on l'avait pas vu venir, les voies d'eau dans la coque... Une fois j'ai chaviré au beau milieu d'un banc de thons, l'ami qui ramait à l'avant s'est retourné trop fort avec son gourdin, il voulait étourdir le poisson que j'avais lancé au fond du Va'a. Nous voilà assis sur la coque, à l'envers, des thons plein la pirogue !... Tout ce sang dans la mer, j'avais peur des requins... On est restés longtemps sur le dos du Va'a, et puis on a fini par le mettre à l'endroit. On a perdu tout le poisson ce jour-là, ça me fait honte encore... Partir au large, faut être prêt.

Sûr que j'avais une bonne étoile. Je le sais depuis le jour où l'hélice de mon bonitier s'est décrochée en plein courant au large de Bora Bora, elle a dû taper un bout de bois flotté, prendre un cordage entre deux eaux… J'ai dérivé trois jours, le courant et les alizés me poussaient vers l'ouest et par là, après Maupiti, y a plus rien jusqu'aux îles Fidji !… J'ai prié, prié mon Dieu, et comme ça on m'a retrouvé. C'est sûr, j'ai eu plus de chance que ce pauvre Tavae… Lui il est parti un matin de Tahiti sur son Poti Marara, pêcher le coryphène, le moteur est tombé en panne juste au large de Moorea. Il a appelé sur sa radio qu'on vienne le remorquer – personne a entendu. Alors le courant l'a pris… Toute une semaine on l'a cherché avec des bateaux, des avions, il a croisé un chalutier mais personne l'a vu. Quand l'océan te prend et qu'il veut pas te rendre, c'est comme si t'étais invisible, on peut pas te trouver. Malheureux Tavae, il a dérivé quatre mois !… Il a connu la soif et la faim, une tempête si terrible qu'il a dû barrer trois jours et trois nuits sans dormir. Mais il a tenu ferme, il a jamais perdu espoir. Si ça se trouve, c'est son Dieu qui lui envoyait une épreuve.

On l'a retrouvé aux îles Cook, à des centaines de milles de Tahiti, il s'est échoué là-bas sur un petit Motu. Un matin il a vu les premiers oiseaux, ceux qui s'éloignent jamais de la terre. C'était comme si nos ancêtres, Tupuna, voulaient lui montrer ce qu'ils ressentaient, eux, chaque fois qu'ils remontaient une île du fond de l'océan. Notre peuple, on était les seigneurs de la mer… Ça, on nous l'a volé. Au Marae Taputapuatea, le temple de Raiatea,

Vaita le grand prêtre avait eu cette prophétie : Les étrangers arriveront dans un vaisseau sans balancier, ils prendront cette terre, nos vieilles manières seront détruites... Il avait prédit juste, Vaita. Pour nous les gens du Pacifique, l'étranger est sacré. On doit l'accueillir comme un roi s'il vient en apportant la paix, ça a toujours été comme ça. Mais avec les Popa'a, tout a mal commencé. Tu viens ici chez nous, on saura comment t'accueillir – mais si tu viens ici chez toi, on saura pas. C'est sûr, on pouvait pas s'entendre... Dans nos îles, on a ce principe : Ha'amata Hape, Ha'aoti Hape. Ce qui commence faux finit faux.

Qui d'entre vous connaît Teraupoo ?... Quand les Français ont pris nos îles en 1888, Teraupoo a décidé d'entrer en résistance. C'est dire s'il était courageux... Pendant dix ans il a navigué dans le lagon avec son drapeau rebelle et une armée de huit cents hommes, il avait son camp fortifié à Raiatea, il taxait les navires étrangers, c'est lui qui faisait la loi par ici !... Alors les Français ont envoyé mille soldats et tous leurs cuirassés de guerre, ils ont bombardé nos villages à coups de canon, ils ont brûlé les maisons, les récoltes, même les cocotiers, ils ont tué nos animaux, ils ont éventré nos pirogues !... Faut-il être insensé... Teraupoo a fini par se faire prendre au fond d'une grotte, dans la vallée de Vaiaau. Ils lui ont confisqué ses terres, ils l'ont envoyé en exil, là-bas, en Nouvelle-Calédonie. Quand il est revenu, Teraupoo était comme un vieillard. Il est mort dans l'épidémie de grippe espagnole rapportée de leur guerre, en 1918... La tombe où on l'a enterré, ils ont construit dessus la route qui fait le tour de l'île. Elle est noyée sous le bitume. Le chagrin parfois me met en colère – je préfère ne pas trop en dire.

Ce matin-là, un vendredi, on est partis très tôt de Murifenua. C'était le mois de juin mais y avait pas de vent, pas trop de houle, j'avais bien regardé le ciel et puis la mer, de l'autre côté du récif... Je me souviens, je m'étais dit, C'est pas un jour pour le poisson. Ça faisait pas longtemps que j'avais le *Vaianapa*, mon premier bonitier. Je l'avais fait construire à Papeete chez le charpentier Teapa. On était trois à bord : Po, mon fils André et moi. On a traversé la baie de Vaiore et j'ai pris le chenal vers la passe, Paipai. Là j'ai fait ma petite prière, comme chaque fois. C'est pas rien l'océan, y a des manières de s'y aventurer... On a franchi la passe et on a commencé à tourner pour voir ce qu'on pouvait trouver. Quand on sait regarder l'océan vous guide, il vous parle. J'ai tout de suite remarqué un banc de bonites, une chasse au large du Motu Tautau... Facile à repérer, parce que tous les oiseaux du monde, les pétrels, les noddis, les frégates et les fous volaient au ras de l'eau, ils piquaient dans le banc. Kraa !...

Kraa !... Ça faisait un sacré boucan !... Faut bien regarder les oiseaux, surtout s'ils vont en groupe, ils suivent les thons et les bonites pour marauder les proies que ces chasseurs rameutent à la surface... Noddi ne plonge pas d'en haut, tantôt il nage pour attraper ses proies, tantôt il fait ses cabrioles juste au-dessus de l'eau, il trempe le bout du bec. Il est malin Noddi, moi je l'ai vu taper la mer avec ses palmes pour attirer les poissons... Otaha, la frégate, est plus sérieuse quand elle vole, la tête rentrée dans ses épaules, elle ne fait pas de bruit. Ses ailes ont une drôle d'allure, on dirait qu'elles sont de travers mais faut voir comme elle plane... C'est un très bel oiseau. Elle attrape ses proies au vol, sans se poser, juste sous la surface – sinon elle pourrait plus redécoller... Les anciens savaient l'apprivoiser, ils embarquaient Otaha sur les pirogues de voyage, ils la lâchaient quand ils étaient perdus pour qu'elle trouve la terre. Parfois, elle portait leurs messages d'un archipel à l'autre, sur des milliers de kilomètres...

Moi j'ai jamais apprivoisé d'oiseau mais je sais bien les regarder, je les comprends quand ils me parlent. En voyant cette chasse, on a foncé vers le Motu Tautau, le moteur donnait bien, un BMC, quatre-vingt-dix chevaux... J'ai dit à mon fils, Ralentis. Le truc, pour pas faire fuir le banc, c'est qu'il faut l'aborder doucement par l'arrière, un peu sur le côté, sans le couper en deux. Po a sorti les cannes de bambou ficelées à la cabine. On a besoin d'une bonne canne pour la bonite, bien droite et souple… J'ai appris à choisir les meilleurs bambous, ceux qui poussent dans la montagne, côté soleil. Notre manière, c'est toujours les couper par une nuit sans lune. Je les faisais sécher longtemps sur ma terrasse, à l'ombre, qu'elles soient parfaites. Mais le plus important, c'est avoir de bons leurres… Je fabriquais les miens – Aviti, le modèle ancien découpé dans la nacre, il imite les jeunes poissons que les bonites aiment chasser… Pour avoir un bon leurre, faut choisir les meilleures nacres. C'est qu'il y en a de toutes sortes, des noires, des grises et puis des blanches. J'ai toujours préféré la jaune des Gambier, qu'on appelle Pupure. C'est une bonne nacre, les bonites mordent bien dedans, sauf quand elle est trop jaune – là faut frotter pour l'éclaircir… Avant de découper la coquille, on observe les veines, si elles ressemblent bien à la robe des petits poissons. Si tu as ça, la bonite va mordre à coup sûr… Y a plus qu'à percer le leurre comme il faut, à donner de l'éclat en polissant la nacre. Les anciens la frottaient avec une peau de requin, moi j'ai toujours fait ça contre une pierre, le soir sur ma terrasse, au bord du lagon. Quand je levais la tête, je voyais passer la flottille… Le soleil se couchait derrière Bora Bora. C'est la paix chez moi, on n'entend que la houle qui casse là-bas sur le récif, le chant des oiseaux et le grattement des Tupas, les crabes de terre qui sortent du trou pour chasser. J'en ai passé du temps à polir la nacre, je voulais que tout soit parfait. Autrefois l'hameçon était en os humain chez nous… Maintenant c'est l'acier, un acier si dur qu'un homme a du mal à le tordre. On cale l'hameçon sur le corps de la nacre, faut bien serrer tout ça avec nos cordelettes, celles qu'on fabrique en tressant l'écorce du Purau, y a rien de mieux pour la solidité. À la fin, on ajoute une barbe en soies de porc, sans ça la nacre ne fera que tourner dans l'eau, c'est la barbe en traînant derrière qui la met à l'endroit, pointe vers le haut. Pardonnez, je vous perds dans les détails… Ces secrets viennent de loin, c'est le trésor de nos ancêtres. Il est bon de les partager. Les jeunes de l'île, aujourd'hui, ils préfèrent le bing-bing du vendredi soir, boire de la bière et fumer leur Pakalolo… Je l'avais dit, pourtant : je vais mourir un jour, personne ne saura plus rien de ces choses.

J'ai approché le bonitier du banc. Je tenais la barre à l'arrière, mon fils s'occupait des gaz. Je lui donnais mes instructions avec la main, les mêmes gestes toujours – à force, on se comprend. Une fois qu'on aborde le banc, faut surtout pas traîner… La bonite vous attend jamais, on n'a pas le droit à l'erreur. J'ai lancé une poignée d'appâts derrière le bateau, des petits poissons bien vivants, et aussitôt on a mouillé nos lignes. Comme ça les bonites rappliquent et on peut en pêcher beaucoup avant que le banc se disperse. C'est très ingénieux cette méthode, on sent que nos anciens ont pris le temps d'observer les bonites, comme ils faisaient toujours avec les oiseaux, la houle, les étoiles... L'important c'est d'être rapide, car les bonites mordent très vite et d'un coup elles se lassent. Nos vieux leurres, c'est une mitraillette !... La forme qu'ils ont, ça permet de ferrer et de ramener le poisson en un seul mouvement, des deux mains. La ligne est juste assez longue pour que la bonite vienne taper contre le sac de jute qui nous sert de tablier, alors elle se détache toute seule. Le temps qu'elle tombe au fond du bateau, le leurre est déjà relancé !... Faut voir ça, on dirait que les poissons volent...

Au large du Motu Tautau, on ferrait sec avec mon fils André, et Po derrière nous assommait les bonites. On en a remonté une trentaine peut-être, mais c'était pas comme d'habitude... Elles avaient des manières étranges ce jour-là, elles se méfiaient beaucoup, elles ne regardaient pas les leurres. D'un seul coup, le banc a disparu et les oiseaux aussi. Un grand silence autour du bonitier, plus un remous dans l'eau. C'était mer d'huile... Je me suis penché par-dessus bord, j'ai vu que moi dans ce miroir. Alors j'ai dit aux autres, Un marlin bleu chasse par ici... Y a que lui pour affoler un banc comme ça. André a mis le moteur au ralenti, et on a attendu.

C'est Po qui l'a vu en premier. Il a dit, Regardez !... La mer a changé de couleur à l'arrière du bateau, de bleue elle est devenue verte. Alors on a vu le poisson passer juste derrière, avec un grand grand calme, comme s'il nous observait. Mon fils André avait les yeux hors de la tête, C'est quoi ce truc ?... Haura Moana, le marlin bleu, je l'ai reconnu tout de suite à sa dorsale, la forme de son rostre, sa mâchoire courte et son corps comme un tonneau, ses rayures sombres sur le dos. Il est passé tout près, rien qu'à tendre le bras j'aurais pu le toucher. Il n'arrêtait plus de longer le bateau, il défilait, il défilait... J'en croyais pas mes yeux !... Jamais j'aurais imaginé qu'un marlin puisse être aussi gros. On aurait dit les monstres des vieilles histoires, Tuna-nui, l'anguille qui dévora par le milieu la grande Havai'i pour créer nos deux îles-sœurs, Tahaa et Raiatea...

J'ai dit aux autres, Ça, c'est une femelle. Elles sont beaucoup plus grandes, plus lourdes que les mâles. Je l'ai perdue de vue. Je savais qu'elle reviendrait vite. J'ai pensé, Celle-ci est très vieille. Elle connaît son affaire. Heureusement que toi aussi, tu as de l'expérience. J'avais quoi, cinquante ans alors, un peu moins de vigueur mais un savoir plus grand, et puis je connaissais ma place et j'étais décidé. Surtout, j'avais ma bonne étoile. C'est important la chance, plus encore pour les pêcheurs. Le Grand Océan est sans fin, il n'a pas de commencement et le poisson va où il veut, il choisit de venir te voir... La chance, quand elle arrive, faut savoir la reconnaître et se montrer à la hauteur. Si ce poisson m'était venu vingt ans plus tôt, j'aurais pas su m'y prendre. Je l'aurais sûrement perdu. J'ai demandé à mes deux jeunes, Est-ce que vous êtes prêts ?... Ils ont répondu oui, ils étaient excités. Je sais pas s'ils avaient compris. Moi je m'étais préparé toute ma vie et je n'étais pas certain de le mériter, ce poisson.

Je leur ai demandé de me sortir le long rouleau de drisse avec le plus gros hameçon, le câble et les bouées. André m'a passé la corde et je l'ai déroulée, j'ai mesuré dix brasses, une bouée, dix brasses encore, une bouée... J'ai dit à mes jeunes d'accrocher une petite bonite qui frétillait encore au bout d'une ligne, en passant la pointe de l'hameçon par sa narine pour qu'elle soit bien vivace. Haura Moana ne mord jamais tout seul, il faut le mettre en appétit et pour ça, prendre un bel appât. La femelle n'a pas tardé à revenir. Elle l'a flairée de loin, notre bonite, elle suivait le bateau sur tribord, quelques mètres derrière. Dès qu'elle faisait mine de mordre, les jeunes tiraient sur la ligne et la bonite sortait de l'eau... La femelle, ça la rendait folle !... Haura Moana a des rayures bleues sur le dos mais quand il est en chasse comme ça, qu'il tourne autour d'un banc, elles brillent beaucoup plus fort, elles changent de couleur au moment de l'attaque, comme si une lampe les éclairait de l'intérieur. Un Popa'a m'a dit un jour que le marlin se servait de ça pour embrouiller ses proies. Pour moi, c'est la manière qu'il a de montrer ses émotions... Quand j'ai vu les traits bleus s'allumer sur son dos, j'ai su que la femelle était contrariée, elle pensait plus qu'à une chose : attraper la bonite. C'était parfait pour nous. Encore un peu, elle allait oublier ces hommes et leur bateau, et peut-être qu'alors elle se méfierait moins, elle mordrait dans n'importe quoi.

J'ai dit aux jeunes, Continuez, elle commence à perdre patience... Pendant ce temps, j'ai vérifié la drisse et ses bouées. J'ai attaché le câble en bas de ligne – Haura Moana, avec son rostre, il te tranche une corde épaisse. J'ai pris une grosse bonite, je l'ai accrochée tout entière à l'hameçon par la bouche. Mon cœur battait si fort... Je tâchais de bien réfléchir, je voulais être sûr de ne pas me tromper. J'avais plus que ça en tête, capturer cette femelle, car elle était si grande... On s'en rendait bien compte à la regarder dans la mer. Sa queue qui coupait la surface, c'était comme une faux !... Elle attaquait l'appât avec toutes ses couleurs, elle s'énervait dans le sillage à nous éclabousser – elle avait perdu son grand calme de tout à l'heure. J'ai su que c'était le moment.

Po, je l'ai attrapé par les épaules, je l'ai regardé dans les yeux. Si la drisse s'entortille autour de mes pieds, tu devras la trancher d'un coup !...

Si je dis de couper la corde, t'attends pas une seconde, aussitôt tu la coupes !... J'ai répété deux fois, je voulais qu'il comprenne. Je lui ai donné le long coutelas, celui que je prenais toujours à bord – en mer, on sait jamais ce qui peut arriver... Un marlin de cette taille, il donne un coup de queue et tu te retrouves emporté, il t'entraîne tout au fond, tu remonteras jamais. J'ai fait un nœud avec la drisse sur l'axe de la barre, à l'arrière du bonitier. C'est là que ça a vraiment commencé.

J'ai dit à André, Remonte la bonite, celle qui avait servi d'appât. J'ai lancé ma drisse avec l'autre au bout, la bien grosse. Dès qu'elle est retombée dans l'eau, Haura Moana lui a bondi dessus !... J'avais jamais vu ça : on aurait dit que la femelle savait, que depuis le début elle n'attendait que ce moment... Elle a sauté sur la bonite mais pas pour la manger, non : elle a foncé dessus et elle l'a embrochée, elle a secoué son rostre pour s'en débarrasser et elle s'est laissé distancer. Une déclaration de guerre !... On s'est regardés avec les autres. J'ai dit à mon fils de ralentir et d'être vigilant, parce que c'était le plus grand poisson qu'il verrait de sa vie et que ce marlin-là était au moins aussi rusé que son vieux père...

La femelle avait disparu, tout ça me chiffonnait. J'arrivais pas à comprendre pourquoi elle agissait comme ça. Elle se moquait de moi !... J'avais peut-être lancé trop tôt la ligne, j'aurais dû être plus patient. Un noddi brun a volé droit sur nous, il avait repéré la traînée de ma ligne, il venait voir. Il a fait deux grands cercles autour du bateau, ça lui a suffi pour comprendre que cette bonite-là n'était pas pour lui, alors il s'est éloigné, Kraa !... Kraa !... Toi aussi tu te moques, voilà ce que je me suis dit.

C'est là que la femelle est revenue à la charge. J'ai à peine eu le temps de la voir arriver, elle remontait du fond. Elle s'est jetée sur la bonite et cette fois, elle l'a avalée. La touche était bonne, je l'ai senti tout de suite – elle avait bien mordu. Alors je l'ai laissée partir. Je l'ai pas retenue. Dix brasses de corde à l'eau, j'ai lancé la première bouée. Chaque fois que le marlin donnait un coup de queue, le sac de jute fumait entre mes mains, un de ces gros pour le coprah. Je l'avais plié deux fois autour de la drisse, je le serrais bien fort à deux mains... Même à travers le jute, ça me brûlait le cuir !... Mais je tenais ferme – un pêcheur a les mains solides. Il était si fort ce poisson, ça frottait tellement que le sac s'est mis à flamber, il prenait feu !... J'ai crié à Po, Arrose !... Il a pris l'écope, il a versé de l'eau pour refroidir le sac, moi je faisais attention à pas faire de nœuds, que la drisse s'enroule pas autour de nos jambes... Dix brasses de corde sont parties, j'ai lancé la deuxième bouée, la troisième. On a travaillé longtemps, une heure peut-être, tout doucement... Haura Moana s'éloignait – quand la tension se relâchait, on ramenait la ligne... André, je lui criais, Avance !... Haere I Mua !... quand le poisson filait devant. Muri !... Recule !... quand il repartait en arrière...

La femelle tirait de moins en moins souvent, elle perdait de sa force, je le sentais au creux des paumes. Je gagnais du terrain sur elle. Elle a fini par remonter à la surface, vingt mètres derrière nous. Plus je la regardais, plus je la trouvais belle. Je lui aurais parlé si j'avais été seul... T'es pas mon ennemi, Haura, tu es mon frère. Toi et moi on est liés – on est l'océan tous les deux... J'ai vu que la femelle soufflait dans le sillage du bonitier, fallait qu'elle se repose, elle me laissait la remonter sans résister vraiment. J'étais presque déçu... Voilà qu'elle abandonne, c'est ce que je me disais. Y a des poissons énormes qui sont bien plus faciles à attraper que les marlins de cent kilos, parce qu'ils sont vieux et gras, ils n'ont plus la force de sauter ni de se battre. Certains sont déjà prêts à mourir quand on les rencontre... Ça c'est vrai, seulement y en a parmi les gros qui résistent longtemps. Ceux-là n'ont peur de rien, ils se battent jusqu'à crever.

La femelle n'était plus qu'à trois mètres de moi quand elle est repartie d'un coup. Elle s'est éloignée du bateau, elle a plongé sous la surface. La ligne s'est remise à filer, à la verticale cette fois, elle me brûlait si fort – j'avais l'impression que c'étaient mes mains qui fumaient !... Po s'est jeté sur l'écope pour arroser le sac... La mer a avalé les trois bouées, elles ne sont pas réapparues. La femelle continuait de tirer et la drisse filait, je voyais déjà approcher le bout du rouleau... Puis soudain elle s'est arrêtée. J'ai su qu'elle n'irait pas plus bas. Elle était tout au fond de l'eau. Là-dessous, c'est presque la nuit... Haura Moana vit dans les profondeurs, jusqu'à deux cents mètres parfois. Moi je suis descendu à quarante mètres en apnée, pour la pêche, et parce que j'ai toujours aimé regarder le récif... Je sais ce que ça fait quand l'eau vous presse les poumons, que les tympans vous sifflent. Vu la longueur de drisse qu'elle m'avait prise, la femelle se trouvait à cent vingt mètres au moins sous le bateau. Il devait faire froid par ce fond, voilà qu'elle se retrouvait seule dans le noir... Les marlins vont par deux quelquefois, mais je n'avais pas vu de mâle. Le plus souvent ils migrent en solitaire à travers le Grand Océan. Il est courageux ce poisson, voilà ce que j'ai pensé. Il n'a pas dit son dernier mot... J'étais très fier de lui, de l'avoir au bout de ma ligne.

La drisse ne bougeait plus du tout, elle était tendue comme un arc. J'ai dit à Po, Il faut m'aider. André a lâché les commandes. Nous étions trois à tirer de toutes nos forces, et de sacrés gaillards !... Pas moyen de la remonter : c'était comme soulever l'ancre d'un gros cargo, qui refuse de venir...

Mes deux jeunes étaient essoufflés, je crois qu'ils avaient peur. Ils comprenaient mieux, maintenant... J'ai entendu, Maudit poisson !... Je leur ai lancé un regard, Tenez-vous. On ne dit pas ces choses... C'est grave, cette affaire !... Quelqu'un doit l'emporter au bout du compte, mais faut que le combat soit noble, et garder son sang-froid. Respecter ce poisson autant qu'il nous respecte en se battant avec courage, malgré la fatigue.

La tension de la drisse s'est relâchée d'un coup entre mes mains, j'ai vu les trois bouées claquer à la surface, l'une après l'autre, en un rien de temps... Alors Haura Moana a bondi vers le ciel, il a sauté très haut !... Je crois que jusque-là, j'avais pas vraiment mesuré. La femelle avait le corps tout entier hors de l'eau, elle est restée comme suspendue au ciel, tordue de côté comme ils font, et c'est là que j'ai vu combien elle était gigantesque, six bons mètres à vue d'œil, peut-être plus encore, la queue comme un baril d'essence !... Une merveille à voir... Quand elle est retombée, ça a fait un coup de canon, la gerbe d'eau est remontée jusqu'aux nuages !...

Je sais pas si c'est ça qui a attiré les oiseaux. Ils avaient disparu depuis tout à l'heure, dans l'eau pas une chasse, pas un poisson volant, comme si les créatures avaient déserté l'océan... Un paille-en-queue est venu traîner autour du bonitier, notre Tava'e blanc avec sa traîne rouge, il a fait un grand cercle puis il s'est arrêté juste au-dessus de moi, il battait fort des ailes et il me regardait... Un autre est arrivé – un couple sûrement à voir comme ils chantaient, ils se faisaient la cour. Je me suis dit, Ça c'est bon signe !... Faut dire que les Polynésiens, on voit des présages partout. La couleur du ciel au coucher, un arc-en-ciel, tous les rêves qu'on fait... Tava'e, lui aussi, c'est un oiseau qu'on peut apprivoiser. Je connais l'histoire d'un chef qui s'appelait Hama, quelque part aux Tonga, il envoyait l'oiseau trouver pour lui les grands bancs de bonites. Tava'e revenait crier, Je les vois, alors Hama sortait sur sa pirogue et le suivait au large. Les deux oiseaux sont restés longtemps à nous tourner autour. Mais on s'éloignait trop de la terre, ils ont fini par s'en aller.

La femelle tirait toujours, elle n'avait pas l'air épuisée. J'avais repris la barre, je guidais André aux commandes, qu'il suive le marlin sans jamais relâcher la tension de la drisse. Je voulais surtout pas qu'elle se décroche ou qu'elle emporte tout. Seulement, je comprenais pas où elle nous emmenait. Je la croyais partie sur tribord, voilà qu'elle bondissait de l'autre côté du bateau !... Elle savait des choses, cette femelle. J'ai compris qu'elle avait déjà mordu dans le mauvais poisson – les hommes, elle savait s'en débrouiller... Elle n'avait pas peur, ça c'est sûr. Je la ramenais à dix mètres : dès qu'elle sentait l'hélice elle repartait au large, elle reprenait ce que j'avais gagné. Il fallait tout recommencer... Plusieurs fois je l'ai vue sauter, j'en revenais pas !... Un poisson aussi lourd, jamais j'aurais pensé. Pourquoi tu sautes comme ça ?... Je la trouvais si belle. Une fois, elle a fait un saut différent. Pas pour se défendre, non : les bonds qu'ils font quand ils attaquent. D'ailleurs elle nous fonçait dessus, fallait faire attention, accélérer au bon moment pour garder la ligne tendue, qu'elle puisse pas nous rattraper. Elle aurait sans doute réussi à se décrocher, sinon.

Des heures qu'on la suivait, il était déjà tard. Bientôt la nuit, ça va devenir compliqué, voilà ce que je me disais. Je connais des pêcheurs qui ont lutté trois jours avec un grand marlin, ils sont rentrés sans rien, à peine vivants... Le carburant aussi, fallait surveiller ça : on était loin au large du Motu Tautau, en route vers Bora Bora. Mais je savais ce que je faisais, pourquoi j'étais là. Ce poisson, je le voulais vraiment !... Je sentais que s'il m'échappait, je m'en remettrais mal. Cette inquiétude, je l'avais jamais ressentie. Je risquais ma force dans cette bataille, le Mana des anciens...

La femelle a fini par se fatiguer, je l'ai senti tout de suite. Elle tirait moins fort sur la drisse. Au lieu de filer loin au large et de plonger encore, elle tirait juste un peu avant de s'arrêter, elle nageait en petits cercles. J'ai dit à mes deux jeunes, Le poisson n'en peut plus. Elle était brave, cette femelle, elle voulait pas abandonner. Elle a sauté trois fois encore !… Mais petit à petit je reprenais sur elle. Cette fois, elle n'avait plus de forces. Je l'ai ramenée près du bateau, collée contre la coque. Il aurait fallu une gaffe, à l'époque ces machins-là n'existaient pas chez nous !… Alors on la tenait avec les bras, comme on pouvait. En me penchant, j'ai vu que le câble au bas de la ligne s'était entortillé autour du rostre, ça l'avait cisaillé, il restait plus qu'un brin… Cette femelle va reprendre des forces, elle va se sauver !… J'ai dit à André, Prépare le piège !… Je lui avais montré comment, la boucle qu'on rabat… André a enfilé le nœud coulant sur la queue du marlin, il l'a fait glisser jusqu'au ventre, il a serré de toutes ses forces. La femelle s'est débattue, alors le câble s'est brisé – voilà qu'elle était libre, rien ne la retenait !… On l'aurait perdue si mon fils n'avait pas sauté par-dessus bord, il pensait même plus aux requins, il a sauté sans réfléchir !… Sûr qu'il avait qu'une chose en tête, la même que son père : ramener ce géant… Alors il s'est jeté, il a pris la femelle dans ses bras !… Il était pas mort, ce marlin, il remuait encore, André avait du mal à le tenir. Moi j'ai pris le gourdin. Après, quand tout a été terminé, mon fils m'a dit qu'il avait senti battre le cœur de la femelle, très fort, dans les derniers instants… Je lui ai dit, Pardonne-moi, j'ai levé le gourdin et j'ai tapé de toute la force de mes deux bras – je voulais pas qu'elle souffre davantage… La femelle s'est mise à trembler, elle secouait son rostre, les rayures sur son dos brillaient comme des lanternes !… J'ai jamais rien vu d'aussi bleu… Ça a duré quelques secondes et puis la lumière s'est éteinte. Le dos de la femelle est redevenu sombre, elle s'est raidie entre nos bras. Elle était morte.

On s'est reposés, tous les trois. La femelle s'était bien battue. Je crois qu'à la fin, j'étais aussi épuisé qu'elle… J'ai dit aux autres, Faut la sortir de l'eau. Mais pas moyen, elle était bien trop lourde, et j'avais pas de treuil sur mon bonitier… Rien qu'à nous trois, on n'aurait jamais pu. Alors on a retourné la femelle, on a réussi à poser sa queue sur l'arrière. Je leur ai dit, Courage, faut la hisser à bord !… Po a grimpé sur le toit de la cabine pour tirer la corde, André et moi on a poussé de toutes nos forces. Rien à faire… Si seulement on avait su le poids qu'il pesait, ce poisson, on n'aurait même pas essayé !… Alors j'ai dit, On n'a plus qu'à le remorquer. On l'a tourné dans l'autre sens, on a calé sa tête sur l'arrière du bonitier et on l'a traîné jusqu'au port.

La femelle nous avait emmenés vers Bora Bora, quinze milles au large de chez nous, il a fallu trois heures pour regagner la passe. Tout ce temps, assis à la barre de mon premier bateau, je regardais

Haura Moana et je me sentais fier. J'étais si heureux... J'ai fait ma petite prière avant d'entrer dans le lagon, j'ai remercié mon Dieu de m'avoir offert ce marlin, de m'avoir aidé surtout à prendre les bonnes décisions, à prévoir la boucle de corde pour ne pas le perdre à la fin. J'étais triste, quand même. Je l'aimais cette femelle, elle s'était défendue avec un grand courage, quelle puissance quand elle sautait !... Mais j'étais un pêcheur. Tuer ce marlin bleu, c'était l'ordre des choses. Je crois que j'étais né pour lui. Je l'avais vaincu sans malice. Il n'y avait rien à regretter.

On l'a remorqué doucement, son corps si long traînait dans l'eau. Tous les requins du large devaient sentir ce sillage de sang et de mort, Toretore, Tamata Roa, j'avais peur qu'ils s'en prennent à notre femelle. Qu'est-ce que j'aurais pu faire pour la protéger ?... Mais ils ont décidé de la laisser tranquille : elle est rentrée au port sans une morsure, pas une trace, elle aurait pu se réveiller et repartir au large !... C'était ma bonne étoile, encore. On m'a dit qu'en Calédonie, les Kanaks s'empêchent pas de plonger au large quand ils voient les plus gros requins. Si t'as rien fait de mal, ils te toucheront pas, c'est ce qu'on dit là-bas. On les repère, ceux qui hésitent !...

On est arrivés à Murifenua à la tombée du soir, fallait voir la fête au bord du lagon !... Un poisson aussi grand, c'était miracle... Moi je voulais le découper et le partager entre tous. Mais les autres m'ont dit, Va peser ton marlin, c'est sûrement un record !... À Tahaa, on n'avait rien pour. Il a fallu traverser le lagon jusqu'à Raiatea... Toute la flottille naviguait avec nous, on aurait dit que le roi de l'île en personne se déplaçait chez son voisin !... À Raiatea, l'île-sœur, les gens du port d'Uturoa ont hissé le marlin avec leur grue, ils l'ont porté jusqu'aux halles du marché. Fallait le plus grand bâtiment pour accrocher ce géant-là !... C'est au pignon des halles qu'on l'a pendu, je m'en souviens, on voulait le peser comme ça, ligoté par la queue, mais son rostre touchait encore par terre tellement il était long... Alors quelqu'un est allé chercher une scie, on l'a coupé en trois morceaux, on a fait les calculs. Une tonne et quatre cents kilos...

Ce que j'ai gardé de tout ça ?... La photo qu'on a prise au marché de Raiatea, Haura Moana est si long qu'on ne voit pas sa queue accrochée aux poutres du toit, ni le bout de son rostre. Moi je suis à côté de lui avec mon fils André, je le regarde, on voit que je suis étonné. J'ai mon chapeau tressé, ma chemise de coton blanc, je suis dans la force de l'âge. André fixe l'appareil, lui aussi est très fier. C'est pas rien pour un homme, remonter un poisson pareil... Après, tout devient plus facile. La drisse avec laquelle j'ai attrapé ce marlin bleu, je l'ai gardée aussi, le rouleau tout entier. C'est une bonne corde, bien solide, un demi-pouce d'épaisseur… Je l'avais repérée sur le pont d'un bateau japonais qui pêchait autour de nos îles, on s'était arrangés avec le capitaine. Elle a remonté ce marlin, je m'en suis plus servi après. Je l'ai toujours laissée chez moi à la maison. C'était pour prendre ce poisson que mon Dieu me l'avait donnée… Elle sera toujours là, pendue à une poutre sur ma terrasse, à Murifenua. Les gens viendront de loin voir la maison de Papa Marii, mes arrière-arrière-petits-enfants pourront leur montrer cette drisse, celle qui a remonté le plus grand poisson de l'océan…

Fiordland

Ils quittèrent le ponton de Bluff Harbour à quatre heures du matin. Le Français s'était présenté en avance, Tamatoa et lui avaient chargé les vivres à bord, les caisses d'appâts pour les casiers, tandis que Rongo Walker inspectait une dernière fois le vieux diesel du *Toroa*. Amarres larguées, ils traversèrent le bassin pour aller faire le plein de gasoil et d'eau à la station du port artificiel. Plusieurs bateaux formaient déjà la file, les marins en profitaient pour partager un café brûlant sur le quai, « Sweet as, Cuz !… », ils échangeaient des bourrades à déboîter l'omoplate, ils juraient en forçant la voix comme pour se persuader qu'ils étaient réveillés. La fumée de leurs cigarettes formait des halos blancs qui se dissipaient lentement dans la lumière des projecteurs. Les hommes se rencardaient sur les plans des uns et des autres, qui partait où, combien de temps, tous espéraient trouver le bon filon et que le cours de la langouste battrait des records – de quoi les rendre riches, au moins pour un soir.

Rongo Walker restait à l'écart, il arpentait le pont du *Toroa* à l'affût d'un casier branlant, d'une bouée mal arrimée. Ses collègues le saluaient depuis le quai, « Hey Rongo !... », il répondait d'un geste et son regard tendu coupait court à la discussion. Il aurait voulu être déjà dans le Fiordland, relever ses casiers. Il jouait gros en septembre. Son quota de langoustes, douze tonnes pour l'année, lui revenait une fortune. D'autres s'en remettaient à des investisseurs, mais cette solution ne lui convenait guère : deux tiers des bénéfices dans la poche d'un autre, quand on faisait tout le boulot, c'était de l'esclavage. Rongo Walker ne dépendait que de lui-même. Pour financer ce permis, l'entretien du bateau, tous les frais matériels et le salaire des gars, il ne fallait pas se louper. Huit tonnes de langouste encore à ramener ce mois-ci, le plus rentable de l'année, et il retomberait sur ses pieds. C'était jouable, surtout pour un tel marin : de l'avis général, nul ne connaissait mieux que lui les fjords de la côte ouest, tous les récifs et les hauts-fonds, les moindres recoins à langouste. Mais il fallait toujours un peu de chance, éviter l'accident et les avaries graves dans ces mers casse-bateaux, prier pour que l'hiver austral oublie de se mettre en colère.

Le Français suivait des yeux son capitaine, mains dans les poches du ciré. Il était heureux de partir, un peu intimidé aussi. Fiordland – ce nom avait acquis au fil des mois l'éclat mystérieux des légendes. Les gens d'ici évoquaient cette région sauvage, aux confins sud de la Nouvelle-Zélande, avec un émerveillement souvent teinté d'effroi. Rien que d'immenses forêts, des lacs et des montagnes, une poignée d'habitants à peine sur des centaines de kilomètres, un climat effroyable – pluie, vent et froid prenaient dans la région des proportions d'apocalypse. Il n'y avait que les pêcheurs pour naviguer dans ces parages. Les tempêtes en mer de Tasman étaient violentes, imprévisibles, on entendait parler de navires en perdition drossés sur les récifs, de chavirages brutaux, d'hommes perdus en mer. Les abris étaient rares sur ces côtes, très éloignés les uns des autres, inaccessibles par vent fort. Mais le Français n'avait pas peur, il serait allé n'importe où avec ce skipper. Surtout, il voulait vivre ça. Tamatoa non plus n'avait pas l'air de trop s'en faire. Assis à la table du carré, il s'était rendormi.

Le courant les portait quand ils franchirent la passe sous un ciel opaque, privé d'étoiles. Rongo Walker s'engagea plein ouest sur le détroit, laissant derrière lui le phare de Dog Island. Le vent avait tourné, il écrasait la houle des derniers jours. Le *Toroa* filait à dix nœuds sur une mer peu formée. On apercevait au nord les premières lumières d'Invercargill et de Riverton. Les trois hommes avaient rangé leurs cirés dans le placard, tee-shirt et chemise de flanelle suffisaient dans la chaleur du poêle, ils ne sortiraient pas de la journée – c'était un long voyage. Rongo Walker n'avait pas décroché un mot depuis le départ. Debout à la barre, il écoutait d'une oreille la radio du port, attentif à la mer et aux feux des bateaux qui suivaient la même route qu'eux.

Au lever du soleil, ils laissèrent derrière eux la grande baie de Te Waewae et se rapprochèrent de la côte. Pas un village en vue, rien que des récifs éparpillés, des falaises où venait s'échouer la houle du grand Sud. Le ciel gris et bas de l'hiver semblait ne jamais devoir s'ouvrir, une lumière dénuée d'éclat filtrait à travers les nuages et un crachin salé empoissait les vitres du rouf. Rongo Walker tendit la main en direction du sud. « Ça c'est The Rock, Frenchie… » La pyramide noire de Solander Island se dressait en plein océan, à vingt-cinq milles on devinait le bouillonnement des brisants. Rongo Walker soupira, les yeux ronds. « Faut s'appeler Dangerous Dave pour aller se mettre là-bas… » Il n'y avait dans sa voix aucune admiration. « Un bon navigateur doit d'abord ramener ses hommes et son navire. » Le *Toroa* bourlinguait sur ces eaux inhospitalières depuis plus d'un demi-siècle, et il n'avait jamais connu la moindre avarie. Rongo Walker en était fier. Son père et son grand-père avaient dessiné les plans du caseyeur – fruit d'une longue expérience, il était parfaitement adapté aux rudes conditions qu'on rencontrait ici la majeure partie de l'année.

« *Toroa* a l'air endormi quand on le voit amarré au ponton... Mais dès qu'il prend la mer, sa force se révèle. Il est courageux, ce bateau... » Il donna une tape attendrie sur le bois de la barre. « Quand les choses tournent mal, il a jamais flanché... »

Ils longèrent deux heures encore cette côte escarpée, aperçurent au loin l'embouchure d'un fleuve, parèrent les récifs de Long Reef. Le grondement des vagues qui percutaient la roche s'entendait à des kilomètres, et un violent ressac chamboula tout à coup la mer. Le *Toroa* se mit à rouler fortement. Bousculé dans son sommeil, Tamatoa leva les yeux vers l'horloge de bord. Les aiguilles indiquaient midi et demi. Tamatoa se redressa derrière la table, sourcils froncés. « Hé Popa'a !... » Sans bouger, il désigna d'un regard l'emplacement du garde-manger. Le Français prépara trois sandwichs au corned-beef – il n'y avait que les Kiwis pour consommer encore cette horreur. Il ajouta de la salade, coupa des rondelles de tomates. Tamatoa prit un air brimé en contemplant son demi-pain, puis le croqua à pleines dents. Le Français avait réchauffé du café, Rongo Walker lui tendit le thermos qu'il gardait toujours à portée de main, calé sur son tableau de bord.

Après les brisants de Long Reef, la côte obliquait vers le nord. Ils arrivèrent bientôt en vue du phare de Puysegur, minuscule fusée blanche posée sur une lande calcinée, au sommet de la pointe. On apercevait sur la droite les résidences des anciens gardiens, leurs toits de tôle rouges tapis au ras du sol pour ne pas s'envoler. Rongo Walker vira au large pour laisser loin sur tribord des écueils à fleur d'eau, où la mer déferlait dans un magma d'écume. « Faut pas se mettre ici quand le vent tourne à l'ouest... » Rongo Walker hocha la tête. « Y a pas mal de tombes là-bas, près du ponton, tous les pauvres marins qui se sont noyés dans le coin... »

Le *Toroa* doubla la pointe et obliqua vers le nord-ouest. « Welcome to Fiordland !... » Au nord, à travers le crachin, la vue portait jusqu'au promontoire désolé de Gulches Head et Cape Providence, avec entre les deux les falaises immaculées de Chalky Island. Vers l'est, les vastes fjords de Preservation Inlet et Chalky Inlet s'ouvraient peu à peu sous leurs yeux, déployant la splendeur de leurs canaux glaciaires taillés dans le flanc des montagnes, leur multitude d'îles et d'îlots. Le tapis sombre des forêts en épousait tous les contours jusqu'au ras de l'eau noire, des nuages engloutissaient les monts plus élevés de l'arrière-pays, mais à travers les déchirures étirées par le vent on apercevait quelquefois un glacier poussiéreux, la blancheur d'un névé. Souffle coupé, le Français eut l'impression étrange d'avoir longtemps rêvé ce paysage nimbé d'un voile d'embruns, de brume et de crachin qui renforçait encore son atmosphère surnaturelle – si les dieux existaient, ils avaient ici leur domaine. Mais une menace pesait sur la beauté des lieux, les éléments ne faisaient rien pour dissimuler leur violence. Partout où portait le regard, la mer était blanche de rage.

Une légion de récifs barrait l'entrée des fjords, où des bouées multicolores flottaient entre deux eaux, couchées par le courant. Elles indiquaient la présence de casiers à langoustes. Tamatoa s'était levé pour identifier les flotteurs, il en étudiait l'emplacement avec un grand sérieux. On devinait son impatience. Rongo Walker infléchit sa course pour ne pas subir les remous. « Hey Chief !... Y a du monde sur Chalky !... » Rongo Walker haussa les épaules, concentré sur les brusques sursauts de la houle. « Là-haut à Breaksea Sound, on sera plus tranquilles... »

Ils doublèrent Cape Providence et laissèrent derrière eux les fjords. La brise avait fraîchi, elle soufflait du sud-ouest à présent et la mer se creusait. La houle s'affolait autour du *Toroa*, elle culbutait sur les hauts-fonds, elle passait sa colère sur les premiers cailloux. Dans le fracas du ressac, on n'entendait plus le moteur. Rongo Walker prit plus large encore pour ménager le *Toroa*, soumis au désordre des creux. « Fiordland, aye, c'est le plus bel endroit au monde !... L'un des plus dangereux aussi pour les navigateurs... » Même par temps calme, la houle dépassait quatre mètres. Des vagues catapultées de l'autre bout du monde venaient s'empaler sur les rochers de cette côte, chargées d'une énergie immense, elles se propageaient dans les fjords sur des kilomètres parfois, sans se soucier des hommes qui avaient le malheur de se trouver sur leur chemin. « Et quand le vent d'ouest se fâche, Frenchie, faut dégager !... J'ai vu des rafales de cent nœuds s'engouffrer dans les fjords, ceux qui sont plus au nord, et dans ces cas-là... » La voix était posée, il n'en rajoutait pas. « Tu sais comment les anciens surnommaient cette côte ?... Les Mâchoires de l'Enfer... » Tamatoa se redressa derrière la table du carré, il roulait de gros yeux. « Ça fait peur oh, Popa'a, l'enfer qui te croque !... » Ses épaules hoquetèrent dans un rire muet.

L'après-midi touchait à sa fin quand le *Toroa* entra dans le fjord de Dusky Sound. Au nord se dressaient les monts érodés de la péninsule de Five Fingers et de Preservation Island. Des lambeaux de brouillard s'effilochaient dans la brise, spectres errant au ras des flots. Partout des bois de hêtres argentés d'où émergeaient çà et là les ramures hirsutes d'un rimu millénaire, des murailles de mousse sur les falaises, phosphorescentes, gorgées de perles d'eau qui scintillaient au premier rayon de soleil et puis soudain, dans tout ce vert, le trait vaporeux d'une cascade se précipitant dans la mer.

Sur ce bras de mer enfin abrité de la houle, le Français sentit Rongo Walker se détendre. Il avait rallumé la radio de bord, on devinait à son détachement, à l'économie de ses gestes, qu'il avait manœuvré cent fois autour de ces rochers. Il connaissait intimement le jeu des marées, les courants, les passages interdits faute de profondeur. « Hey Frenchie !... Tu vois l'arbre, là-bas ?... » Le skipper désignait une souche envahie par la mousse, penchée en travers d'une crique. « Pickersgill Harbour, aye... Cook a relâché plusieurs semaines au fond de cette crique en 1773... » Le capitaine anglais effectuait alors son deuxième tour du monde, il remontait de l'Antarctique. « C'est à cet arbre-là que le *Resolution* était amarré... » Rongo Walker marqua une pause, on voyait qu'il cherchait ses mots. « Dans les livres d'histoire, il est écrit que Cook a découvert nos îles... » Le skipper secoua la tête, il prit le Français à témoin. « Si moi demain je débarque dans ton pays, je l'aurai découvert ?... » Tamatoa passa la main sur la peau tannée de son crâne, cette idée le déconcertait. « Cet homme venu de l'océan portait avec lui le désordre – pour nous, c'est le symbole de la dépossession... » Cook n'avait rien compris aux gens du Pacifique. Surtout, il avait manqué de respect à leur savoir pourtant si grand. « Tu connais Tupaia, Frenchie ?... Le Tahitien ?... » Tamatoa se redressa fièrement sur sa banquette. « De Raiatea oh, chez moi !... »

Rongo Walker acquiesça, la joie de son second lui tira un demi-sourire. « Tupaia était un Arioi, un prêtre. Et un navigateur extraordinaire... » En quittant Tahiti lors du premier voyage à bord de l'*Endeavour*, Cook avait embarqué Tupaia pour le ramener en Angleterre. Ensemble ils avaient gagné la Nouvelle-Zélande, ils avaient fait le tour complet de ses deux îles. Les tribus maories n'avaient jamais oublié ce Polynésien aux habits de grande noblesse, qui parlait une langue étrange, si proche de la leur. « En le voyant, les anciens ont cru que c'était lui, le chef de cette expédition... » En un sens, il l'était. En servant d'interprète aux Anglais, Tupaia avait atténué le choc entre ces deux cultures. Les choses avaient mal commencé : les étrangers venus de l'océan avaient abattu le chef maori Te Rakau, qui voulait obtenir par le troc un sabre d'abordage. « Ces démons tuaient sans raison, sans défi rituel – après ça, ils voulaient devenir amis ?... » Les gens n'y avaient rien compris – l'équipage de l'*Endeavour* aurait sans doute fini massacré sur une plage sans la diplomatie du Tahitien. Initié aux secrets de la navigation polynésienne, Tupaia connaissait les chemins d'étoiles, les routes océanes au long cours que ses ancêtres avaient ouvertes. Les officiers anglais lui avaient demandé de tracer sur une feuille les terres qu'il connaissait dans le Pacifique. « Cette carte, aye, je l'ai vue dans un livre ancien, cent trente îles dessus, trois mille kilomètres à la ronde !... » Cook aurait appris beaucoup de Tupaia, il avait préféré ignorer ce savoir. Impensable qu'armé de sa seule mémoire, un malheureux sauvage puisse enseigner quoi que ce soit au meilleur marin de son temps, fort de ses instruments – compas, sextant et tout le reste. Ses subordonnés, eux, l'avaient compris : Tupaia était un navigateur sans égal. La précision avec laquelle il déterminait à l'estime le cap, la vitesse et la dérive de l'*Endeavour* relevait du prodige. Le Tahitien tenait une sorte de journal de bord mental, sa mémoire fabuleuse lui permettait, à tout moment du jour ou de la nuit, d'indiquer sans erreur la position exacte de son île par rapport au navire. Fauché par une fièvre, Tupaia était mort à Java, loin des siens, dans la solitude du port de Batavia. La veille, il désignait encore l'endroit du ciel où se trouvait son île – juste sous Faupapa, Sirius, la Grande Étoile qui, à son zénith, passe à l'aplomb de Tahiti.

Rongo Walker s'était longtemps passionné pour ces choses. Un ancien de la tribu Tuhoe, là-haut dans l'île du Nord, lui avait dit un jour : « L'Histoire est le plus fiable des prophètes… » Il avait lu tous les récits de Cook et de ses officiers. Une scène l'avait marqué dans le journal de Joseph Banks, enrôlé comme naturaliste. Au sud de l'Australie, quatre pirogues étaient passées au ras de l'*Endeavour*, premier navire occidental à explorer cette région. Les aborigènes qui pêchaient au harpon n'avaient même pas levé les yeux sur ces hommes étranges qui les observaient du haut de leur grand oiseau blanc. Exprimaient-ils ainsi leur indifférence, leur mépris face à l'événement ? Avaient-ils pressenti, déjà, que cet esprit mauvais surgi du large détruirait leur culture, déroberait la terre, souillerait l'île-continent ? À moins qu'en bons pêcheurs, ils n'aient été tout simplement absorbés dans leur tâche.

Rongo Walker se tourna vers son second. « Faut gréer les casiers !... On va mouiller les vingt premiers dans l'Acheron... » Tamatoa fit signe au Français de le suivre, il sortit du placard les cirés et les bottes. Dehors, dans le mauvais crachin et les embruns soufflés du large, le froid vous pénétrait la moelle. Le Français n'avait jamais travaillé sur un caseyeur, il était donc un peu perdu dans l'amas de casiers, de bouées et de cordages qui encombrait le pont du *Toroa*. Il s'efforçait d'enregistrer les gestes de Tamatoa, il déchiffrait tant bien que mal les regards et les moues qui tenaient lieu, chez lui, d'explications. Les équipiers désarrimèrent une partie des casiers entassés sur bâbord, de l'autre côté du vivier planté au centre du bateau. Leur armature d'acier entourée d'un grillage mesurait un mètre soixante de large sur plus d'un mètre de profondeur, soixante centimètres de haut. Trois goulottes étaient disposées en diagonale sur le dessus, entonnoirs métalliques par lesquels les langoustes entreraient dans l'obscurité de la nuit, attirées par l'appât, elles se retrouveraient prises au piège, seuls les plus petits spécimens parviendraient à se sauver par les trappes d'échappement. Fortement lestées pour mieux rester au fond sans dériver dans le courant, les cages pesaient leurs cent kilos à vide. Il fallait nouer à chacune un orin, ce long cordage à l'autre extrémité duquel étaient fixées deux bouées rondes dont le plastique rouge portait, tracés au marqueur noir, l'immatriculation du bateau et le nom *TOROA*. Les deux hommes alignaient sur tribord les casiers gréés. Du grand coffre de poupe, Tamatoa tira des cylindres en plastique orange et une caisse d'appâts – les barracoutas qu'ils avaient pris la veille. Tamatoa débita le premier poisson sur une planche à découper, il trancha la tête, les filets, il jeta le reste à la mer, au grand bonheur des pétrels et des albatros qui rôdaient autour du bateau. Il montra au Français comment remplir le cylindre avec une tête, quelques quartiers de chair, puis il l'enclencha dans le compartiment prévu à cet effet. Ils appâtèrent ainsi plusieurs casiers d'avance. Puis Tamatoa pointa la tête à l'intérieur. « All good, Chief !... » Les deux équipiers s'adossèrent à la paroi du rouf, sous l'abri, ils attendirent les ordres.

Le *Toroa* négocia un bras d'eau étranglé entre deux îles où le flot de marée se faisait plus violent, il vira sur bâbord pour s'engager dans l'Acheron Passage, chenal majestueux cerné par de hautes montagnes. Pas une ride à la surface, plus un souffle de vent. Quand la lumière rase du soleil filtrait à travers les nuages, on apercevait des milliers de poissons, des bouquets de corail, l'ondulation lente des algues sur une saillie rocheuse. Un bruit inattendu fit sursauter le Français, une respiration forcée à l'arrière du bateau. Trois dauphins jouaient dans le sillage, des souffleurs de bonne taille, le dos gris-noir, ils sautaient par-dessus les vagues, se laissaient distancer, d'un coup de queue ils revenaient, ils poussaient de joyeux soupirs, leurs évents dessinaient dans l'air comme des bulles de vapeur. Une émotion le prit, la solitude soudain trop lourde. « Hé Popa'a !... » Tamatoa posa la main sur son épaule, il désignait les casiers du regard. Le Français n'avait pas remarqué le ralentissement du bateau qui glissait, moteur débrayé, en direction de la paroi. Rongo Walker les rejoignit sur le pont, il se pencha par-dessus la lisse. D'imperceptibles remous indiquaient la présence d'une roche submergée. « COME ON, GUYS !... » Les équipiers empoignèrent le premier casier, ils le calèrent en équilibre sur le franc-bord. Tamatoa fit signe au Français d'attraper les bouées, de lover à ses pieds les trente mètres d'orin en prenant garde aux nœuds. Alors il fit basculer la cage par-dessus bord, regarda défiler la corde, au tout dernier moment il agita la main, Balance. Les bouées flottèrent un instant dans la brume avant d'aller gifler la surface de l'eau, happées par le poids de l'engin. « GO CHIEF !... » Tamatoa soulevait déjà le piège suivant.

Ils mouillèrent vingt casiers au long de l'Acheron. Chaque fois, Rongo Walker sortait s'assurer que l'endroit était favorable. « La langouste, c'est comme une chasse – faut guetter les fonds, ceux qu'elle aime... » Les unités modernes de la flotte travaillaient au sonar. Rongo Walker faisait tout à l'instinct, il s'appuyait sur l'expérience – la sienne et celle des ancêtres. « Je connais l'océan, Frenchie, je peux voir ce qu'il y a cent mètres là-dessous, même dans cette eau noire... » Les langoustes abondaient de cinq à trente mètres de fond, au plus près du rivage. « Faut jouer à rase-cailloux, aye, pas le choix... » On laissait toujours au lendemain le ramassage des casiers. De jour, les langoustes se réfugiaient dans les crevasses, les anfractuosités des roches. C'est la nuit qu'elles étaient actives. Grâce à la sensibilité de leurs antennes, ces charognards crépusculaires repéraient leur pitance à l'odeur.

Ils laissèrent sur leur droite Wet Jacket Arm, un large bras de mer qui s'enfonçait vers l'est dans les profondeurs de Dusky Sound, bordé d'immenses forêts où les cerfs pullulaient, introduits pour la chasse, et même des élans. Comme les rats, les opossums destinés au commerce des fourrures, ces bêtes importées du grand Nord dévastaient le paysage, décimaient la faune endémique. L'Acheron débouchait sur le fjord de Breaksea Sound. Rongo Walker se dirigea à l'ouest vers l'entrée du fjord, et le *Toroa* se remit bientôt à tanguer sur une mer écumeuse, où vent et courants se disputaient le dernier mot, levant des vagues courtes et abruptes. Des milliers d'oiseaux tournoyaient dans le ciel, nuées de pétrels nichant sur les hauteurs de Resolution Island, damiers du Cap au plumage poivre et sel, dont le chœur autour du bateau était assourdissant, albatros de Buller avec leurs traits de maquillage qui dessinaient comme des lèvres jaunes sur le bec. On apercevait parfois sur les roches détrempées une assemblée d'otaries à fourrure, d'étranges manchots dont le crâne était surmonté de sourcils clownesques.

Tamatoa et le Français apprêtèrent les derniers casiers, une trentaine en tout. Sur les instructions du skipper, ils les répartirent au pied de la côte abritée de Resolution Island et un peu plus au nord, à l'extérieur du fjord. Dans ces zones exposées, c'était une autre affaire. Les mains prises, il fallait garder l'équilibre sur le pont détrempé, tandis que le bateau cabriolait comme un liège sur la houle croisée. Tamatoa gardait toujours un œil sur le Français, il l'empoignait sans ménagement pour interrompre ses glissades quand des paquets de mer déferlaient sur le pont, sans quitter des yeux l'orin du casier, qui sifflait contre le franc-bord. « Bouée, Popa'a !... » Les projections des vagues vous dégoulinaient dans le dos, une eau froide comme la mort. Doigts tétanisés, le Français grelottait mais il serrait les dents – pas question de se plaindre. Il se concentrait sur ses gestes. Il aimait leur simplicité, la monotonie de la pêche. Ne penser qu'au prochain casier, laisser le corps agir, oublier tout le reste. On se sentait vivant.

Il était plus de huit heures quand les dernières bouées s'éloignèrent dans leur sillage. Il faisait nuit depuis longtemps mais la lune descendante avait dissipé les nuages, elle éclairait le fjord, les pics enneigés en retrait de la côte, donnant un air fantomatique aux récifs drapés d'écume. Dans la cabine il faisait chaud, les hommes tombèrent sans mot leurs cirés, ils burent à petites gorgées le thé brûlant, trop fort et trop sucré, que Rongo Walker avait préparé. Des éclats de voix métalliques interrompaient parfois le grésillement de la radio. Les essuie-glaces grinçaient sur les carreaux du poste de barre, repoussant une bruine qui virait à la neige. Rongo Walker avait fait demi-tour vers l'intérieur de Breaksea Sound. Il laissa sur tribord l'entrée de l'Acheron puis l'anse de Sunday Cove, où une base de pêche était aménagée sur un ancien navire militaire. Rongo Walker poussa la barre à gauche pour négocier Harbour Island, il continua tout droit vers un repli du fjord.

C'était une crique tortueuse, mangée par la forêt, on aurait pu passer devant sans l'apercevoir. Rongo Walker s'engagea au ras des écueils dans un courant tourbillonnant, il scrra au plus près la côte sur bâbord, à toucher les arbres. Une cabane sur pilotis occupait le fond de la crique, ses tôles miroitaient sous la lune. Une pyramide de casiers se dressait derrière la cabane, plusieurs dizaines en tout, qu'il faudrait mouiller au matin. Le Français aida Tamatoa à installer les pare-battage et les aussières, ensemble ils amarrèrent le *Toroa*. Ils débarquèrent leurs affaires, une partie des vivres. Rongo Walker poussa la porte de la cabane – elle n'était pas fermée à clé. « Hey Frenchie !… Bienvenue au Breaksea Hotel… » Le doublage en contreplaqué n'empêchait pas le froid de traverser les murs, mais il y avait un poêle en fonte, des réserves de bois dans un coin du local. Des lits rudimentaires, une paillasse avec un réchaud et un petit évier, une table et quatre chaises en bois, des toilettes sèches à l'extérieur. L'endroit rappelait les refuges des parcs nationaux, ces *huts* où le Français avait passé tant de nuits, seul, dans sa traversée du pays. Loin de tout, on s'y sentait bien.

Rongo Walker posa un carton et une glacière au pied de la paillasse. « Dîner dans une demi-heure !… » Tamatoa gronda de joie, pour tuer la faim il sortit charger les casiers à bord du *Toroa*, il fit signe au Français de s'occuper du feu. Le petit bois ne tarda pas à crépiter, les bûches bien sèches s'enflammèrent sans fumée. Le Français referma la porte, il régla patiemment l'ouverture de la trappe. Bientôt le poêle se mit à ronronner. Rongo Walker eut un hochement satisfait, il le regardait faire par-dessus son épaule – allumer un feu, c'était important. Le poêle tirait à merveille, il faisait chaud dans la cabane quand les hommes se mirent à table. Rongo Walker avait préparé du poisson grillé, une purée de citrouille et de pommes de terre. Il n'y avait que de l'eau à boire, l'alcool et la marée faisaient mauvais ménage. Tamatoa mangeait avec les doigts, il vida son assiette en quatre bouchées. Rongo Walker le resservit deux fois.

Le dossier de la chaise craqua sous le poids du géant quand il se pencha en arrière, les traits engourdis de bonheur, il croisa les mains sur son ventre. « Hey Chief, raconte !... » On entendait le raclement des branches sur le toit, le sifflement lointain du vent, le clapot léger du courant contre les pilotis. Rongo Walker commença son histoire dos tourné à la table, il rinçait les plats au-dessus de l'évier. « Dans ma jeunesse, Frenchie, tu sais que j'étais capitaine du Bluff Rugby Club ?... J'ai même été sélectionné dans l'équipe des South Island Maori – tel que tu me vois, j'étais talonneur !... Je me suis flétri avec l'âge... » Il posa la dernière gamelle sur l'égouttoir, mit de l'eau à chauffer. « Y avait que le rugby pour moi... Le combat me plaisait, mourir pour l'autre... »

Il surveillait la bouilloire, ses ongles tapotaient l'inox de l'évier. « Après tu entres dans la vie, c'est dur... Tu crois qu'en étant fort et droit on va te respecter, que les copains seront toujours derrière... » À l'époque, l'usine de réfrigération d'Ocean Beach tournait encore à plein, le port de commerce prospérait, la ville possédait une flottille de pêche dix fois plus nombreuse. Des marins composaient l'équipe, des ouvriers et des dockers. « Tous les Maoris et les Pasifikas de Bluff, de sacrés guerriers !... » La voix du skipper s'échauffait, il revoyait les rucks, le casse-pipe des mêlées. « Les gars d'Invercargill, s'ils manquaient un match dans l'année, sûr que c'était celui-là... Personne voulait nous affronter !... » À son retour, vingt ans plus tard, Rongo Walker était devenu entraîneur. « J'ai recruté Tamatoa en deuxième ligne, mais j'ai vite renoncé – c'était un massacre !... Quand il raffûtait les trois-quarts, les gars restaient sur le carreau. Une semaine après, ils portaient encore la trace de sa main sur le front !... » Tamatoa leva les yeux sur le Français, faussement honteux. Rongo Walker posa trois mugs sur la table, un pot de nescafé, les cuillères et le sucre. Il revint s'asseoir avec eux, apportant la bouilloire. Il remua son café, le regard dans le vague. « Avec la fermeture de tout, la ville s'est dépeuplée... Nos jeunes Maoris et les cousins du Pacifique, c'est picole, fumette et baston, ils sont surtout champions pour se fabriquer des ennuis... » Rongo Walker avait jeté l'éponge faute de combattants. Tous les samedis midi, à l'heure de la composition, ses meilleurs éléments cuvaient au commissariat d'Invercargill après leurs frasques de la nuit. Le Bluff Rugby Club était désormais bon dernier du championnat local. Tamatoa se redressa, il empoigna la boîte de café soluble. « Faut faire un team de la prison, Chief !... T'inquiète, là ça serait fort... » Il porta la tasse à ses lèvres, il s'efforçait de ne pas rire. Rongo Walker se tenait les côtes à deux mains, les deux hommes échangeaient des œillades par-dessus la table, ils mimaient les charges brutales, la chandelle suivie d'un plaquage assassin. Quand le Français ferma les yeux, allongé dans le noir, les vieux amis riaient encore.

Rongo Walker secoua ses troupes à quatre heures du matin. Le Français se redressa sur son lit, sonné par une dispute interminable, il mit de longues secondes à se convaincre qu'il s'agissait d'un rêve. Il fut surpris par le silence qui régnait dans la cabane. Le vent était tombé pendant la nuit, il ne pleuvait plus. Même le courant semblait s'être arrêté sous le plancher. Rongo Walker avait allumé deux bougies sur la paillasse, il était déjà en tenue, il s'affairait devant l'évier. Dans la pénombre de la pièce, le Français distingua les contours grotesques de Tamatoa. Enroulé dans sa couette, sous quatre couvertures, il tournait le dos aux bougies, agrippé des deux mains aux derniers lambeaux de sommeil. « GET UP, MATE !... » Rongo Walker fit tinter sa cuillère contre la bouilloire en fer-blanc qui fumait sur la table. Tamatoa sortit à contrecœur de son abri, il bâillait à faire peur. Dépliée, sa carcasse tenait à peine sous le plafond. Les trois hommes burent leur thé sans échanger un mot, les biscuits secs craquaient sous leurs molaires.

Le *Toroa* appareilla sous un ciel démesuré. La lune avait plongé derrière l'horizon et les étoiles brillaient si fort dans cet air lessivé par la pluie qu'elles paraissaient plus proches. Rongo Walker avait tout éteint pour ne rien perdre du spectacle. Le Scorpion déployait sa queue droit devant, au centre de la Voie lactée, Canopus régnait sur le sud. « Ça c'est quelque chose, Frenchie... Tu vois cette étoile bleue ?... » Rongo Walker désignait un point vers le nord. « Vega, la Whanui des anciens... » Cette étoile et Matariki, la constellation des Pléiades, annonçaient l'an neuf, la saison d'abondance. « Nos ancêtres, Tupuna, possédaient le savoir des astres, c'est comme ça qu'ils ont su traverser l'océan Pacifique et remonter dans leurs filets toutes nos îles... » Durant ses années de marine marchande, Rongo Walker avait emprunté à son tour les routes créées par ses aïeux de Taïwan aux archipels mélanésiens, des Fidji aux Tonga, de Tahiti à l'île de Pâques. Le skipper s'était pris de passion pour la navigation aux étoiles, cet art que les Polynésiens avaient porté au plus haut point. « Les marins d'Europe tremblaient encore de perdre de vue le rivage que nous avions déjà peuplé la moitié du Pacifique !... » Et quand Colomb avait fini par traverser l'Atlantique, cela faisait des siècles que les pirogues doubles des Océaniens avaient relié Tahiti aux trois extrêmes du Triangle polynésien – Hawaii, Rapa Nui et la Nouvelle-Zélande. « Des voyages insensés, Frenchie, plusieurs milliers de milles en plein océan !... Des semaines sans toucher terre, à la merci du vent et des courants... » Rongo Walker avait lu tous les livres, les articles, interrogé les vieux à chaque escale. Aux îles Hawaii, il avait rencontré Nainoa Thompson et ses compagnons de la Polynesian Voyaging Society, qui tentaient de percer les secrets des anciens navigateurs, pour retrouver l'esprit de ces grandes traversées et redonner fierté aux peuples d'Océanie. « La nuit pendant mes quarts, quand le ciel était dégagé, j'oubliais le compas et les cartes marines – je m'en remettais aux étoiles... » Rongo Walker sondait la Voie lactée, dont l'éclat s'estompait déjà à l'approche du jour – il voyait Te Ikaroa, le grand panier rempli d'étoiles. « Ça marche aussi bien, Frenchie !... J'ai jamais perdu un bateau... »

Le bulletin météo de cinq heures annonçait deux jours d'accalmie, un flux de sud-ouest à vingt nœuds et des creux de trois mètres à peine. Rongo Walker comptait en profiter pour mouiller les casiers récupérés à la cabane sur les basses les plus exposées à l'extérieur de Breaksea Sound, ces zones périlleuses où des rochers déchiquetés, à peine couverts, alternaient avec les grandes profondeurs. Par mauvais temps, ces hauts-fonds étaient infréquentables, il s'y levait des vagues monstrueuses, des remous très puissants capables de vous aspirer en un clin d'œil vers les cailloux. Mais ces nids à langoustes, pour qui savait s'y prendre, remplissaient les cales d'un bateau en deux ou trois tournées.

Vers huit heures trente du matin, quand le soleil pointa enfin à l'est, enjambant comme au ralenti les cimes enneigées du Fiordland, le filage patient des casiers les avait entraînés au nord de Breaksea Island, à mi-chemin de la baie de Coal River. Ils redescendirent ensuite vers le fjord, posant leurs nasses sous des falaises vertigineuses. Rongo Walker barrait avec sang-froid dans ces eaux semées d'écueils, il avait les yeux partout, il faisait coulisser la vitre du poste de barre et se penchait dehors pour mieux contrôler les récifs immergés. Dans ces moments il parlait peu, il n'écoutait plus que la mer. Tamatoa et lui communiquaient par gestes de la cabine au pont. L'entente qui régnait entre les deux hommes, à plusieurs mètres de distance, tenait de la télépathie. Un regard suffisait à faire attendre l'autre, un léger hochement indiquait l'instant exact où pousser le casier, un froncement de sourcils désignait une roche à fleur d'eau que le skipper n'avait pas repérée. Le Français faisait de son mieux pour ne pas rompre l'harmonie, il débitait les appâts sur le coffre du fond sans perdre de vue le second, il se précipitait pour soulever les casiers, veiller à l'ordre des orins, libérer les flotteurs.

Ils mouillèrent le dernier casier juste avant onze heures. Tamatoa et le Français mirent un peu d'ordre sur le pont, ils rangèrent les bouts inutiles, stockèrent le reste des appâts dans le coffre réfrigéré. Le *Toroa* se faufilait dans un labyrinthe de récifs et d'îlots à l'embouchure de Dusky Sound, il bifurqua dans une anse sinueuse, parfaitement abritée. Ils remontèrent au ralenti l'étroit goulet qui menait au fond de la crique, puis ils vinrent se ranger, moteur coupé, contre un mur de roche colonisé par la mousse, sous les branches des premiers arbres. Tamatoa empoigna une corde qui pendait à la verticale, fixée à la paroi, il amarra la poupe du *Toroa*, renouvela l'opération pour l'avant du bateau. Il leva la tête sur une parabole blanche fixée au sommet du rocher. « Pour le rugby, hein !... Go All Blacks !... » Il broya le bras du Français. « Viens Popa'a !... »

Rongo Walker avait réchauffé le plat de la veille, ils déjeunèrent avec appétit et burent un café sur le pont. Ils étaient assis contre la rambarde, en bras de chemise, le soleil réchauffait leurs épaules. L'eau d'un vert pâle était tendue comme une toile, elle avait par endroits des reflets jaunes et orangés. Les étoiles de mer, les coquillages posés par six mètres de fond paraissaient à portée de main. Rongo Walker se pencha vers Tamatoa, sa tasse désignait une roche à l'entrée de la crique. « Hey Mate, t'irais pas te baigner ?... » Tamatoa hocha la tête, il vida son café et rentra. Rongo Walker se tourna vers le Français. « C'est un coin à Paua, ici... On les fera griller ce soir. » Il salivait d'avance. « Avec de l'ail et du gingembre, aye !... » Tamatoa sortit de la cabine, de longues palmes bleues à la main, masque de plongée sur le front, le bas du corps moulé dans une combinaison de plongée qu'il avait tirée jusqu'aux hanches. Il semblait impossible d'y faire tenir son torse, ses bras herculéens. Rongo Walker et le Français l'aidèrent tant bien que mal à enfiler le reste. « T'as vu Frenchie, il a dû acheter deux combis, ce Big Fellah, des XXL, aye, pour les coudre ensemble !... » Il riait de bon cœur. Il remonta la fermeture éclair dans le dos du géant, rabattit le velcro. Sa paume claqua sur le néoprène. « À toi de jouer !... » Rongo Walker déverrouilla le panneau amovible ménagé dans le bastingage. Tamatoa s'assit sur le rebord du pont, les pieds dans l'eau, il enfila ses palmes, mouilla son masque et le cala sur ses yeux. Il empoigna le filet à coquillages que Rongo Walker lui tendait. Son pouce et son index dessinèrent un rond, Tout va bien, un grognement furieux fit trembler son tuba quand il entra dans l'eau glacée.

Le Français le regarda s'éloigner, il repensait aux ailerons gris qu'il avait vus rôder dans le sillage du *Toroa* à l'entrée de Dusky Sound. Rongo Walker hocha la tête. « Requins, aye ?... Y a tout ce qu'on veut dans ces eaux-là, même le grand blanc, Ururoa... » On croisait souvent des makos, merveilles de trois mètres et plus ; le requiem aussi, qui chassait en meutes dans l'eau trouble des fjords. « T'inquiète pas, Frenchie... » Ils virent les palmes de Tamatoa se dresser hors de l'eau, là-bas, puis disparaître au milieu des récifs. « Les requins ont toujours été des gardiens pour nous autres, des messagers, on dit qu'ils tendent un lien entre visible et invisible... La seule chose qui les met en rogne, c'est violer un tabou !... » Rongo Walker roula de gros yeux, l'air menaçant. Le tuba de Tamatoa réapparut à la surface, à cinquante mètres de l'endroit où il avait plongé – il était resté trois minutes en apnée. Il purgea son tuba, sortit les yeux de l'eau pour se repérer, il retraversa la crique en quelques mouvements de crawl. Rongo Walker s'agenouilla au bord du pont pour récupérer le filet, il en tira sept coquillages longs comme la main, ovales d'un gris terne sur le dessus, noirs en dessous – les ormeaux géants du grand Sud. « Blackfoot Paua, la plus charnue !... » Tamatoa posa ses palmes sur le pont, il se hissa à bord. Le Français l'aida à s'extraire de sa combinaison, pendant que Rongo Walker rallumait le moteur. Il était temps d'aller relever les premiers casiers, ceux qui avaient passé la nuit dans l'eau.

Au sortir de la crique, Rongo Walker repartit vers l'amont du fjord, en direction de l'Acheron. Tamatoa et le Français organisèrent le pont en vue du relevage. Ils sortirent les caisses de plastique ajourées, bleues et orange, qui allaient accueillir les prises, ils tapissèrent de bandes caoutchouc le fond du bac de tri fixé à même le pont, entre le vire-casier qui jouxtait la cabine sur tribord, côté mer, et le vivier à langoustes au centre du bateau. Tamatoa noua à la rambarde la corde d'un grappin, il servirait à crocheter dans l'eau les orins des casiers.

L'Acheron prenait au soleil un tour moins inquiétant, les montagnes déployaient à perte de vue leurs dégradés de vert, de brun, les plus proches se dédoublaient sur le bleu pétrole du chenal. Dans le ciel pas un nuage, le blanc de l'horizon virait au cobalt éclatant au-dessus du bateau. Les premières bouées apparurent, Rongo Walker les aborda par la gauche, il débraya le moteur au tout dernier moment, penché à sa fenêtre pour mieux estimer le courant. Tamatoa lança le grappin et, au premier essai, il ramena l'orin. Il empoigna la corde du casier, la lança comme un lasso par-dessus la poulie fixée à une potence au-dessus de lui et l'enclencha dans la roue du vireur, ce treuil puissant qui servait à hisser les cages. Le casier brisa la surface et se balança, ruisselant, le long du franc-bord. Dedans, pas une langouste, rien que des fragments d'algues et deux étoiles de mer. Tamatoa grogna entre ses dents, il bloqua le treuil et fit signe au Français de l'aider à tirer le casier, ils le firent tourner sur lui-même pour qu'il se présente du bon côté – le seul pan mobile de la cage, maintenu par des sandows, que l'on faisait basculer au-dessus du bac de tri pour libérer les prises. Tamatoa rejeta les étoiles à la mer, il vérifia la cartouche d'appâts pour s'assurer qu'ils étaient encore en état, puis il remisa l'engin. On le remettrait à l'eau ailleurs, un peu plus tard.

Les cinq casiers suivants furent comme le premier, Tamatoa les tirait sur le pont, visage fermé, il remettait à l'eau les coquillages, les poissons prisonniers, entreposait l'engin avec les autres. Rongo Walker apparaissait sur le seuil de la cabine, il hochait la tête en voyant le bac de tri vide, il regagnait la barre sans aucun commentaire. Le septième casier fut le bon, Tamatoa s'en rendit compte avant même de le voir, rien qu'à la tension de l'orin et aux efforts du treuil. « Là c'est plein oh, Popa'a !... » Le casier émergea de l'eau, ses fonds chargés d'un grouillement brun orangé. Le Français attrapa des deux mains la cage mais l'inertie de l'engin lui fit perdre pied. De son bras libre, Tamatoa l'empêcha de basculer par-dessus bord, il recadra son équipier d'un regard noir, qui céda aussitôt la place à un sourire. « Pas grave hé, Popa'a !... Ça va venir... » Il stoppa d'une main le balancement de la cage, il la tira à lui. Le Français l'aida à la faire basculer au-dessus du bac de tri, et des dizaines de langoustes culbutèrent sur les tapis de caoutchouc, elles se mirent aussitôt à battre de la queue, prises de convulsions, elles rebondissaient en tous sens dans un chaos de carapaces, d'antennes et de pattes, elles se carambolaient, leur danse endiablée les précipitait tête la première contre l'acier du bac. « Hey Frenchie !... Tu portes pas la poisse, alors... » Rongo Walker se tenait debout derrière eux, il jaugeait du regard le nombre des langoustes, leur poids surtout. « Cent livres, aye ?... » Tamatoa prit le temps d'étudier la chose, avant de confirmer. Rongo Walker disparut dans la cabine et le bateau reprit sa course.

Les deux équipiers rangèrent le casier à la hâte, ils n'avaient que quelques minutes pour trier les prises avant de hisser le suivant. Tamatoa empoigna la carapace d'une langouste et tourna le ventre vers lui, il déplia la queue avec délicatesse. Il exagérait tous ses gestes à la manière d'un mime, il s'assurait à chaque étape que le Français avait saisi. Il fallait mesurer la largeur de la queue au niveau du second segment, avec le gabarit d'inox fourni par les autorités – cinquante-quatre millimètres au minimum pour le mâle, soixante pour la femelle, on la reconnaissait à ses pinces minuscules sur les pattes arrière, ses appendices doubles sous la queue. Il fallait tâter aussi la carapace des mâles pour s'assurer qu'elle était dure, certains muaient en cette saison, on n'avait pas le droit de les garder. Une poche d'œufs sous la queue des femelles était rédhibitoire. La main gauche de Tamatoa rejetait à la mer les langoustes recalées, les poissons et les coquillages prisonniers de la cage, la droite lâchait avec délicatesse les prises valables dans l'eau du vivier. Le Français repéra une fugitive retombée à côté du bac, elle grelottait bruyamment sur le pont. Il referma la main dessus et, à travers le gant épais, il sentit les spasmes de sa queue, les dards acérés sur son dos. À bien y regarder, la bête était repoussante avec sa cuirasse épineuse, vérolée, d'un orange tirant sur le rouge avec des reflets violacés, ses longues pattes d'araignée qui battaient le vide. Ses yeux protubérants, les cornes sur l'avant du rostre lui donnaient un air démoniaque, elle avait quelque chose d'une blatte démesurée – quatre kilos pour plus de quarante centimètres. La langouste rabattit en arrière ses antennes gigantesques, elle les frotta contre sa carapace, le Français faillit lâcher prise en entendant ce raclement de scie. « Tu lui fais quoi, Popa'a ?... » Tamatoa éclata de rire en voyant la mine du Français. « Là elle est fâchée, oh !... » Il lui prit la langouste des mains et, sans même la mesurer, il la posa dans la cuve. Rongo Walker hurla depuis la barre. « CASIER !... »

Le *Toroa* retraça patiemment sa route de la veille en direction de Breaksea Sound puis vers le nord, en pleine mer. Ils remontèrent tous les casiers, les mouillèrent sur d'autres hauts-fonds. Certains pièges étaient vides mais la plupart, placés aux meilleurs endroits, avaient fonctionné – même si, aux mines que faisaient le capitaine et son second, le Français comprit vite que les prises étaient plus maigres qu'espéré. On trouvait parfois des congres à l'intérieur, monstrueuses anguilles de mer. Attirées par ces proies faciles, elles en oubliaient toute prudence et s'emprisonnaient dans les cages. Une fois relâchés, les congres sautaient hors du bac, enragés, ils ondulaient sur le pont, ils se coinçaient la gueule dans les dalots en essayant de fuir. Tamatoa riait en les voyant. « T'as vu, Popa'a ?... Sait pas qu'il est gros !... » Il empoignait d'une main la queue aplatie et soulevait l'anguille, bras tendu, pour éviter sa terrible morsure.

Les pieuvres aussi savaient se glisser dans la nasse et faisaient un festin, elles suçaient la chair des langoustes, les plus grosses toujours, elles les vidaient de l'intérieur. Ils en remontèrent une devant Resolution Island. En découvrant sous les longs tentacules un cimetière de carapaces, Rongo Walker ne put contenir un juron. « BLOODY WHEKE !... Tu t'assois et tu voles mon travail ?... » Il attrapa la pieuvre par la tête et lui assena un grand coup de gourdin. « C'est comme ça que l'ancêtre Kupe a tué Te Wheke-o-Muturangi, la pieuvre géante… » Tamatoa opina du chef, les yeux ouverts en grand. « Kupe était un pêcheur d'Hawaiiki – le pays de Tamatoa, d'où les ancêtres sont venus… » Kupe et les hommes de sa tribu rentraient chaque soir leurs pirogues pleines de poisson, les familles du village se partageaient le butin. Mais un jour, le poisson avait cessé de mordre. Pourtant, quand les pêcheurs remontaient leurs lignes, les appâts avaient disparu. « Kupe a compris tout de suite : de l'autre côté de l'île, le chef Muturangi avait apprivoisé une pieuvre gigantesque… » Kupe rendit visite au chef, qui le chassa en se moquant de lui – il ne disait pas à sa pieuvre ce qu'elle devait manger. « Kupe a répondu, Je vais tuer ta pieuvre !… » L'ancêtre avait alors construit une pirogue double, Matahorua, de ces Wakas puissants qu'on réservait aux longs voyages océaniques, il avait embarqué avec sa famille et les guerriers de la tribu. C'est en poursuivant la pieuvre à travers le Grand Océan que l'ancêtre avait découvert les îles de la Nouvelle-Zélande, créées aux temps anciens par le demi-dieu Maui. Kupe et les siens avaient trouvé une nouvelle terre, Aotearoa, où leurs descendants migreraient après eux, fondant le peuple maori. « Tu vois, Frenchie… » Le regard du skipper s'attarda un instant sur son équipier. « Ce grand malheur qui les chassait de leur maison, c'était une bénédiction... »

Ils regagnèrent le fjord au coucher du soleil. Le *Toroa* roulait nonchalamment, porté par la houle. Tamatoa somnolait sur la banquette. Le Français ne sentait plus rien, ni ses bras ni ses mains, les muscles de son dos étaient endoloris. « T'as de la veine, Frenchie !... Ce grand calme, aujourd'hui, ça rendait le boulot plaisant... » Le rougeoiement du ciel s'intensifia soudain, un incendie fugace embrasa les monts du Fiordland dont les forêts immenses chatoyaient, entre jaune et pourpre, dans l'éclat du couchant. Rongo Walker soupira d'aise. « Faudrait toujours naviguer comme ça, le soleil dans le dos... » Ils passèrent au pied d'une falaise escarpée que la forêt, pourtant, avait colonisée, déployant ses racines dans le peu de sol disponible. « Incroyable, aye ?... » Rongo Walker avait suivi le regard du Français. « Quand il pleut fort ici, on a des avalanches... » Rongo Walker scruta les parois du fjord, il montra au Français un pan de forêt emporté, la roche à nu, quelques blocs de terre brune au milieu du vert. « Des avalanches d'arbres !... » Il répéta deux fois, comme surpris par ses propres mots. « T'as vu comme ils s'accrochent ?... Pourrait y en avoir un ici, un autre là mais non, ils poussent ensemble. Leurs racines peuvent pas s'enfoncer, alors elles s'entremêlent pour tenir... » Il avait cette manière d'user de métaphores sans qu'on sache très bien ce que ses mots visaient. « On se dit, C'est solide… Mais un seul décroche et alors, tout dégringole… »

Ils arrivèrent en vue de la crique, celle où se trouvait la cabane. « Hey Tama, faut remonter la boîte !… » Rongo Walker aborda par la gauche une paire de bouées rouges qui frissonnaient dans le courant. Tamatoa se rua sur le pont, il remonta la corde d'un coup de grappin et l'enclencha dans le vireur. Un casier rongé par la rouille émergea du chenal, alourdi d'algues et de coquillages, plus volumineux que les autres. C'était un vivier de pleine eau, les langoustes pêchées y seraient conservées le temps de finir la marée et de rentrer au port, ou, si tout allait bien, d'être en quantité suffisante pour justifier le recours aux bateaux rapides ou aux hélicoptères qui rapatriaient les prises vers les usines de Bluff, épargnant aux pêcheurs la perte de temps que représentait un aller-retour entre deux marées. Les trois hommes transvasèrent les langoustes dans le vivier, puis le redescendirent au fond. Tamatoa et le Français remirent de l'ordre sur le pont et le lessivèrent à grande eau, ils amarrèrent le *Toroa* au ponton de la cabane. Leur journée de travail était terminée. Elle avait duré quinze heures.

Ils se régalèrent ce soir-là des ormeaux que Rongo Walker avait poêlés avec de l'ail et du gingembre, après les avoir battus longuement dans un torchon. Cuites à la perfection, les noix étaient tendres, elles avaient des saveurs étrangement terriennes, feuilles mortes et champignons. Le Français en aurait pleuré – c'était comme retrouver le goût. Tamatoa le resservit malgré ses protestations. « Mange, Popa'a !… C'est bon ça, French Cuisine !… » Un souvenir éclaira le visage de Rongo Walker, il passa la main sur ses yeux. « Quand j'étais lieutenant sur la goélette des Australes, à Tahiti, on avait un cuistot français… » Pour son premier embarquement, le jeune chef avait des ambitions, jeux d'arômes et sauces fines, les plats qu'il préparait étaient sophistiqués – selon les standards du navire. « Quand il a vu les gars empiler tout sur leurs assiettes et noyer ça dans le ketchup, le cuistot a braillé, fallait voir !… » Tamatoa étouffa un rire, il connaissait la chute. « Alors le type s'est mis à saboter les plats, il nous empoisonnait avec ses steaks carbonisés, ses légumes trop bouillis, même son riz était immangeable… La pire gastronomie de tout le Pacifique !… » Rongo Walker s'efforçait de garder l'air grave, mais Tamatoa et lui avaient les larmes aux yeux. Le Français les observait avec bonheur. Il allait seul depuis des mois, les rares êtres humains qu'il avait croisés lui confiaient des bribes d'histoires avant d'aussitôt disparaître. Il ne s'était pas rendu compte à quel point l'amitié lui manquait. Celle qui régnait à bord du *Toroa* lui dégelait le cœur.

Chaque matin, Rongo Walker réveillait l'équipage à quatre heures. Les hommes buvaient un thé, grignotaient trois biscuits, et ils embarquaient. Le virage des casiers débutait à l'heure indécise où la nuit n'était plus la nuit, quand il faisait juste assez clair pour distinguer les bouées à la surface. C'était en milieu de matinée, vers dix heures, qu'ils cassaient la croûte, copieusement. Puis ils repartaient jusqu'au soir. Ils parcouraient cinquante ou cent milles dans la journée, en fonction des endroits où étaient mouillés les casiers. Avec la fatigue, les conversations se faisaient plus rares et quand ils en avaient, c'était essentiellement pour parler de la météo. Ils écoutaient matin et soir les bulletins de Meri Leask diffusés depuis Bluff, et Rongo Walker guettait à la radio les observations des collègues qui pêchaient plus au sud ou vers Milford Sound, dans le Nord, pour ne pas se laisser surprendre par un coup de vent imprévu. Dans le Fiordland, on ne pouvait jamais savoir.

C'est au quatrième jour de pêche que l'hiver austral décida de rugir à nouveau sur ce recoin des Quarantièmes. Le crachin qui avait accueilli l'équipage du *Toroa* au sortir de la cabane se transforma bientôt en une pluie battante, où l'eau se mêlait au grésil. Le vent qui les prenait de face sifflait dans les filières, le mât de feux, et même à l'intérieur du fjord la houle du large était sensible. Rongo Walker et Tamatoa échangèrent un regard, une poignée de mots que le Français ne put saisir – dans l'urgence, les deux hommes dialoguaient comme ils l'auraient fait si l'étranger n'avait pas été là, ils revenaient à ce parler qu'ils s'étaient forgé au fil des années, mariant pour l'occasion ces cousins éloignés qu'étaient la langue maorie et le tahitien. Rongo Walker se retourna. « Ça va bouger dehors, Frenchie !... Va falloir se tenir... » Tamatoa sortit sur le pont observer la mer et les nuages. Il revint, l'air préoccupé. « No good, Chief !... » Rongo Walker mit en panne à l'abri de Sunday Cove pour attendre le bulletin de cinq heures. Ils tendirent l'oreille, courbés sur la radio pour ne rien perdre du message malgré les parasites. *« Nord de West Cape : Vent... Sud-Ouest vingt-cinq à... nœuds... chissant dans l'après-midi... cinq à quarante nœuds, rafales cinquante... »* Rongo Walker coupa la radio, il enclencha le moteur et mit le cap au large. Tamatoa secoua la tête, sa main lourde effleura l'épaule du Français comme pour s'excuser. « Ça c'est la pêche, Popa'a !... C'est Fiordland... »

Quatre-vingt-dix kilomètres-heure de vent dans les rafales, cinq mètres de houle – le bulletin matinal était éloquent. Mais il ne disait rien des conditions à bord. Pour virer les casiers à l'extérieur du fjord, Rongo Walker était contraint de manœuvrer travers à la houle, au ras des rochers. Le *Toroa* roulait bord sur bord, il embarquait des torrents d'eau qui saccageaient le pont et le rendaient infréquentable. Il fallait s'accrocher sans cesse pour ne pas être fauché – une main pour l'homme, l'autre pour le bateau. Les cahots de la houle malmenaient le treuil, la tension était telle qu'il fallait être vigilant, guetter le saut de corde capable de vous assommer, de vous arracher l'œil. À la sortie de l'eau, les casiers valsaient sous la potence, Tamatoa et le Français devaient s'arc-bouter pour les tenir, épargner au matériel des chocs trop violents. Ils rangeaient le casier et quand le bateau repartait, ils triaient les prises à la hâte puis ils se réfugiaient sous l'abri de pont, bien campés contre la cabine. « WAVE !... » Rongo Walker les alertait quand une vague plus creuse venait gifler le *Toroa*, les deux hommes faisaient le dos rond pour encaisser les gerbes d'eau qui giclaient avec la pression d'une lance à incendie. Aveuglé par le vent, la pluie horizontale, le Français ne distinguait plus rien des signes de Tamatoa, il suivait au jugé et quand il s'égarait, une bourrade du géant le ramenait sur les rails. Ses mains avaient gelé, elles paraissaient sans vie, elles continuaient pourtant de faire leur job : empoigner les mailles glacées, tirer le casier sur le pont, vider puis trier les langoustes, débiter les appâts... Les deux tiers des engins étaient encore à l'eau et il n'en voyait pas le bout. Des embardées de plus en plus brutales lui faisaient perdre l'équilibre, il s'enfonçait les côtes dans l'angle du vivier, il avait les hanches broyées, des hématomes aux cuisses. Sur le coup de onze heures, Rongo Walker décréta une trêve. Le *Toroa* se rangea sous le vent de Breaksea Island. Tamatoa leva la tête, il souriait. Il laissa en plan la cage que les deux équipiers étaient en train de ranger. « Viens Popa'a !... » En voyant le Français s'effondrer sur la banquette, Rongo Walker le gratifia d'un rire moqueur. « T'en fais une tête !... » Il tendit à son équipier une tasse de café brûlant. « Si c'était facile, aye, tout le monde le ferait... »

Le vent, la mer forcirent encore dans l'après-midi, mais la pêche se poursuivit jusqu'au soir, et tout le jour suivant. Rongo Walker avait reçu de Bluff la nouvelle qu'il attendait : les cours s'envolaient sur les marchés d'Asie, sans doute à cause du mauvais temps. Peu d'équipages étaient sortis, pas un ne quitterait le port pendant ce coup de frais. Le kilo de *crayfish* se négociait à soixante-dix dollars, près de cent pour les beaux spécimens. Plus question de rentrer à Bluff avec leur cargaison, il fallait profiter de cette flambée inespérée – nul ne savait combien de temps elle durerait. Rongo Walker appela par radio la base d'hélicoptères de Te Anau, de l'autre côté des montagnes, pour qu'on envoie quelqu'un récupérer les huit cents kilos de langoustes qu'ils avaient déjà récoltés. Les trois hommes tâcheraient de refaire le plein de crustacés, avant de regagner Bluff dans quatre ou cinq jours.

Au matin, ils remontèrent le vivier de pleine eau et chargèrent les caisses en plastique, triant les langoustes avec soin, selon leur taille et leur état. Seuls les individus les plus lourds et les mieux préservés vaudraient leur pesant d'or, la moindre patte cassée, l'éclat dans une carapace les reléguaient dans la catégorie commune. Les caisses remplies, scellées avec soin, ils gagnèrent Sunday Cove et s'amarrèrent à l'*Uni*, l'ancien navire de guerre transformé en base de pêche – une plateforme d'atterrissage était installée à l'avant, sur le pont supérieur. Ils déchargèrent les caisses sous la pluie et les disposèrent en piles bien nettes au pied de la plateforme.

Ils entendirent l'hélicoptère avant de l'apercevoir, le sifflement suraigu des turbines et le flap-flap des pales se répercutaient en un millier d'échos dans les boyaux encaissés du fjord. Le grondement s'amplifia soudain, l'appareil blanc surgit au-dessus d'eux, il décrivit un large cercle avant de se poser avec délicatesse. Sans couper le moteur, le pilote descendit ouvrir les coffres latéraux fixés sur les patins. Un grand type grisonnant à la carrure d'athlète, le visage buriné par le froid, insensible à l'averse. « Hey Hannibal !... » Rongo Walker lui serra la main comme à un vieil ami. L'homme avait cette élégance timide qui est de rigueur dans les coins retirés du Sud, jamais un mot plus haut que l'autre, aider son prochain sans en faire une histoire, l'humilité toujours. Cette race de taiseux a offert à la nation de fameux rugbymen. *Hard men* – des hommes durs. « Hannibal ne veut pas l'entendre, mais pas un homme dans ce pays n'a sauvé plus de vies que lui… » On devinait l'admiration dans la voix de Rongo Walker. « Il est allé chercher des gens en perdition dans des conditions où personne n'aurait volé… Jusqu'en Antarctique !… » Ils chargèrent leurs caisses dans les coffres, puis remplirent l'habitacle – on avait retiré les sièges. « Bonne chance, les gars !… » Le pilote reprit les commandes. Ils suivirent des yeux l'appareil jusqu'à ce qu'il disparaisse au-dessus des montagnes.

Ils remontèrent à bord du *Toroa*, et prirent la direction de Resolution Island. Rongo Walker était pensif. « Dans vingt minutes, les crayfish quitteront Te Anau… » Des camions les emporteraient à l'usine de Bluff, où l'on nettoierait les langoustes, elles seraient de nouveau triées, plus méticuleusement encore, on les aspergerait d'une eau à cinq degrés pour ralentir leur métabolisme, on les conditionnerait dans des caisses en polystyrène avec des copeaux de bois pour les protéger, un pain de glace sur le dessus. « De là, direction Christchurch Airport, et demain midi elles arriveront bien vivantes à Hong Kong ou Singapour !… »

Rongo Walker se grattait l'épaule d'un geste incertain. « Enfant, j'aurais jamais pensé que les choses changeraient à ce point... » Il secoua la tête, perplexe. « J'ai pas peur, aye, je suis trop vieux pour ça... Mais ceux qui viennent après... » Tamatoa se pencha sur la table du carré puis il se redressa, il hésitait à dire ce qu'il avait sur le cœur. « Des fois je pense, C'est comment Papeete ?... Moi j'suis parti, y avait un seul clochard !... Tout le monde le connaissait, t'inquiète, il s'appelait Mathieu. Lui c'était un vieux gars oh, toujours son p'tit sac, son chapeau... » Il se mordit les lèvres, le regard dans le vague. Rongo Walker l'observait du coin de l'œil, sans savoir quoi dire – jamais son second ne s'était ouvert de la sorte. Tamatoa se déplia sans hâte, il sortit préparer le pont en plein déluge.

Le vent tomba dans l'après-midi mais la pluie redoubla, les nuages semblaient décidés à lâcher en un jour les huit mètres d'eau annuels que recevait le fjord. On n'y voyait rien à dix pas et au plus fort des grains, on n'entendait plus le moteur dans le fracas des gouttes. Rongo Walker faisait rentrer les hommes entre deux casiers, pour qu'ils se réchauffent et s'essuient avec une serviette-éponge. « Quand il fait beau comme ça, Frenchie, je me dis toujours, Ça ne peut pas durer... Qu'est-ce qui va nous tomber dessus pour compenser autant de chance ?... » Le skipper riait dans sa moustache. « Il pleut tellement ici que la mer, en surface, c'est de l'eau douce... Un mètre par endroits !... » Il se tourna vers le Français pour montrer qu'il était sérieux. « Quand il fait vraiment froid, le fjord gèle en quelques heures, aye, comme une banquise. Je connais des bateaux qui se sont retrouvés piégés... »

Le soir du lendemain, dans la cabane, ils furent si surpris d'entendre la pluie s'arrêter qu'ils restèrent figés autour de la table. Poussée par les rafales, l'averse battait sans discontinuer le toit depuis leur retour, tout le jour elle avait martelé le rouf, le pont du *Toroa*. Le dernier grain venait de s'éloigner, le tambourinement cadencé des gouttes ralentit peu à peu. Rongo Walker étudiait ses mains, il s'éclaircit la gorge.

Je t'entends percer
de petits trous dans le silence
pluie

Il posa ses paumes sur la table. « La poésie, aye, c'est quelque chose !... » Tamatoa acquiesça d'un hochement un peu gêné – le mot l'intimidait. « Hone Tuwhare, le meilleur poète que nos îles aient porté... A-t-on jamais entendu ça ?... Écoutez voir : *de petits trous dans le silence...* Des mots pareils, ça rend meilleur, on ressent mieux la pluie, on l'accueille comme une sœur... » Rongo Walker se leva, il alluma le gaz sous la casserole de café. « On s'est connus, avec Hone. J'aimais beaucoup le vieux... » Ils s'étaient rencontrés dans un pub, à Dunedin, un soir de lecture. « Faut pas imaginer le poète au-dessus de tout – Hone travaillait à l'usine, chaudronnier de métier. La poésie c'est pour le peuple, il disait. Il lisait souvent dans les pubs. Et il ne faisait pas que lire, fallait voir comme il s'amusait !... Il était plus grand que la vie, Hone, il savait rire... » Rongo Walker entendait encore son ami crooner *Lazy River*, le standard de Louis Armstrong.

Up a lazy river by the old mill stream...

« Et les femmes !... Hone disait, C'est toujours la première fois. Quand on aime, c'est toujours la première fois... » Le charme de sa voix était irrésistible, lui-même n'était pas du genre à résister longtemps. Rongo Walker hocha la tête au souvenir de cette nonne que le poète avait conquise, Dieu sait comment, il demandait à une amie d'appeler le couvent pour contourner l'écueil de la mère supérieure, les amants se donnaient rendez-vous en secret. Mais cela s'était su – scandale. La pauvrette avait fini exilée en Australie, Hone s'en désolait vingt ans après. Rongo Walker éteignit le gaz, il revint s'asseoir avec le café et trois tasses. « J'allais souvent le voir chez lui, à Kaka Point... » Le skipper voyait encore la carcasse voûtée du vieux, il enfilait toujours sa casquette de marin pour l'accueillir d'un KIA ORA, CAPITAINE !... « Hone vivait en sauvage dans sa cabane en bois, son *crib* comme il disait, les murs tremblaient dans la tempête... Ça lui faisait plaisir, Hone, il rigolait, Ce bon vieux Tangaroa, voilà qu'il est encore fâché après moi !... » Hone s'était aménagé un poste de vigie où il passait des heures entières à observer la mer, il la connaissait bien. C'était l'endroit de la maison où il se sentait le plus libre, LA PROUE DU NAVIRE, CAPITAINE !... Hone parlait fort, il devenait sourd dans son vieil âge... Ça l'arrangeait bien, songea Rongo Walker. Le poète avait une manière bien à lui de mener la conversation, on apprenait vite à le suivre sans l'interrompre, il empruntait mille détours, il s'emportait, il vous faisait pleurer ou rire à volonté – on ressortait un peu sonné mais grandi de ces traversées-là. « Il m'aimait bien parce que j'étais marin, il voulait mes histoires... Je lui apportais chaque fois un panier de Titi et des huîtres de Bluff, si pleines et si salées... » Rongo Walker n'avait jamais vu personne manger de si bel appétit, Hone dévorait les fruits de la mer avec des grognements de joie. GOODNESS, I LOOOOVE IT !... Il resservait du vin rouge.

Rongo Walker se tut. Tant d'images lui venaient, des moments qu'il croyait perdus. Faire revivre l'ami était joie et douleur. Il aurait voulu tout dire, mais comment rendre par des mots la vie et l'amitié... « Sa voix, j'entends encore sa voix !...

Souvent il grommelait, on aurait dit qu'il n'avait pas confiance dans les mots qui sortaient, pas assez en tout cas pour les rendre compréhensibles... Mais quand il disait ses poèmes... » Une gravité soudaine s'empara de ses traits – c'était cette histoire-là qu'il fallait raconter, elle contenait toutes les autres. « Hone était faible dans ses vieux jours, il faisait peine à voir... Lui qui avait été si fort, toujours à rire, à parler plus haut que les autres... » Ses amis, sa famille avaient invité tout le monde à la salle municipale de Kaka Point pour ses quatre-vingts ans. On sentait la fin approcher. Hone se taisait ce jour-là, voûté dans son fauteuil, on lui avait prêté pour l'occasion un costume noir et une cravate. « Le vieux n'était pas à son aise dans ces habits d'emprunt – ils appartenaient à un mort !... Les gens venaient le saluer, mais il semblait ailleurs. » Rongo Walker caressait l'anse du mug, il scrutait son fond de café. « Les invités parlaient entre eux sans faire de bruit, ils ont fini par l'oublier... » Rongo Walker releva les yeux de sa tasse, l'arche de ses sourcils annonçait le coup de théâtre. « Hone s'est dressé tout à coup, on a voulu l'aider, il a chassé les mains qui se tendaient !... Son regard avait retrouvé l'éclat de sa jeunesse, celui qui plaisait tant aux femmes... » Rongo Walker toussa dans son poing.

Je n'ai en moi nulle malice
qui viendrait tacher mes adieux
car je suis en harmonie avec le vent...

Il imitait le vieux poète incliné vers l'avant, solide sur ses jambes retrouvées – un rocher dans la mer.

... et la terre ruisselante
que j'embrasse à genoux...

Le regard de Rongo Walker se réfugia au fond de la tasse, deux larmes roulaient sur ses joues. « Sa voix, mon Dieu, sa voix avait une force soudain !... C'était son grand Mana, sa puissance revenue... » Rongo Walker marqua une pause, il n'avait pas envie de quitter son ami. « Les gens autour étaient en pleurs, ils souriaient comme des gosses. Puis Hone s'est assis, sa tête est retombée – rien qu'un petit vieillard... » Rongo Walker essuya ses larmes du revers de la main. « Hone est mort cinq ans après, on l'a rapatrié là-haut dans l'île du Nord, au Marae d'Utakura, où il était né... » De l'autre côté de la table, Tamatoa courbait le front. Lui aussi, il pleurait.

Ils quittèrent Breaksea Sound à la fin de cette semaine-là. La pêche avait tout juste été correcte, ils rapportaient une tonne de langoustes. Dix jours s'étaient écoulés depuis leur départ, le Français avait l'impression d'être parti un an. Il était épuisé, heureux surtout d'avoir gagné sa place à bord. Le *Toroa* rejoignit la cabane après une longue journée de pêche, les hommes remontèrent le vivier de pleine eau, ils transvasèrent toutes les langoustes dans la cuve du bateau. Ils dînèrent en hâte, puis ils reprirent la mer à la tombée du jour.

Tamatoa descendit s'allonger en bas sur sa couchette. Le Français resta seul avec Rongo Walker, il voulait profiter de cette nuit en mer. C'était la nouvelle lune et dans l'obscurité du ciel on voyait trembler les étoiles, on distinguait toutes leurs nuances de couleur et d'intensité, elles donnaient l'impression d'émettre des signaux. Mais sa fatigue était trop grande, il somnolait debout contre l'évier. « Hey Frenchie !... » Arraché au sommeil, le Français inspira brusquement. Ou bien était-ce un rêve encore ? Toutes les surfaces de la cabine, autour de lui, luisaient d'un éclat vert, surnaturel. « Regarde voir... » Là-bas vers le sud, la silhouette sombre de Stewart Island se détachait sur le fond aveuglant du ciel, un voile fluorescent qui semblait osciller dans la brise, des halos roses et violacés rayonnaient au-dessus. « Tahunui-a-Rangi, l'aurore australe... » Rongo Walker parlait à demi-voix, presque un murmure, pour ne pas menacer la magie de l'instant. « Les anciens avaient observé ces lueurs, ils pensaient que des dieux vivaient là-bas peut-être, que ces rayons merveilleux étaient les reflets de leurs feux sur le ciel... » Le Français s'approcha de la vitre pour mieux voir, le voile se déployait avec lenteur à l'horizon, il caressait la Voie lactée.

« Les anciens ne possédaient pas le savoir de ces choses... » Alors Tamarereti, un chef maori, avait voulu en avoir le cœur net : il se proposait de voyager tout là-bas dans le Sud pour percer enfin le secret des aurores. « Tamarereti n'était pas Maui ou Kupe, juste un homme comme nous, le navigateur le plus audacieux de son temps... » Sur *Te Rua o Maahu*, sa pirogue monumentale en bois de totara, ornée de plumes et de nacre, il avait embarqué deux sages, soixante-dix guerriers en armes. L'équipage avait mis le cap sur Te Kahui Rua-Maahu, ce point sur l'horizon que désigne la Croix du Sud. Ils restèrent partis longtemps, si longtemps que les gens à terre désespéraient de les revoir. « Et puis un jour, enfin, on a repéré la voile de la pirogue... Mais voilà qu'elle coulait, percée par un récif !... » Tamarereti avait péri dans le naufrage. Seuls deux survivants, un sage et un guerrier, avaient pu témoigner. « Comme ils naviguaient vers le sud, les jours diminuaient peu à peu, jusqu'au moment où le soleil avait disparu pour de bon – il ne restait que les étoiles... » Alors des falaises blanches leur étaient apparues, des murailles de glace qu'on ne pouvait gravir, on apercevait derrière elles des montagnes immaculées, d'une hauteur prodigieuse. « Tamerereti... Certains voient sa pirogue dans la Voie lactée, ils disent que la Croix du Sud, c'est l'ancre... »

Rongo Walker offrit du café au Français, il cala le thermos au creux de son coude, revissa d'une main le bouchon. Il resta longtemps silencieux, perdu dans ses pensées. « Tous ces navigateurs, ceux qui ont inventé nos îles, il leur en a fallu du cœur pour se lancer dans l'inconnu… » Rongo Walker songeait souvent à eux. En mer, ils étaient comme lui, concentrés sur la route. « La première chose, c'était arriver quelque part, et rentrer au pays ensuite. Il a fallu imaginer les routes, la manière de faire… » Son regard quitta la mer un bref instant pour chercher celui du Français. « Ce voyage-là, on le fait tous… »

Ils accostèrent au port de Bluff vers quatre heures du matin, Rongo Walker avait appelé l'usine de conditionnement pour prévenir de leur arrivée, en cette saison les ouvriers travaillaient jour et nuit. Ils débarquèrent les langoustes, le skipper remplit la paperasse d'usage, puis ils retraversèrent le bassin pour amarrer le *Toroa* au pied de son ponton.

Une journée de repos, et ils repartiraient dans le Fiordland – le quota était encore loin d'être atteint, bientôt les pêcheries australiennes entreraient dans la danse et les prix chuteraient inexorablement. Tamatoa retrouva son bolide sur le parking, il les quitta sans s'attarder. Rongo Walker prit le sac du Français, il le jeta à l'arrière du pick-up. « Tu dormiras chez moi, Frenchie… » Ils traversèrent les rues désertes et gagnèrent Lagan Street, sur les hauteurs de Bluff.

C'était une maison coloniale en bois, avec un toit de tôle, mais elle avait toujours appartenu à la famille Walker, qui en avait pris soin. Des filets de pêche, des bouées décoraient la rambarde de la véranda, on apercevait des maquettes aux fenêtres, une ancre était scellée au pied de la façade. Rongo Walker vivait seul dans cette demeure trop vaste, on le sentait à peine entré. Le Français aperçut des portraits de famille, de vieux souvenirs exposés sur les étagères. Ils sortirent de l'autre côté, par la cuisine, et Rongo Walker le conduisit jusqu'à un cabanon de bois au fond de la cour. Il ouvrit la porte, actionna un interrupteur. « Voilà ta piaule, aye… » Une table et un petit évier, un lit étroit près de la porte. « Ma dame appelait ça le Cabanon-Fâché… » Rongo Walker se frottait doucement l'épaule, considérant la pièce comme s'il la découvrait. « Enfin, ça fait un bail qu'on s'est plus disputés… » Le Français baissa les yeux, il avait de la peine à cacher son trouble. Rongo Walker l'apaisa d'un sourire, il posa la main sur son bras. « Maata nous a quittés il y a neuf ans tout juste… » Il chassa la mélancolie d'un haussement d'épaules. « Les enfants font leur vie ailleurs, il ne reste que moi pour entretenir le feu… »

Hone

TIHEI... MAURI... ORA !...

C'est le souffle de vie, la quête de vie, la lumière de la vie... Les ténèbres engendrent la paix – qu'elle soit sur cette maison, sur l'enceinte sacrée de notre Marae, ici, à Utakura. Vous qui m'avez connu enfant, voilà que je vous reviens fatigué, tête grise et les yeux humides, le vent du grand sud aux oreilles, le ventre gonflé de Titi, d'huîtres et de poésie... Je suis venu renouer le lien avec ma terre, Hokianga, avec les gens d'ici qui ont entretenu le feu en mon absence, je suis venu rejoindre mes ancêtres, Tupuna, qui ont leurs portraits sur ce mur, leurs visages gravés dans le bois des piliers... Notre lignée remonte loin jusqu'au premier d'entre eux, Kupe le grand navigateur, Kupe le découvreur de terres qui a foulé dit-on les rives d'Aoteaora en l'an 925, partout il a laissé des traces, son empreinte sur le paysage... Une fois qu'il a vu tout ce qu'il voulait voir, appris ce qu'il voulait connaître, il a rebroussé chemin vers son île, Hawaiiki, par-delà le Grand Océan… Vous voilà assemblés dans cette maison qui est la nôtre. Je vous salue. Je vous salue tous.

TENA KOUTOU !… TENA KOUTOU KATOA !…

Je vois des enfants dans la salle, tous ces Tamariki aimeraient être ailleurs… Je sais, je l'ai vécu !… C'est que j'avais cinq ans à peine aux funérailles de ma mère, elle est morte tout près d'ici. On avait installé son corps devant un grand feu, sur son lit, et les gens défilaient, ah bon Dieu quel foutu tapage !… Ils buvaient, ils fumaient, chacun parlait plus fort que l'autre !… Tous ils avaient le nez et les yeux qui coulaient, ils se donnaient des coups de poing sur la poitrine, Moi je l'aimais plus que vous tous !… Je me suis mieux occupé d'elle !… HOLY SMOKE !… Je les regardais d'en bas, je n'y comprenais rien. En me penchant sous le lit, j'ai vu une chatte qui accouchait de ses petits, elle les nettoyait de sa langue, elle les faisait tournebouler. Alors j'ai oublié l'enterrement, tous ces vieux qui se lamentaient… Ils ont porté ma mère au Marae, voilà que j'étais seul. J'ai pris un chaton et je l'ai déposé dehors, sur un bidon d'essence – je voulais être sûr de le retrouver au matin. Je me suis endormi devant le feu, blotti dans une couverture. Quand je me suis réveillé, il faisait grand jour. Le feu était mort, le petit chat dehors aussi.

J'en ai entendu se moquer, tout à l'heure : Poète, c'est un métier ?... GOODNESS !... Je suis pas vexé, ouh, la réunion du Tangi sert à ça, c'est le moment du mort et celui des vivants, chacun est libre d'évoquer tous vos foutus défauts aussi bien que vos qualités, on vient pour boire et se remplir la panse, pour plaisanter de tout... Poète, aye ?... L'autre fois dans une école, un gosse m'a demandé : Grand-père, quand as-tu commencé à écrire de la poésie ?... Je l'ai dévisagé avec l'air ahuri que je sais prendre, en me grattant la cuisse – c'est que ces choses-là, voyez, sont du plus grand sérieux. La poésie a commencé bien avant l'écriture, voilà ce que j'ai répondu. J'ai d'abord prononcé une lettre, A, et puis une autre, O, les deux ensemble, AO, et au bout d'un moment les gens qui m'entouraient ont cru se reconnaître – Hey c'est moi, ça !... Voilà comment ça m'est venu. J'ai constaté plus tard que ça plaisait aux dames, alors raison de plus... BLOODY GOOD, AYE !... Tout naît des gens autour de vous, l'autre sexe de préférence... Les vieux aussi, les sages qui vous aident à grandir. On apprend toujours des autres, de la manière qu'ils ont de triturer leurs mots pour exprimer ce qu'ils éprouvent, parfois ça capture l'essence. Les mots qu'au bout du compte on couche sur le papier, on les a pas rêvés, ils ne vous tombent pas d'en haut – Rangi le dieu du ciel n'offre pas ce service !... Ils nous sont donnés en passant par tous ces inconnus, pour qu'on les utilise. On dit : C'est un poète, il a l'amour des mots... Aimer les mots, c'est aimer les hommes surtout. On ne peut pas se parler à soi-même comme si on était seul !... Tout le monde aime les mots, nous les Maoris plus encore. On a perdu cela, mais nos anciens pouvaient se disputer trois jours et trois nuits sans repos pour décider du sens d'un verbe...

Je suis chaudronnier de métier. Ce que je sais, je l'ai appris à l'atelier. J'ai aimé le travail, la camaraderie des usines. Je m'installais toujours près d'une porte, je plantais là mon établi. Le foutu froid rentrait l'hiver, la poussière en été. J'étais le premier à saluer les nouveaux, ceux qui se cherchaient une place, je les rencardais du mieux possible, je leur disais à qui parler, comment... À leur tête quand ils sortaient, on reconnaissait les veinards – j'ai jamais oublié le visage des autres, ceux qu'on ne voulait nulle part. Chaudronnier de métier, et c'est comme ça que j'ai su devenir artiste : l'art c'est souder les gens entre eux, avec le paysage aussi... Parce qu'une lettre d'amour adressée à vous-même, à quoi bon en faire étalage ?... PISS OFF, MAN !... Range-moi ça dans un tiroir, tu pourras l'admirer les soirs de solitude. L'art est une chose d'une grande humilité, il ne prétend jamais être au-dessus du reste. On a beau être artiste, on est de la tribu. Et puis ceci : un poème est aussi difficile à tendre qu'un pont suspendu. Ils aident les gens à traverser.

Je travaillais à la construction d'un barrage sur la Waikato River en 1956, quand un flic a frappé à ma porte, un matin tôt, avant l'embauche. J'ai cru qu'il venait m'arrêter – j'étais communiste à l'époque... Il m'a simplement dit : Ton père est mort. Je n'ai rien senti sur le coup. Je me suis assis ce soir-là, j'ai écrit mon premier poème. Quand il a été terminé, la douleur m'est tombée dessus. Mon frère et moi, on a loué un van et on a ramené mon père chez lui dans le Northland, comme vous l'avez fait avec moi. Plus tard, une revue a publié le poème. Je pleurais de bonheur !... J'ai couru jusqu'au pub voir les camarades, j'agitais la revue au-dessus de ma tête... Regardez, je suis écrivain !... I'M A BLOODY POET !... Mon contremaître de l'époque débarquait en douce dans l'atelier, tous les jours que Dieu fait il me trouvait planqué derrière mon écran de soudure en train de griffonner des vers sur un papier... Il m'engueulait : Hone !... Si je te reprends à écrire tes foutus poèmes, t'es viré, tu m'entends ?... Il voulait m'arracher la feuille mais moi je m'accrochais, Laisse-moi, j'ai presque terminé !... Quatre mots à couper...

Les copeaux de bois sont tabous, quand nos sculpteurs taillent la figure d'un dieu ou d'un ancêtre. On n'en fait pas un feu pour préparer la nourriture. On peut les repousser du revers de la main, jamais souffler dessus. On ne les garde pas – en se réunissant, ils pourraient prendre vie sous une forme nouvelle. On les remet dans la forêt car ils lui appartiennent, ils appartiennent au dieu Tane.

Je me suis souvent demandé : les copeaux que je fais, ces mots perdus, qu'est-ce qu'ils deviennent ?...

Vous ne saisissez pas où mes paroles vous mènent... Tout l'art c'est ça, c'est la manière qu'on a, nous autres les Polynésiens, d'aborder une proie. On tourne doucement autour, on prend soin de cacher vers où on se dirige, on resserre peu à peu le cercle et d'un coup, blip, le piège se referme.

La poésie, je ne sais pas ce que c'est. Juste qu'elle doit venir des choses réelles, celles qui vous entourent. Il suffira de dire ces choses comme vous les voyez, personne ne les a jamais vues de la même manière... Personne !... C'est ainsi que vos mots n'appartiendront qu'à vous, ils portent votre sceau, on ne pourra jamais vous les voler – tout le reste oui, mais pas ça. La poésie, voyez, c'est qui vous êtes au fond, c'est l'esprit intérieur que chacun dissimule, quelle que soit l'origine. Simplement, il faut le nourrir. Les mots qu'on remonte du puits avec sincérité, c'est une chose qui n'a pas de prix, la plus prestigieuse de toutes, c'est le noyau, le cœur de l'homme. Les Pakchas d'ici, tout anglais qu'ils sont, feraient bien de s'en souvenir – leurs ancêtres l'avaient compris, ces Britons à la peau bleue qu'on appelait des sauvages, avec leurs visages peints comme des Moko, nos tatouages... Ils s'inventaient des chants, ils dédiaient ces poèmes aux dieux de la forêt.

Comme vous j'ai appris enfant le nom des trois fleuves, des vingt et un ruisseaux qui rejoignent la mer, tous leurs méandres aussi, j'en connais l'origine, je m'en souviens encore. Ce qu'on a appris en marchant, ça ne s'oublie jamais. Chaque lieu porte ses histoires, telle rivière a gardé l'empreinte du chef More Te Korohunga, massacré avec quarante de ses guerriers pour avoir dépecé une baleine échouée sur nos terres. Le brave fut exécuté sur une roche qui demeure aujourd'hui sacrée, les survivants de sa tribu léchèrent le sang dessus pour conserver un peu de son Mana… Je me rappelle, nos anciens racontaient toujours avec une furie de détails les batailles glorieuses. Sur les défaites, ils n'en donnaient aucun. La mémoire leur manquait, sans doute.

À la mort de ma mère, je me suis retrouvé à vivre en banlieue d'Auckland, mon père avait trouvé une place de jardinier, il labourait la terre d'un autre, un maraîcher chinois, avec une paire de chevaux. Il plantait toutes sortes de choses – il savait s'y prendre, mon père, il aurait fait pousser des choux dans le désert. C'est que nous, les Polynésiens, on a ça dans le sang… Le Chinois offrait un salaire de misère, cinq shillings par semaine plus la nourriture, à prendre ou à laisser !… C'était la Grande Dépression, enfin, la première… J'en ai vécu d'autres depuis, et maintenant le monde ne connaît que cela. Mon vieux et moi, on survivait à peine.

Mais ce qu'on nous servait à table, JEEEEZ !... Il y avait du porc, du poulet avec toutes ces épices, des tonnes de légumes, et les Chinois, bien sûr, cuisinaient ça superbement. Disons qu'on survivait très agréablement !... Le seul toit que mon père avait pu dégotter, c'était une case en tôle. On n'imagine pas des étagères sur un mur de zinc, encore moins des livres dessus !... Il n'y en avait qu'un dans cette maison : la Bible, en anglais. Je l'ai lue et relue, ça a compté beaucoup. La cadence mélodique, le flow quand on lit à voix haute – quel foutu bon texte !... L'Ancien Testament, surtout, si plein d'une poésie étrange et belle.

Pas de maori entre nous, mon vieux voulait que je parle un anglais parfait. C'était ma langue de jour. Le seul moyen de s'en sortir dans le monde des Pakehas. Mais le soir quand j'étais au lit, mon père invitait ses amis, tous les Maoris du quartier, ils se racontaient leurs histoires dans notre langue à nous. Souvent après minuit, des chants graves me réveillaient, les Waiata de nos ancêtres. BLOODY HELL !... Leurs foutus chœurs flanquaient la trouille !... On aurait dit des oraisons funèbres.

HE KUAKA MARANGARANGA
KOTAHI MANU...

Ce chant, je m'en souviens, c'était le préféré du vieux.

Kuaka reste suspendu
Un seul oiseau
Se pose sur le banc de sable
Il s'y installe
Et d'autres se posent, à côté
Voilà qu'ils sont tous arrivés

J'en rêvais en me rendormant, j'imaginais l'oiseau suspendu à mi-ciel... À la manière qu'avait mon père d'articuler, je pressentais un monde caché sous les mots. Aujourd'hui je sais bien ce qu'il y a derrière, ce sont des choses qu'on ne raconte pas. Certains ne sauraient les entendre...

Là-bas plus haut, dans la queue du poisson qu'est la pointe de l'île du Nord, c'est la terre des Muriwhenuas – les six tribus du bout du monde. Chez eux dans les réunions, on entend souvent ce vieux chant dédié à Kuaka, le bel échassier brun. On l'aperçoit qui pioche nos vasières à marée basse dès le mois de septembre, de loin il n'a pas l'air vaillant, il semble maladroit à patauger dans cette fange, raide sur ses brindilles, mais de plus près il est très beau avec son bec rose et noir recourbé vers le haut, sa tête d'un brun roux avec un sourcil clair, et le noir de son œil a l'éclat du guerrier. Kuaka nous revient chaque année au printemps, c'est un grand voyageur, le plus brave de tous et le plus endurant, pendant l'hiver d'ici il part en mer de Chine, remonte en Sibérie puis franchit l'océan, il niche en Alaska… Dans le foutu grand Nord !… L'aventure ne lui fait pas peur, il traverse le Pacifique sans pouvoir se poser car c'est un oiseau du rivage, l'océan n'est pas son domaine, douze mille kilomètres en huit jours sans nourriture ni repos. Combien de fois faut-il battre des ailes ?…

Kuaka doit les aimer, nos terres, à entendre comme les nuées jacassent avant de se poser, KO KOA KIK, KO KOA KIK, un vacarme de noces, version polynésienne !… Dès qu'il pose les pieds ici, Kuaka est muet, plus un cri, il se montre discret en noble visiteur, émissaire de passage, il a compris que le silence valait souvent mieux que les mots. Mais quand vient mars, à l'heure du grand départ, il retrouve sa voix, KOA !… KOA !… On n'entend plus que lui… Kuaka, quand il vole, fait un raffut de tous les diables… Nos anciens, ceux qui ont emprunté la route de Kupe vers ces terres inconnues, suivaient son vol. De nuit ils se repéraient au tapage, KOA KIK !… KOA KIK !… L'oiseau connaît le ciel, l'ordre des vents, les secrets des chemins d'étoiles, c'est lui qui a guidé Kupe le grand navigateur quand il a quitté Hawaiiki pour naviguer jusqu'à nos îles. Les anciens connaissaient mieux que nous la nature des oiseaux – c'est qu'ils passaient beaucoup de temps à étudier leurs habitudes, à apprécier leur chant, à réfléchir sur eux. Ils ont observé que Kuaka s'envolait à l'automne et qu'il revenait au printemps sur les rives d'Hawaiiki, ainsi ils ont su que là-bas, dans le Sud, existait une terre.

Les Muriwhenuas sont pris d'une mélancolie aux premiers jours de mars, quand Kuaka part vers le nord. Ils savent que l'oiseau regagne Hawaiiki, la lointaine patrie perdue du peuple maori. Tout au bout du pays, là-haut, c'est la grande Baie des Esprits. Kuaka et ses frères s'y assemblent avant la longue migration. D'abord certains s'envolent avec timidité, ils forment un nuage indécis qui reste suspendu. KO KOA !... KO KOA !... Ils se posent à nouveau, comme effrayés par la distance, on les voit qui piétinent, marchent de long en large, frissonnants d'inquiétude. Puis un soir au coucher, un cri déterminé résonne tout à coup au milieu de cette multitude et le plus courageux part à l'assaut du ciel, entraînant tous les autres... C'est Kahukura, le Meneur, il monte en spirale dans le ciel, sans se précipiter, jusqu'à n'être plus qu'un invisible point. Alors l'aventurier disparaît dans la nuit, plein nord, tous les autres derrière !...

Kuaka, c'est l'oiseau-mystère dont nul n'a jamais vu le nid, jamais tenu les œufs dans le creux de sa main. On dit que son vol accompagne l'esprit des morts sur le chemin d'Hawaiiki, l'île que chacun regagne quand ce monde-là nous met dehors... L'âme libérée voyage vers le nord au long du Chemin des Esprits, elle foule le sable immaculé de Ninety-Mile Beach, traverse Te Paki, la dune immense. Au promontoire de Te Arai, elle doit laisser un objet cher apporté de chez elle – une fleur, la branche d'un arbre fruitier... Du haut de la colline qui s'appelle Haumu, l'âme jette un dernier regard aux terres, aux êtres aimés qu'elle laissera derrière, en bas dans la vallée elle se désaltère à la Source des Morts et c'est le point de non-retour... Alors elle gravit le sentier qui monte au Cap des Enfers, que nous autres appelons Te Rerenga Wairua, l'Endroit d'où les esprits s'élancent, quittent d'un bond le monde de la lumière pour celui des ténèbres. Si vous montez là-haut, je veux dire de votre vivant, l'un de ces jours blancs où la brume engloutit jusqu'aux sons, asseyez-vous au pied du phare, ceux qui savent entendront comme un reniflement juste au ras du silence : c'est le chuchotement des morts, ils reprennent leur souffle avant de s'élancer. Dites-leur adieu à mi-voix, eux qui ne reviendront jamais.

HAERE RA... HAERE RA...

Du phare, tout en bas, vous apercevrez les ramures d'un arbre millénaire, le Pohutukawa qui jaillit de la roche. Nul ne l'a jamais vu fleurir... Rien qu'à la manière dont il s'accroche là, à mi-chemin du précipice, si solide et si beau, on sait que ce n'est pas un arbre naturel. Car c'est au long de sa racine que les âmes des morts se laissent glisser vers l'abîme, le frottement de leurs mains a tant usé le bois qu'on le voit briller au soleil. À marée basse, la mer découvre un trou profond où s'engouffrent les morts, ils ressortent une dernière fois à Manawatawhi, l'île du Dernier Souffle, battue par les tempêtes, aux confins de la mer de Tasman et de l'océan Pacifique.

Ceux de là-haut, les Muriwhenuas, qui vivent sur ces terres depuis l'arrivée des pirogues, sont les gardiens du Grand Chemin. Ils savent mieux que nous sentir les esprits quand ils passent. Jadis, ils prenaient soin de bâtir leur garde-manger la porte tournée vers le nord, pour que ces âmes errantes ne s'y retrouvent pas piégées. C'est que les esprits, on le sait, peuvent nuire aux vivants, ceux qui n'ont pas trouvé leur paix, s'ils ne sont pas allés au bout du grand voyage. Parfois ils vous accablent au point de rendre l'âme… Oh je repense aux longues palabres de mon père, le soir avec ses amis, leurs récits de fantômes n'en finissaient jamais. J'étais censé dormir mais je n'en perdais rien. C'était comme un concours, à qui vous dresserait le mieux les cheveux sur le crâne… J'en pissais au lit, BLOODY HELL !… Vu qu'on partageait la paillasse, mon vieux et moi, ça le mettait en rogne.

Les spectres et compagnie, voyez, ça me connaît. Mais le foutu *Ventnor*, aye, c'est autre chose !… Qui d'entre vous connaît l'histoire de ce vapeur naufragé au large d'Hokianga, de ses morts par centaines rejetés sur nos terres, fantômes affamés qui errent par ici, dehors ?… Elle est vraie celle-là, et c'est à vous glacer le cœur. HUNGRY GHOSTS, OUH !… Vous avez peur, déjà !… Mais laissez que je vous raconte… C'était la fin de l'Otago Gold Rush, notre foutue ruée vers l'or qui n'aura pas duré longtemps, elle a ruiné cent fois plus d'hommes qu'elle n'en a enrichi. Des milliers de Chinois avaient traversé l'océan pour amasser fortune… BULLSHIT, MAN !… La plupart ont crevé miséreux, rien que des trous au fond des poches, même pas de quoi rapatrier leurs carcasses desséchées, on les a enterrés à l'autre bout du monde. Pour les Chinois, un mort qui n'est pas inhumé selon les rites anciens, son esprit s'échappe aussitôt, il rôde sur les lieux où le macchabée a vécu : malheur aux descendants, à ceux qui l'ont connu !… Il faudra tôt ou tard déterrer le défunt, que l'esprit cesse de souffrir, qu'il retrouve la paix sur ses terres ancestrales. Les feuilles mortes rejoignent leurs racines, c'est ce qu'on dit chez eux – ces mots-là, on les croirait sortis de la bouche d'un Maori !…

Je vous ai promis le *Ventnor*, c'est là qu'il apparaît. Voyez ce beau vapeur de trois mille tonneaux, tout frais sorti des chantiers Russell & Co de Greenock, en Écosse. Descendu de Java les cales remplies de sucre, il vient d'être affrété par l'Amirauté pour convoyer jusqu'à Hong Kong une cargaison de charbon néo-zélandais. Mais à l'heure de quitter les docks de Westport, sur la côte ouest de l'île du Sud, le *S.S. Ventnor* emporte à son bord quatre cent quatre-vingt-dix-neuf cadavres, rien que des Chinois de Canton… C'est la Cheong Sing Tong Society, une bonne œuvre créée par de riches commerçants, qui a financé tout ça, et elle a fait les choses en grand : les restes de ces hommes voyageront dans de beaux sacs de calicot où leurs noms sont imprimés en caractères chinois, on a rangé ces sacs dans des cercueils, de petits coffres en kauri doublé de zinc, le tout parfaitement scellé – à première vue rien d'anormal à bord de ce vapeur, même l'odorat le plus sensible ne saurait détecter la mort. Quatre cent quatre-vingt-dix-neuf cercueils en soute, toute une armée de macchabées !… De quoi nourrir la vieille superstition des gens de mer, qu'on ne doit pas garder à bord un camarade mort au large, qu'embarquer ne serait-ce qu'un cercueil vide est un affront à la Faucheuse… Comment le capitaine H.G. Ferry, en charge du *Ventnor*, a-t-il permis cela ?… CHINESE LUCK, AYE… Au temps de la ruée vers l'or, les Pakehas disaient ça des poissards : ils avaient une chance de Chinois…

Le *Ventnor* appareille le 26 octobre 1902, un dimanche radieux de printemps, sur l'eau pas une ride. Traversée de marin d'eau douce, ce vieux Tangaroa a son visage des bons jours. Pourtant cette nuit-là, le *Ventnor* va heurter un récif au large de Cape Egmont… JEEEEZ, que s'est-il passé ?… Demandez-le à la montagne qui veille sur ces eaux, le grand volcan Taranaki. Il en a vu des choses avec sa tête blanche, il a vu les Pakehas embarquer trente ans plus tôt Tohu et Te Whiti, prophètes pacifistes de Parihaka, il a vu la police matraquer leurs fidèles alors qu'on avait envoyé les enfants du village accueillir en chantant cette maréchaussée, des bouquets de fleurs à la main. Taranaki, mon frère, dis-nous ce qui s'est passé ce jour-là pour que la coque du *Ventnor* aille se déchirer sur une roche à fleur d'eau…

La mer, ça vous dépasse. Le capitaine avait fixé un cap pour la nuit, il faisait passer le *Ventnor* cinq ou six milles à l'ouest de Cape Egmont. C'est périlleux là-bas, ni phare ni balise à l'époque, cinq naufrages avaient eu lieu les années précédentes. Le cap fixé par Ferry, c'était la chose à faire. Simplement, il suffit d'une grande marée ou d'un courant puissant pour mettre un navire en déroute. Mais certains racontent autre chose, encore une histoire de fantômes… Le fondateur de la Cheong Sing Tong Society, un commerçant aisé du nom de Choie Sew Hoy, était mort d'une crise cardiaque la veille du départ – il n'avait pas prévu, c'est sûr, qu'il ferait partie du convoi !… Les accompagnateurs chinois qui voyageaient à bord ont évoqué plus tard le fracas d'une lutte, des hurlements à fond de cale : l'esprit de Choie Sew Hoy se serait disputé avec celui de l'ancien trésorier de l'œuvre, décédé lui aussi, et c'est ce grabuge-là qui aurait causé le naufrage… Je n'invente rien, aye, je rapporte ce qu'on m'a dit.

KRAAAK !… L'acier qui se déchire, c'est comme un tremblement de terre, le dieu Ruaumoko qui gronde sous vos pieds. Aussitôt une voie d'eau se déclare à l'avant. Le capitaine Ferry inverse les moteurs, il réussit à dégager son navire du récif, on actionne les pompes – elles ne suffisent pas à contrer la montée de l'eau. Pourtant, Ferry décide de continuer vers Auckland, à l'autre bout de l'île du Nord, le seul port où l'on puisse réparer un vapeur de cette taille. Mais il se trouve encore à plusieurs jours de mer. BLOODY HELL !… Les survivants de l'équipage affirmeront lors du procès que leur capitaine a pris la meilleure décision possible. Certains parleront bien d'alcool à bord, on les fera taire. À quoi bon accabler un mort ?… Si la cloison des soutes avait tenu le coup, le *Ventnor* aurait très bien pu atteindre sa destination. Le navire n'est pas en danger immédiat. Alors il poursuit sa route, il se traîne plutôt, cent cinquante milles encore. Les pompes tournent à plein régime et l'eau gagne quand même, il n'y a rien à faire. Comme la vie, aye, on a beau écoper sans cesse…

Les cales se remplissent et le mardi après-midi, on atteint un niveau critique – l'avant du bateau, on le voit, commence à s'enfoncer. Derrière, l'hélice sort à moitié de l'eau. Ce foutu rafiot va couler, pas de doute !… L'équipage comprend que la cloison des soutes a dû céder, ils implorent le capitaine d'aller s'échouer sur une plage. Ferry voudrait bien mais il est trop tard maintenant, le *Ventnor* n'est plus manœuvrable. À deux heures de l'après-midi on aperçoit la terre, quarante milles au sud de l'Hokianga, notre baie enchantée. Le pont se trouve au ras de l'eau, Ferry donne l'ordre d'apprêter les canots de sauvetage. À neuf heures du soir, le moteur rend l'âme. Le *Ventnor* n'en a plus pour longtemps. L'équipage aperçoit les lumières de la passe, à quelques milles. Posté à l'entrée de la baie, le capitaine du port comprend que ce cargo est en détresse. Un vapeur se tient prêt, on guette aux jumelles le signal indiquant l'imminence du naufrage. Seulement ces deux foutus feux rouges n'ont pas été hissés !... Les canots du *Ventnor* sont mis à l'eau en catastrophe, le pont est déjà submergé. HOLY SMOKE !... Deux minutes plus tard, les feux du navire disparaissent. Juste avant qu'il ne sombre, le capitaine Ferry s'est penché sur tribord, où les premiers canots avaient été largués, il a crié : SOUQUEZ, LES GARS !... Puis il a couru sur bâbord, vers le dernier canot où l'attendait son second. On ne les a jamais revus. Le canot a dû chavirer, ou c'est le tourbillon qui les a aspirés. Les marins des autres canots regardent le *Ventnor* couler brutalement par l'avant, il reste suspendu trois ou quatre secondes à la verticale, sa longue cheminée crache des flammes, puis il s'enfonce dans un sifflement atroce. Certains jurent, au dernier instant, avoir entendu la voix de Ferry qui hurlait : UN SEAU POUR ÉCOPER !...

Les armateurs ont fait leurs comptes : treize marins disparus avec le capitaine. Pour la Cheong Sing Tong Society, ce sont quatre cent quatre-vingt-dix-neuf morts qui manquent à l'appel, engloutis dans ce tombeau d'acier !... On affrète depuis Auckland le vapeur *S.S. Energy* – il ne retrouve pas l'épave. Disparaître ainsi au fond de l'océan, pour les Chinois, c'est mourir une deuxième fois. Ces malheureux ne trouveront jamais la paix, ils sont voués à devenir ces spectres ensauvagés que les Chinois redoutent... Des fantômes affamés, voilà comment on les appelle, si affamés dit-on qu'ils peuvent dévorer la chance des vivants. HOLY SMOKE !... Toutes ces âmes damnées qui errent sur la côte autour d'Hokianga, la terre des Ngapuhis... De quoi flanquer la trouille, aye ?... Les avez-vous jamais senties vous frôler la nuit dans nos bois ?... Avez-vous entendu leurs plaintes ?... OUH !... Je vous vois trembler !... Ne craignez rien, nos anciens savaient s'y prendre avec la mort. Ces esprits orphelins, ils les ont adoptés.

Pendant des mois et des mois après le naufrage, des cercueils, des foutus sacs en calicot sont venus s'échouer sur nos plages, de Kawerua jusqu'à Mitimiti. Imaginez l'effroi de nos gens, eux qui lisaient partout des signes des dieux, des présages !... Ils ont trouvé sur ces objets des inscriptions étranges, certains ont reconnu que c'était du chinois. Ils ont défait les liens : des ossements humains, BLOODY HELL !... Nous autres Maoris, sûr qu'on s'y connaît !... D'où pouvaient-ils venir ?... En ce temps-là, les communautés de la côte étaient coupées du monde. Vingt kilomètres au nord, au sud, on ignorait tout du naufrage. Certainement les hommes ont palabré au Marae. Un mort est un mort, ont conclu nos anciens. Il a bien mérité de reposer en paix. D'en parler, l'émotion me vient... Ils ont organisé des funérailles maories, et sans rien savoir de ces gens, ils les ont enterrés sur nos sites sacrés de la forêt de Waipoua, dans les dunes d'Hokianga... Les vieux depuis ce jour ont gardé un œil sur eux, ils disaient aux plus jeunes : N'oubliez pas, surtout n'oubliez pas... Il faut prendre soin des Chinois que vos Tupuna ont enterrés là-bas. On ne saura jamais qui ils étaient vraiment mais à présent, voyez, ces étrangers appartiennent au paysage, au peuple, à nos histoires.

Rangez vos sourires, aye, j'en ai pas terminé... Plus d'un siècle a passé, tout le monde a oublié les Chinois du *Ventnor*. Tout le monde, sauf les gens de nos côtes. C'est en les écoutant qu'un Chinois d'Auckland a eu vent de l'histoire. Il a fait ses recherches, il a prévenu des gens. Quelques années plus tard, une délégation est venue rendre hommage aux morts, les descendants, une centaine... La cérémonie avait lieu en forêt de Waipoua, sous les troncs blancs des Kauri, nos gardiens millénaires. Alors que notre aïeule donnait son Karanga, le chant de bienvenue, la pluie s'est mise à tomber doucement, une pluie fine et fraîche qui coulait sur les joues... BEAUTIFUL, AYE !... Un ancien du clan Te Roroa présidait la cérémonie, en voyant cette averse un rire lui est venu, il a brandi son bâton vers le ciel. Ce sont les larmes des ancêtres !... Je crois qu'ils disent : Il était temps... L'ancien a célébré ce peuple glorieux dont les fils avaient voyagé jusqu'à nos îles pour s'y chercher une vie, ils avaient vécu pauvrement sur ces rives lointaines. Quand il a fini son discours, la pluie a cessé de tomber – ciel dégagé, plus un nuage...

HAERE KI HAWAIIKI-NU
HAWAIIKI-ROA
HAWAIIKI-PAMAMAO...

Voilà que le chant de nos femmes m'invite à regagner Hawaiiki la Grande, Hawaiiki la Longue, Hawaiiki la Lointaine... Sourd comme je suis, je pourrais faire semblant de ne pas les entendre !... JEEEZ, leur chant est si beau... Les femmes, aye ?... Elles sont le commencement et puis la fin, elles nous accueillent en ce bas monde, elles nous raccompagnent vers l'autre. J'ai tant aimé surtout l'entre-deux avec elles !... Le ventre d'une femme, c'est l'univers entier. Les ténèbres où tout commence et tout s'achève. Ce monde-ci ne fait que tourner sur lui-même, il file vers l'endroit d'où il était parti. L'homme ne fait pas exception. Et voilà que j'hésite à traverser le voile d'ombre !... Je repense aux vieux de mon enfance, quand ils disaient : Regarde la marée qui s'en va, nul ne peut l'arrêter... Nous sommes à son image. Quand vient l'heure, il faut nous retirer. Alors voilà je pars, un pied dans le Grand Océan... Les anciens voulaient toujours mourir à marée basse, que Te Rerenga Wairua soit bien à découvert, l'Endroit d'où sautent les esprits... À marée haute, il est noyé. Dites-moi donc, où est la mer ?...

Paysage sans voix,
Laisse-moi faire écho à ta désolation,
La maison que j'habite a perdu son Mana...

Après la guerre des Pakehas, leur Deuxième, j'ai servi au Japon. Moi, le Maori du Northland, occuper le Japon pour le compte des foutus Yankees !... On nous a envoyés dans les ruines d'Hiroshima, là-bas j'ai vu l'horreur... Nos ancêtres l'avaient compris : l'univers, tout ce qui nous entoure est un vaste tissage, le monde est comme un chant, une harmonie, des motifs rythmiques faits de pure énergie qui s'entrelacent, en mouvement perpétuel. Vous le savez bien, mes amis, vous qui dans cette maison laissez toujours bien dégagé le passage du milieu pour que le flux soit libre, le courant d'énergie qui nous lie aux ancêtres. La généalogie des Maoris, notre Whakapapa, nous avons la fierté de croire qu'elle nous apparente aux lacs et aux montagnes, aux dieux même, nous sommes le paysage, aye, nous sommes les dieux !... Le souffle de vie, Mauri, noue entre eux les éléments de l'univers, la lente procession du monde. Nous devrions, nous autres, prêter attention à ces choses, préserver la trame de ce tissu immense. Le Pakeha n'a pas compris cela, il s'acharne à ruiner les liens plutôt que de les préserver. Hiroshima, c'est l'endroit où il a commis son acte le plus fou : il a déchiré la fabrique de l'univers sans savoir la recoudre après.

Arbre, laisse tomber tes bras
Ne les dresse pas dans le ciel
Pour implorer cet aveuglant nuage auréolé...

C'est un poème de colère, celui-là, un cri de protestation contre ces foutus pays qui se croyaient permis d'utiliser le Pacifique pour y lâcher des monstres. Les Anglais, les Russes, les Chinois, les Américains bien sûr, qui faisaient exploser leurs bombes à trente milles d'un atoll, nos pauvres cousins recevaient leurs foutues retombées !... Les Français aussi, qui ont violenté les entrailles des Tuamotu. De quel droit tous ces gens polluent-ils notre océan, la nourriture, Kai Moana, qu'il offre à nos enfants ?...

... car ce n'est pas un soleil ordinaire...

Chaque fois que je dis ce poème, je m'emporte, les larmes me viennent. Aramoana, dans mon Sud, je pense à ce recoin de terre si paisible où de foutus businessmen voulaient construire une fonderie d'aluminium comme celle de Tiwai Point, à Bluff. Ils allaient nous détruire deux villages pour ça, une réserve naturelle, les eaux de notre baie seraient contaminées... Le peuple a résisté, je revois la pancarte à l'entrée du village : *QUI PROFITERA DE NOS PERTES ?...*

Le chemin est long, qui m'attend. Il me faudrait un sac, qui va m'en prêter un ?... Un manteau pour la pluie : qui m'offrira le sien en ce début d'été ?... Ah, ce que je suis vieux !... Mes pieds me font souffrir. Mais j'irai entouré, il ne s'agira pas d'une marche solitaire, des plus jeunes suivront, bruns de peau comme moi ou blanc neige, qu'importe ?... J'enjôlerai les femmes avec ma poésie, je saurai leur parler. Dans le jardin dehors les premières pousses caressent la terre amoureuse, les fleurs désirent l'eau du ciel pour composer des bleus, des jaunes. WONDERFUL, AYE !... Quelle belle saison pour voyager...

Ma mort, n'en faites pas une histoire : cela arrive à tout le monde. Gardez le souvenir de moi mais n'y pensez pas trop. Il y a bien du travail encore pour les vivants.

Doubtful Sound

Le Français fut réveillé par des coups à la porte. Un rayon de soleil filtrait à travers les rideaux, il avait pourtant l'impression de n'avoir dormi qu'un instant. Il se redressa sur le coude, chercha le réveil à tâtons. Neuf heures à peine et les coups redoublaient. « COME ON, FRENCHIE !... Un marin, ça dort pas !... » Le Français se hissa sur ses jambes, il enfila son pantalon avant d'ouvrir la porte. Le mug de thé que Rongo Walker lui tendit fumait dans le froid sec de ce matin d'hiver. Dehors il faisait beau. « On flemmarde, aye ?... Me dis pas que t'es déjà crevé !... » On devinait à l'énergie du vieux qu'il était debout depuis longtemps, il avait pris le temps de se raser, sa moustache était impeccable, il avait troqué ses frusques de pêcheur contre un velours à larges côtes, une chemise de ville repassée sous son caban de laine. Une enveloppe dépassait de sa poche, il la remit au Français. Le skipper était passé à l'usine encaisser la pêche de la nuit et celle de l'autre jour, expédiée depuis Breaksea Sound. « T'as de la chance, jamais vu des cours aussi hauts… » Le Français fourra l'enveloppe dans la poche arrière de son jean, sans même l'ouvrir, il remercia le capitaine d'une moue embarrassée. « Tu l'as gagné ce fric !… Pour un bleu, t'as tenu ta place… » Rongo Walker le bouscula d'une claque sur la chair de l'épaule. « Te crois pas arrivé, Frenchie, il t'en reste à apprendre !… » Se souvenant du sachet de donuts acheté chez Stella, il l'offrit à son équipier. Les beignets étaient encore chauds, ils transpiraient à travers le papier gras. « Tu resteras ici ce soir, c'est bien d'avoir quelqu'un à la maison… » Rongo Walker fit demi-tour, il se ravisa au milieu de la cour. « Je dois passer au Marae ce matin. Viens avec moi, Frenchie… »

Le vieux s'était surpris lui-même, il n'avait pas prévu de l'inviter. Le Marae n'était pas un musée ni un endroit que l'on visite, mais pour les Maoris de Bluff un centre vital, un lieu de culte, de mémoire et de transmission. Certains voyaient d'un mauvais œil qu'on y amène un étranger sans qu'il soit annoncé, sans pouvoir donner le Powhiri de bienvenue, selon la coutume. Le Français, après tout, n'était pas un étranger – ils travaillaient ensemble. Si Rongo Walker ne savait rien de lui, il y avait entre eux de l'estime déjà, comme une affinité, un début d'amitié qui se passait de mots. Il connaissait ce sentiment pour l'avoir éprouvé quelquefois dans ses années de navigation au long cours. Avec Tamatoa, bien sûr, devenu comme un frère. Rongo Walker aimait connaître les hommes qui trimaient sous ses ordres. En mer, ce n'est pas chacun dans son coin, il faut savoir à tout moment sur qui on peut compter. Par ses contraintes et sa monotonie, la solitude qu'elle impose, toujours sous le regard des autres, la vie au large est un révélateur. On dit qu'aller sur un bateau c'est comme être en prison avec, en prime, le risque de périr noyé. Les faux-semblants se dissolvent dans l'eau salée, on ne peut pas mentir longtemps. Le nouvel équipier parlait aussi peu que Tamatoa. Le courant passait bien entre ces deux-là sur le pont, c'était un signe sûr. Le Tahitien savait juger les hommes, au moindre doute il se fermait. Le Français semblait solide et sain, mais il était fêlé. Il y a une fissure en toute chose, c'est ainsi qu'entre la lumière – où avait-il entendu ça ? Ces derniers soirs, fatigue aidant, Rongo Walker l'avait senti au bord des confidences. Une question aurait suffi, il l'avait ravalée. Mieux vaut se taire qu'offenser.

Rongo Walker avait débarrassé le plateau du pick-up, l'acier de la carrosserie était encore humide du coup de jet qu'il lui avait donné pour rincer le sel et la boue. Ils firent demi-tour et remontèrent la rue vers l'est. Ils longèrent un terrain de rugby qui dominait les grues du port, la pelouse était en jachère, les lignes à demi effacées et sous l'inscription BLUFF RUGBY CLUB en capitales noires, la table de marque vissée au sommet d'un mur de parpaings semblait bloquée à tout jamais sur un score infamant : LOCALS 3 VISITORS 42. Ils tournèrent à droite devant une école, les enfants prenaient le soleil dans la cour, en chemise blanche et pull noir sous l'uniforme rouge, Maoris et Pakehas joyeusement mêlés, mille nuances entre les deux, des gosses du Pacifique au teint plus sombre, des Asiatiques aussi. Des nombreux travailleurs venus tenter leur chance avant le grand effondrement, certains avaient planté racines, leurs familles les avaient rejoints ou bien ils s'étaient mariés là.

Rongo Walker se gara au sommet d'une rue escarpée, sans issue, devant un édifice moderne au toit de tôle pourpre, pointu comme une hutte. Au pied de la palissade qui séparait l'enceinte de la rue, une pancarte délavée : TE RAU AROHA MARAE. Le Français descendit de voiture, il resta un moment à admirer l'arche brisée qui ornait le portail, ses montants ciselés dessinaient d'étranges figures, mi-animales mi-humaines, trois triangles superposés lui répondaient là-bas, au-dessus du toit rouge. « Tu veux rentrer par la cour sans cérémonie, Frenchie ?... C'est tabou, aye, tu vas finir dans un chaudron !... » Rongo Walker riait entre ses dents. Il fit signe au Français de le suivre, il remonta l'impasse jusqu'au bout, contourna un préfabriqué qui jouxtait le grand bâtiment. Le vieux ouvrit la porte de derrière, ils entrèrent par les cuisines.

Deux grand-mères en tablier bleu s'affairaient aux fourneaux, leurs cuillères d'inox claquaient sur le flanc des gamelles. Le grincement de la porte les fit se retourner, elles accueillirent le vieux d'un sourire, qui se figea sur leurs visages quand le Français entra. Un jeune adolescent épluchait des légumes sur la longue table, son corps trop encombrant ratatiné sur une chaise, il n'avait pas encore le coup mais on voyait qu'il s'appliquait. Rongo Walker posa la main sur son épaule. « Hey Tana !... Tu viens aider, c'est bien... » Il se tourna vers le Français. « Au Marae, Frenchie, c'est comme sur le bateau : si tu veux apprendre, faut commencer par les tâches les plus humbles. » Des parfums de bouillon et de poisson grillé flottaient dans l'air, une autre odeur aussi, plus forte, que le Français ne put identifier, elle tenait du vieux mouton et de la marée basse. « KIA ORA, LADIES !... Vous nous préparez un festin, comme toujours ?... » Les dames rirent sans se retourner, flattées du compliment. Elles feignaient de ne pas avoir vu le Français, jusqu'à ce que Rongo Walker fasse les présentations. « Une semaine de pêche avec toi ?... Le pauvre, il doit mourir de faim !... » Elles forcèrent l'inconnu à s'asseoir, posèrent un mug de café devant lui sur la table, un plateau de scones. « Goûtez-les, ils sortent du four !... » Rongo Walker fit mine de protester. « N'allez pas me le gâter, Ladies !... J'essayais d'en faire un marin... » L'adolescent jeta un coup d'œil au Français, il se détourna aussitôt, à son air on voyait qu'il n'osait pas rire avec les autres.

Un bruit de perceuse résonna dans une pièce voisine, tout le mur vibrait. Rongo Walker marcha vers la porte. « Viens, Frenchie !... Je vais te montrer la maison... » Un sexagénaire trapu aux bras de forgeron releva les yeux de son ouvrage pour voir qui venait, il grommela dans sa barbe en apercevant l'étranger. Rongo Walker le salua, « Hey Bo !... », l'autre baissa les yeux, sans même répondre il s'engouffra dans la cuisine. Rongo Walker hocha la tête, il prit le Français par le bras et l'entraîna au fond de la salle. « C'est notre cantine ici, quand on accueille des groupes... » Le Français aurait voulu s'attarder là, émerveillé par les sculptures qui semblaient déferler du ciel et jaillir des piliers de bois, légères, féeriques, elles tapissaient les moindres recoins de la pièce, du sol au plafond, profusion de dieux bigarrés, de constellations, de comètes, une nuée d'oiseaux survolait l'océan dont les flots ondoyants étaient peuplés de monstres, de langoustes et de coquillages, un bateau pris dans la tempête luttait pour ne pas sombrer sous la furie des déferlantes.

Ces allusions au paysage, aux richesses que les hommes y puisaient, côtoyaient des figures étranges, vaguement menaçantes, d'autres symboles aussi que les yeux du Français caressaient sans rien y comprendre. « Regarde par ici, les trois Paniers de la Connaissance... »

TE KETE TUAURI
TE KETE TUATEA
TE KETE ARONUI...

Rongo Walker récitait en marchant, il fit deux pas encore puis il tendit le bras pour arrêter son compagnon. « Tu vois cet oiseau brun ?... C'est le puffin fuligineux, notre Titi, le plus grand trésor de ces terres... » L'oiseau était représenté en vol, ailes déployées. Sculpté grandeur nature, il ne dépassait pas quarante centimètres. « Titi est un voyageur, aye, le plus grand avec Kuaka, l'oiseau sacré de l'île du Nord... » Le puffin du grand Sud gagnait chaque année l'Argentine en retraçant la route des anciens navigateurs polynésiens, on l'apercevait en Papouasie, en Nouvelle-Calédonie, puis comme les ancêtres il faisait le saut immense vers l'archipel des Tonga, les Samoa et les Fidji, il ralliait les îles Cook, Tahiti, les Marquises... D'Argentine, il remontait jusqu'en Alaska puis traversait vers le Japon, la Sibérie parfois avant de redescendre – soixante-dix mille kilomètres en moins de six mois. « Titi nous revient mi-octobre, il niche partout sur nos îles, au sud de Stewart Island... » Rongo Walker posa la main sur un grand cylindre de bois encastré dans le mur. « Ça c'est un Poha, les anciens fabriquaient ces boîtes avec de larges laminaires, des algues récoltées sur le rivage à marée basse, ils les protégeaient sous des planches en bois de totara... » La viande du puffin se conservait longtemps dans ces récipients hermétiques, les Kai Tahu survivaient ainsi aux mois maigres. « Cette tradition est plus vieille que la montagne de Bluff... » Le regard de Rongo Walker avait un éclat neuf. « Dans trois semaines, Titi sera là !... Il nettoiera son terrier, le même chaque année, la femelle y pondra un œuf... Et quand il repartira à l'automne, nous gagnerons nos îles... » Engraissés tout l'été en vue du long voyage, les juvéniles seraient capturés au fond de leurs terriers, à découvert ensuite quand ils en sortiraient pour apprendre à voler. « Toute une industrie !... On les plume, on les cuit, on les préserve dans leur graisse... » Rongo Walker se tut, son regard sonda longuement celui du Français. « Je t'emmènerai voir, Frenchie, si t'es encore là... » Il posa la main sur son bras, l'entraîna de nouveau vers le fond de la salle.

Il se déchaussa avant d'ouvrir la porte. « On n'entre pas dans le Wharenui avec la poussière du dehors... » Il enjamba le seuil, il laissa le Français admirer le dôme de la hutte, dont la voûte était soutenue par un tronc d'arbre gigantesque. « Cette maison, c'est le corps de l'ancêtre Tahu-Potiki, celui qui a donné son nom aux Kai Tahu... » Rongo Walker balaya la cour du Marae d'un geste solennel. « Là-dehors, c'est la guerre !... La violence se déchaîne en pleine lumière, elle se disperse dans les airs sous les yeux du monde, pour que la première chose perdue dans cette affaire ne soit pas la vérité... Mais ici-dedans, c'est la paix. Faut pas ramener les particules qui tourbillonnent, la poussière du conflit... » Le Français buvait ses paroles, planté sur le seuil. Rongo Walker lui indiqua un banc. Les deux hommes s'assirent côte à côte, et le vieux demeura silencieux. Pas un bruit alentour, rien que le craquement des poutres dans la brise. Rongo Walker guettait la réaction du Français, il fut heureux de le sentir soudain si détendu, à sourire sans le savoir. « Dans cette maison les hommes débattent, on peut ne pas être d'accord mais la violence reste dehors. C'est l'harmonie qu'il faut chercher entre ces murs... Si après la bataille on n'obtient pas la paix, c'est qu'on est des idiots. » Rongo Walker leva les yeux pour étudier là-haut les poutres ouvragées. Une idée lui était venue, il cherchait la meilleure manière de la dire. Il soupira sans bruit, il déchiffrait les lignes de sa paume comme si l'avenir s'y trouvait. « Le cœur des relations humaines, au bout du compte, ce sont les bonnes manières. C'est le plus beau cadeau que les hommes puissent se faire... »

Le Français l'écoutait sans répondre, il savourait l'instant. Ce soulagement d'échapper enfin au tumulte du monde, il l'avait parfois ressenti ces derniers mois mais en pleine nature, seul, à trois ou quatre jours de marche du premier village. Dans ces moments-là, un désir de cabane lui revenait toujours – comme il était tentant de s'isoler de tout, de fermer portes et fenêtres. Il était touché que des hommes aient su se créer un refuge à partager ensemble, même avec l'ennemi. Rongo Walker s'éclaircit la gorge. « Les lois, tous les traités des Pakehas sont des supercheries, des écrans de fumée... Dans les livres, on croirait qu'à leur arrivée, nos îles étaient à feu à sang – c'est pourtant faux !... » Il se frottait le bras, la douceur du geste tranchait avec le ton révolté de sa voix. « Les Maoris ne pouvaient pas voler la terre des autres. Chaque tribu vivait sur celle que la faveur des dieux lui avait accordée... » Rongo Walker secoua la tête, il y avait de la colère dans son regard. « S'approprier le bien d'autrui, c'est le tempérament des Pakehas... Ils sont comme ça, partout ils ont fait la même chose. Le plus dur, pour nous autres, c'est ne pas hériter de ce caractère-là. » Il passa la main sur son visage, qui soudain s'assombrit. « Quand des calamités s'abattaient sur un clan, là, c'était différent : on pouvait l'attaquer sans crainte... Une mauvaise récolte, les pêcheurs qui rentraient sans rien – c'est que leur chef n'avait plus la faveur des dieux, il avait perdu son Mana... Pour lui, c'était la fin. »

Rongo Walker se dressa. Son visage traversa un rayon de soleil qui l'éclaira d'en haut, accentuant les cernes sous ses yeux, ses joues creusées par la fatigue. « Viens, Frenchie... » Ils firent le tour de la pièce, Rongo Walker s'arrêtait devant les statues qui ponctuaient chaque pan de l'hexagone, elles représentaient les ancêtres du clan, ces femmes maories qui, au temps des premiers contacts, avaient épousé des baleiniers européens, des chasseurs de phoques, des capitaines. « Mere Te Kauri, sa famille était d'Otakou... Une femme de caractère !... Elle a épousé James Spencer, ce colosse irlandais d'un bon mètre quatre-vingt-dix. Nos anciens l'appelaient Timi Katoa – Jimmy le Costaud !... » Spencer avait été le premier Européen à s'établir à Bluff, au début du XIXe siècle. Il avait ouvert un comptoir à l'entrée de la baie. « On lui doit aussi le premier naufrage de Bluff Harbour... » Rongo Walker s'efforça de prendre un air de circonstance – ses yeux riaient déjà. « Le *Success* a coulé dans le port en 1845... Son ancre avait chassé un soir que l'équipage se désaltérait à la taverne de Spencer !... » Le skipper se tourna vers son équipier, l'air soudain grave. « Tu sais Frenchie, Maoris et Pakehas s'entendent depuis toujours ici, mieux qu'ailleurs en tout cas. » Les travailleurs de Bluff formaient une seule et même classe, ils trimaient dur ensemble, en mer ou sur les quais. « Les Pakehas du port, c'était pas la même chose que ces colons qu'on disait respectables, les grands propriétaires de l'arrière-pays, ces messieurs des villes qui ont volé la terre... » Les deux hommes détaillèrent les portraits des défunts, la généalogie du clan, les panneaux consacrés au Monde de la Lumière et aux Quatre

Vents. Au moment de fermer la porte, le Français se raidit comme si une voix l'appelait. Il resta quelques secondes à contempler la pièce, l'air effaré. Quand il se retourna, Rongo Walker le fixait d'un regard étrange. Le vieux hocha la tête, il se baissa pour lacer ses chaussures. « Les anciens, Tupuna, ils voulaient te garder encore… »

Les deux hommes retraversèrent le réfectoire puis la cuisine, où les femmes s'entretenaient à voix basse. Elles interrogèrent le skipper du regard. « Attends-moi dehors, Frenchie. J'en ai pas pour longtemps… » Le Français prit congé, les dames lui avaient préparé un plein sachet de scones. Il redescendit l'impasse et s'assit dans le pick-up. Moteur éteint, il faisait froid. Le Français remonta la fermeture de son blouson, il serra dans ses mains le sachet tiède. Des rires, des éclats de voix lui firent lever la tête. Des écoliers en rang par deux passaient sur le trottoir juste à côté de lui, sans le voir, ils avaient l'air heureux d'aller au Marae. Rongo Walker sortit dans la rue au moment où le groupe arrivait, les gosses le saluèrent à grand tapage. « KIA ORA, ONCLE RONGO !… » Le capitaine remonta la file, tout sourire, il embrassait la joue d'une fillette, il se penchait pour serrer la main du voisin, il bousculait gentiment un jeune arrogant qui le défiait du regard, il brandissait une lance imaginaire, lui ébouriffait les cheveux avec un air féroce. Rongo

Walker s'installa au volant, il claqua la portière. Il rayonnait de joie.

Ils repassèrent devant le terrain de rugby mais au lieu de rentrer chez lui, Rongo Walker descendit vers le port. Sur la rue principale, il prit à gauche vers la sortie de Bluff. Ils roulèrent deux kilomètres encore, traversèrent la voie ferrée qui reliait autrefois le port à l'immense usine de congélation d'Ocean Beach, dont les bâtiments désaffectés tombaient en ruine au bord de la route, puis Rongo Walker tourna à gauche pour se garer au pied d'une pancarte : *GREENPOINT CEMETERY*. À l'entrée, une demi-ancre rouillée était incrustée dans des pavés disjoints, envahis par la mousse, de loin on déchiffrait l'inscription *LOST AT SEA* – c'était un monument à la mémoire des disparus en mer, des dizaines de plaques étaient rivées autour, elles portaient le nom des pêcheurs et le lieu du naufrage, *FOVEAUX STRAIT* ou *FIORDLAND* dans la plupart des cas. « Viens, Frenchie... » Rongo Walker s'engagea dans les allées du cimetière, bordées de tombeaux somptueux, de simples croix en bois rongées de pourriture. Sur les dalles de marbre noir se côtoyaient des Norman Bradshaw, des Olaf Christiansen, des Hiipa Te Maiharoa. La photo d'un marin en ciré de pêche y était imprimée, un poisson record sur les bras ; le portrait d'une reine de beauté ou d'un enfant parti trop tôt, un motard tatoué avec blouson de cuir aux couleurs du gang. Des navires gravés dans la pierre voguaient vers le couchant, la mer était paisible pour l'éternité.

Tout au fond du cimetière, Rongo Walker s'arrêta devant deux tombes en carrelage blanc, séparées par un rectangle de sable vide. Il tendit la main derrière l'une des stèles, en tira une balayette avec laquelle il épousseta les carreaux. Puis il se redressa, il ôta son bonnet, le serra à deux mains contre sa poitrine. « Kia Ora papa !... Salut maman !... » La voix était joyeuse, il désigna le Français d'un geste du bras. « Lui c'est mon nouvel équipier, je l'ai emmené à la langouste. Il se débrouille pas mal !... » Rongo Walker se tourna vers le Français, il surprit son embarras. « Vous dites pas bonjour à vos morts, là-bas ?... » Le Français ne répondit rien – depuis combien de temps n'était-il pas entré dans un cimetière qui le concerne... Rongo Walker donna les dernières nouvelles aux défunts, il parla pêche avec son père, évoqua l'état de la mer et du ciel. Il prit congé d'un ton joyeux, il fit quelques pas dans l'allée et se figea devant une autre sépulture. Il se baissa pour ramasser les fleurs fanées, chassa un moucheron qui s'attardait sur le rebord de la dalle. Le Français resta à l'écart, il l'entendit s'adresser à sa femme d'une voix amoureuse.

Le capitaine ne dit plus rien jusqu'au pick-up, il se rinça les mains à l'eau du robinet adossé au pilier d'entrée, d'un regard il indiqua au Français d'en faire de même. « C'est la maison des Morts ici, faut enlever le tabou... »

Rongo Walker posa la main sur la poignée de sa portière, puis il changea d'avis. « Viens, Frenchie, faut que tu voies ça... » Ils traversèrent la route et, de l'autre côté, le skipper s'engagea sur un sentier étroit mangé par les broussailles, qui longeait la baie. L'endroit était marécageux, des passerelles de planches enjambaient les bourbiers profonds. « Mon épouse Maata a eu un accident, la nuit en revenant d'Invercargill, l'amie qui conduisait s'est endormie... » Le choc lui avait broyé un poumon, la moitié de l'autre, elle était restée deux semaines dans le coma. « Trois fois elle est passée de l'autre côté, elle a vu d'en haut les docteurs débrancher les machines, elle était sortie de son corps... » Rongo Walker regardait droit devant, sa voix était à peine audible. « Ses morts n'ont pas voulu d'elle, c'est en se réveillant qu'elle m'a tout raconté. Maata leur a dit, Si vous me renvoyez là-bas, vous feriez bien de veiller sur moi... » L'émotion contenue faisait trembler sa voix, ou bien l'indignation. « Ils l'ont pas écoutée, Frenchie... Trois jours et trois nuits je l'ai accompagnée en lui tenant la main. Je lui parlais à l'oreille pour ne plus qu'elle ait peur. Pars quand tu seras prête, voilà ce que je lui disais. La seule inconnue c'est toi-même... » Il toussa dans son poing serré, l'instant d'après il souriait. « Je connais bien les morts, Frenchie... Les gens d'ici m'appellent quand un esprit veut pas partir

– ça arrive, un fantôme dans la maison !… Alors je viens, je dis ma petite prière pour que l'esprit s'en aille, qu'il laisse en paix les siens… »

Le chemin se terminait en cul-de-sac. De cette clairière ouverte sur la baie, on apercevait au loin les grues, les conteneurs multicolores du port industriel, les maisons accrochées aux pentes d'Old Man's Bluff. C'était un cimetière d'épaves. Sur la gauche, deux sloops amputés de leur mât, les vitres du rouf éventrées, étaient amarrés à un pilier de bois, comme s'ils risquaient de s'échapper avec leurs coques aux deux tiers engluées dans la vase. Ils n'avaient plus de nom. Ils gisaient bord à bord, serrés l'un contre l'autre tels de vieux amants – on en retire un, l'autre tombe. D'étranges objets émergeaient de l'eau à vingt mètres du rivage, la poutrelle rouillée d'un baleinier norvégien qui, un siècle plus tôt, avait écumé les champs de glace de l'Antarctique ; la cuve d'acier à demi noyée du *Savaii*, vapeur importé jadis des Samoa pour draguer l'huître. Çà et là, les membrures d'une coque perçaient la surface comme un squelette humain, vertèbres et cage thoracique bouffées par l'érosion – tout ce qu'il restait du *Titan*, du *Comet* ou du *Keneno*, ce schooner qui avait longtemps patrouillé dans les parages subantarctiques des îles Auckland en quête d'épaves et de naufragés, de chasseurs sans scrupule braconnant phoques et baleines. « Greenpoint, c'est là où vont les hommes et les bateaux quand ils sont au bout du rouleau... » Rongo Walker contemplait la scène, hébété. « C'est encore plus triste qu'en face, aye ?... »

En regagnant Bluff, Rongo Walker fit un détour par le port, il se gara en vue des pontons sans couper le moteur, il voulait simplement jeter un œil au *Toroa*, s'assurer que tout allait bien. « T'as vu comme il est calme ?... Il refait ses forces pour affronter Fiordland... » Rongo Walker redémarra, il gagna les hauts de la ville, il s'engagea dans une rue adossée à l'épaisse forêt qui courait jusqu'au sommet du mont. Le Français reconnut la Fairmont GT garée sur le trottoir. Rongo Walker se rangea juste derrière, il laissa tourner le moteur, fit signe au Français de l'attendre. Il frappa à la porte d'un pavillon modeste. Les planches de la façade brillaient d'un bleu-vert éclatant, qui faisait ressortir la rouille écarlate du toit. Derrière la clôture du jardin, on apercevait des arbustes taillés au cordeau. La terre d'un carré potager, impeccablement noire, guettait le printemps. La porte s'ouvrit sur Tamatoa. Courbé sous le linteau, son corps occupait tout l'espace. Il échangea deux mots avec son capitaine, il se pencha dehors pour saluer le Français. Un adolescent solidement charpenté, quinze ans peut-être, pointa son nez pour voir qui était là, il rentra aussitôt. Rongo Walker sortit une enveloppe de son manteau, il la tendit à son second sans aucun commentaire, puis il redescendit l'allée. La porte se referma. « Il voulait qu'on déjeune, mais on n'allait pas l'embêter. Il est en famille, aye. Les gosses ont besoin de leur père… » Le Français regarda de l'autre côté, il s'était raidi sur le siège. Rongo Walker fit mine d'ignorer son malaise.

Le lendemain, ils franchirent de nouveau la passe à cinq heures du matin et virèrent plein ouest après Stirling Point. Pas d'autres feux en vue – cette fois, ils navigueraient seuls jusqu'au Fiordland. Rongo Walker écoutait d'une oreille la radio du port, concentré sur la houle, les mouvements de son bateau. Il se penchait de temps en temps pour scruter les constellations entre deux bouquets de nuages, ses mains flattaient amoureusement le bois lisse et chaud de la barre, il fredonnait à demi-voix. Le Français partageait sa joie de quitter à nouveau la terre. La vie au large était rude, surtout dans ces parages, mais ses obligations avaient l'avantage d'être simples – pas moyen de leur échapper. Cela vous procurait un curieux sentiment de sécurité, l'apaisement de savoir à chaque instant ce qu'il fallait faire, et pourquoi.

Ils atteignirent Dusky Sound en fin d'après-midi, entreprirent aussitôt de relever les casiers semés en partant l'avant-veille. Il faisait froid sur le pont, la pluie hésitait entre le crachin et l'averse.

Courbaturé, les mains engourdies sous ses gants, le Français mit plusieurs casiers à se replonger dans le rythme. Pas de round d'observation, Tamatoa était reparti furieusement au combat. Campé à côté du vireur, il lançait son grappin sans relâche, il hissait les bouées, les orins, il manœuvrait les lourdes cages comme si sa vie en dépendait. Les premiers casiers de l'Acheron furent décevants, et la pêche n'allait pas en s'améliorant : moins de dix langoustes par cage, la moitié seulement étaient réglementaires, les autres trop petites, en mue, ou elles portaient des œufs. Tamatoa se pliait par-dessus bord pour guetter la sortie de l'eau, il secouait la tête devant les pièges vides. « Pas bon hé, Popa'a !... » Il posait dans la cuve quatre ou cinq prises valables, il rejetait les autres avec une moue d'injustice. Rongo Walker sortait aux nouvelles, les chiffres l'accablaient. « Ils ont trempé deux nuits complètes !... Ça devrait pas être comme ça... » La déception les accompagna jusqu'au soir. Les langoustes semblaient avoir déserté les hauts-fonds de Dusky et de Breaksea Sound. Les casiers remontés s'entassaient sur le pont. À quoi bon les remouiller au même endroit, puisqu'il n'y avait rien...

Ce soir-là, dans la cabane, les mines étaient sombres à la table du dîner. La journée de travail avait été plus courte que les précédentes, les conditions clémentes, mais ces efforts vains comptaient double. « Ça c'est la pêche, Frenchie : les casiers pèsent plus lourd quand ils sont vides... » Rongo Walker n'avait pas le cœur à cuisiner, le corned-beef bouilli qu'il servit à ses hommes avec une purée industrielle n'arrangea pas les choses. Ils burent leur café en silence. Le skipper ruminait ses doutes. Il se leva pour faire la vaisselle, il posa les deux mains sur le dossier de sa chaise. « Toi t'en penses quoi, Mate ?... » Tamatoa eut un sursaut d'épaules, il étudiait ses mains posées à l'envers sur la table. « Oh j'sais pas, Chief... C'est pas bon là, y a plus rien... » Tout le temps de la pêche, Rongo Walker était resté pendu à la radio, ce qu'il avait entendu ne le rassurait guère. « Les autres c'est pareil, ceux qui pêchent à Dusky et dans le Sud aussi, Preservation, Chalky... Faut qu'on remonte au nord !... » Ils partiraient le lendemain avec la moitié des casiers. C'était un peu risqué de naviguer si loin avec une charge instable sur le pont, surtout en cette saison, mais le bulletin du soir n'annonçait rien de méchant – ils avaient deux ou trois jours devant eux. « On va tenter le coup à Doubtful Sound. De là, on verra... » Ils passeraient deux nuits au mouillage là-haut, quarante milles au nord, il leur faudrait dormir et cuisiner à bord. C'était ça, ou abandonner. « Lever trois heures !... Et faut m'arrimer ces casiers, j'en veux pas un qui bouge... » Tamatoa se déplia, il bâilla sans se retenir, il ramassa son ciré jeté sur une caisse et sortit dans la nuit humide, le Français après lui.

Deux récifs lézardés, plantés en diagonale sur la mer, balisaient l'embouchure de Doubtful Sound. « Hare's Ears, aye... T'as vu comme elles sont taillées, ces roches-là, à coups de hache ?... » Rongo Walker mit cap à l'est pour entrer dans le fjord. « C'est l'œuvre de Tu-Te-Rakiwhanoa, le demi-dieu... » Au temps de cet exploit, la haute muraille du Fiordland se dressait sans interruption de Jackson Bay au nord jusqu'à Puysegur Point : une vue à glacer le sang du marin le plus téméraire, elle n'offrait pas le moindre abri sur des centaines de milles. « Alors Tu-Te-Rakiwhanoa a décidé d'ouvrir des brèches pour faire entrer la mer, que les hommes puissent vivre sur ces côtes... » Posant un pied sur la falaise, l'autre dix milles au large, le géant avait concassé la roche avec son herminette, Te Hamo, aux proportions titanesques. « Le boulot est un peu grossier, il a mis des éclats partout !... Mais ce qu'il voulait, Tu, c'était impressionner tous ceux qui viendraient par ici, leur imposer respect... Plutôt réussi, aye ?... »

Les îles, les montagnes de Doubtful Sound étaient emmitouflées dans un brouillard si épais qu'il paraissait solide, il scintillait d'un éclat blanc dans le soleil rasant de l'aube. Rongo Walker avait ralenti le bateau, il scrutait les îlots, estimait le courant, il faisait ses calculs. Il poussa la barre à gauche. « Préparez les casiers, on va en mouiller quelques-uns devant Secretary Island... » Tamatoa avait déjà quitté la table du carré, il enfila deux paires de gants par-dessus le ciré, un bonnet sur son crâne chauve. « Viens, Popa'a !... Fishing Time !... » Il avait retrouvé la mine des bons jours. La pêche était un jeu, il était impatient de retourner les cartes. Pendant que Tamatoa grimpait sur les casiers pour dénouer les garcettes qui les tenaient ensemble, le Français débita les appâts congelés. La gaze épaisse du brouillard se referma sur eux, elle déposait sur les cirés des grains de givre épais. Un silence de mort pesait sur l'eau vitrifiée du fjord, pas un souffle de vent, aucun oiseau pour épier les arrières du *Toroa*. Rongo Walker passa la tête par la porte du rouf. « LET'S GO, GUYS !... » Tamatoa sauta au bas de la pile de casiers. Le temps que le Français accoure pour l'aider, il avait déjà sorti seul une cage de cent kilos. Ils passèrent la journée à éparpiller leurs engins, par lots de deux ou trois, au long des quatre bras du fjord, dont Rongo Walker connaissait les moindres replis. En les relevant au matin, ils sauraient sur quelles zones concentrer leur pêche.

Ils posèrent leurs derniers casiers sous les parois vertigineuses du mont Danae, dans le grondement formidable des quatre torrents qui prenaient leur source là-haut, sous les glaciers. Rongo Walker décida de rebrousser chemin jusqu'à l'entrée de Doubtful Sound, ils dormiraient là-bas. Ils seraient ainsi à pied d'œuvre, dès l'aube, pour relever les pièges. Ils firent demi-tour, cap au nord, les pointillés de leurs bouées traçaient un fil d'Ariane. La brume opaque lévitait maintenant à mi-pente, tout à fait immobile, vaste chapiteau blanc arrimé aux pics du Fiordland, elle dévoilait une forêt si dense qu'on ne distinguait pas les arbres, on l'aurait crue d'un seul tenant, absolument impénétrable. Le Français était ressorti sur le pont, il contemplait ce paysage accoudé au franc-bord sur le côté du rouf, il éprouvait comme un vertige face à l'immense rideau vert sombre, il se l'imaginait tendu devant un sanctuaire, un labyrinthe inexploré qui inspirait la crainte, le désir surtout de s'y perdre. Trois coups sur la vitre du rouf l'arrachèrent à ses songes. Rongo Walker désignait un point devant le *Toroa*. Sur le sable noir de la rive, une biche au pelage brun tacheté de points clairs tendait vers eux son encolure gracile, elle regarda passer les hommes, ses longues oreilles en alerte, elle recula dans la forêt sans les quitter des yeux.

Ils mouillèrent ce soir-là dans une anse abritée, derrière la base de pêche de Blanket Bay. Rongo Walker leva d'une main experte les filets d'un mérou que Tamatoa avait pêché à la palangre, il les fit griller sur le réchaud de bord, il réserva la tête et la carcasse pour le ragoût du lendemain. La viande du poisson était ferme, elle avait un goût délicieux. « Hapuku c'est bon oh, Popa'a !… » Les deux équipiers avaient pris place à la table du carré, Rongo Walker mangeait debout, adossé au tableau de bord. Il ramassa les assiettes vides et vint leur servir le café. « Le coin te plaît, Frenchie ?… » Le capitaine tira ses épaules en arrière, il aspira du bout des lèvres une gorgée brûlante. « Fiordland, c'est le pays sauvage !… Les anciens l'appelaient Moho-Kaherehere – Ceux qui s'enfuient dans la forêt… » Il tourna lentement sa cuillère dans la tasse, il avait un drôle de regard. « Des histoires de batailles, fallait que l'ennemi soit sacrément fâché pour pousser les vaincus à se sauver si loin… » Tamatoa leva les yeux sur son skipper, il les écarquilla pour l'inciter à en dire plus. Rongo Walker se frotta le bras, il prenait tout son temps. « On raconte qu'il existe encore par ici une tribu perdue, elle erre dans ces montagnes… Des vrais Maoris, aye !… Pas ces Potato Maoris, ceux qui sont blancs à l'intérieur… On dit qu'ils ont gardé le regard des anciens, ce regard de guerrier sans aucune émotion… » Rongo Walker pivota sur ses talons, il n'irait pas plus loin. Il fit couler de l'eau pour la vaisselle. « Y a un sentier au nord qui traverse tout ça… Tu pourrais y aller, Frenchie, quand tout sera fini. Toi qui aimes marcher… »

Rongo Walker éteignit la lumière du carré, il ne laissa que la veilleuse au-dessus du tableau de bord et le feu de mouillage car la nuit était sombre. Les trois hommes descendirent se coucher dans la cale. Deux bannettes encadraient un couloir, Rongo Walker occupait une cabine fermée sous la proue du bateau. Tamatoa prit la couchette de gauche et le Français ne put s'empêcher de sourire en le voyant se démener pour faire tenir sa corpulence dans aussi peu d'espace. Deux secondes plus tard, le géant dormait lourdement, son souffle grondait sous l'alcôve comme un ours au fond d'une caverne. Le Français déplia son duvet, il se coucha sur la bannette d'en face, jean roulé sous la nuque. Cette partie du bateau n'était pas chauffée, ses lèvres crachaient des nuages, ils s'évaporaient aussitôt dans le halo de la veilleuse. Le mouillage était calme, abrité du vent et de la houle, mais un léger courant faisait vibrer la coque, des bruits de bulles et de remous traversaient les bordés. Le Français revit ses vingt ans, cette virée à la voile aux îles du Cap-Vert puis, dans les alizés, la longue traversée au portant jusqu'en Martinique. Il n'avait jamais été aussi heureux que ces nuits-là, pendant son quart, à barrer seul sur la houle infinie de l'Atlantique Nord. Il découvrait la profondeur du ciel, la courbe inexorable des constellations qui glissaient sur la sphère au-dessus de lui, de la mer à la mer. Il s'endormait le matin vers quatre heures, dans une bannette comme celle-ci, bercé par l'écoulement de l'eau, le roulis lancinant du voilier. Des dauphins venaient jouer à l'aube sous la vague d'étrave, leurs rires sonores, leurs claquements de bec le tiraient du sommeil. Alors il montait sur le pont, ébloui par le soleil rouge qui s'élevait dans leur sillage.

Le skipper du *Toroa* alluma sans prévenir le plafonnier de la cale, il démarra le moteur pendant que ses équipiers vidaient un mug de thé sucré, debout, en s'habillant. Rongo Walker était nerveux ce matin-là, un sale pressentiment lui nouait l'estomac. Il aurait voulu en avoir déjà le cœur net. « Casier, Mate !... » Le brouillard était redescendu au ras de l'eau, plus épais que la veille encore, on ne distinguait les bouées qu'au tout dernier moment. Tamatoa lançait son grappin avant qu'elles n'apparaissent, à l'aveugle, il ne ratait jamais son coup. Mais au fil de la matinée, ses gestes se firent plus hésitants, moins de cœur à la tâche, on lisait la résignation dans ses yeux. À la faible tension de la corde sous le vireur, Tamatoa savait que le casier suivant serait aussi vide que les précédents. Il écartait en soupirant les femelles porteuses, les mâles gringalets, il empoignait les deux langoustes qui restaient. « C'est pas vrai ça, Popa'a !... Quel échec... » Ils avaient dispersé leurs soixante casiers aux quatre coins de Doubtful Sound, pour quadriller tous les hauts-fonds – partout, le même désastre. À l'entrée du bras de Gaer Arm, ils virèrent un engin plus lourd que les autres, son poids faisait trembler l'orin sous le rouleau du treuil. Mais quand le casier émergea, Tamatoa se liquéfia, il roula des yeux affolés devant le grand combat de pieuvres qui faisait rage à l'intérieur, elles étaient quatre à s'acharner sur les carapaces orangées, vidées de leur substance, leurs tentacules entremêlés fracassaient dans cette lutte absurde les mailles de la cage. Tamatoa rabattit le casier sur le bac de tri, il laissa le Français se débrouiller avec les pieuvres tandis qu'il arpentait le pont en agitant les bras, pris de folie, un torrent de mots tahitiens jaillissait de sa bouche. Rongo Walker apparut sur le pont, ses yeux se posèrent sur la cage, puis sur Tamatoa, il se mordit la lèvre pour ne pas exploser. « COME ON, FRENCHIE !... Tu vas les regarder toute la journée, ces foutues pieuvres ?... Vide-moi ça, qu'on puisse pêcher !... » La porte de la cabine claqua violemment derrière lui. Le Français plongea la main dans le casier, ses doigts se refermèrent sur un tentacule gluant qui s'enroula autour du bras, il tira d'un coup sec, le crâne hideux du monstre bascula en arrière et l'aspergea d'une encre noire, elle ruissela sur le ciré. Il rejeta à l'eau les quatre prédateurs, les débris de langoustes, il tira le casier le long du franc-bord pour libérer le poste de virage. Tamatoa divaguait encore parmi les bouées, les cordages, ses bras-sémaphores traçaient dans le brouillard d'illisibles signaux, on distinguait à peine le grondement sourd de sa voix, qui donnait tantôt l'impression d'invoquer et tantôt de maudire tous les dieux de la terre. Il s'arrêta soudain face au vivier, au centre du bateau, il leva rageusement le bras au-dessus de sa tête, sa paume claqua comme un coup de fusil sur la cuve. Rongo Walker jaillit de la cabine. « KATI NOW, MATE !... » Tamatoa fixait, penaud, le contour de sa main imprimé dans l'acier. Il tourna la tête vers son capitaine, les deux hommes échangèrent un regard, on sentait l'énergie passer de l'un à l'autre, et tandis que Tamatoa retrouvait son aplomb, la colère du skipper retomba. « COME ON, GUYS !... Ramassez-moi ces casiers, qu'on dégage d'ici... » Tamatoa était redevenu lui-même. Il fit peser sa grosse main sur l'épaule du Français, écarquilla les yeux pour s'excuser, il désigna d'un froncement le dernier casier. « Ça t'es fort oh, Popa'a !... T'as plus besoin de moi, j'vais me reposer !... » Il marcha vers la cabine puis il fit volte-face, il dévisagea le Français avec un sourcillement clownesque, empoigna le grappin en riant de bon cœur.

Sa joie fut de courte durée. Le casier suivant était quasiment vide, et tous ceux d'après. Cette fois, il n'y eut même pas de discussion. Le dernier engin à peine remonté, Tamatoa entreprit d'amarrer les casiers. Rongo Walker filait déjà pleins gaz vers la sortie du fjord. Ils gagnèrent le large en longeant par la droite Secretary Island, puis ils remontèrent vers le nord jusqu'à Charles Sound, où ils passèrent la nuit au mouillage après avoir déposé leurs casiers tout le long de la côte. La nuit était bien avancée quand ils jetèrent l'ancre, ils mangèrent un plat réchauffé dans une ambiance de veillée d'armes. La bataille du lendemain s'annonçait décisive.

Ce fut une nouvelle débâcle. Au bout de dix casiers le verdict était clair, le relevage se poursuivit sans illusions et sans entrain. Le Français comprit, à la tension extrême qui régnait à bord, que l'équipage du *Toroa* n'avait jamais connu pareille déconvenue. Tamatoa ne prononça pas un mot de toute la matinée, il contemplait la mer, le ciel, l'air de ne rien comprendre. Rongo Walker ne venait même plus sur le pont s'enquérir des chiffres, il barrait en silence, remâchant de sombres pensées. Les nouvelles des autres bateaux lui parvenaient à la radio, tout aussi désastreuses – il n'en tirait aucune consolation. La plupart des patrons étaient de vieux amis, il connaissait leurs équipiers, tous avaient des familles à nourrir, les gosses de sa communauté. Et puis ce n'était pas à eux qu'il se mesurait. Cette course au quota isolait les hommes, elle tuait toute idée de travail en commun. Un chacun pour soi qui manquait de noblesse.

Le vent souffla plus fort dans l'après-midi, la houle rendait pénible le virage au plus près des récifs, sous la menace des vagues qui cassaient brutalement. Ils mouillèrent à nouveau près de la base de Gold Arm, où Rongo Walker refit le plein de carburant en vue du lendemain. Il fallait pousser plus au nord.

Le vent forcit encore pendant la nuit et la houle les ballotta. Le gémissement douloureux des aussières se mêlait au bruit du clapot. Ils appareillèrent à quatre heures et poussèrent jusqu'à George Sound, quarante milles au nord, dispersant leurs cages en chemin. Le vent qui soufflait du sud-est, à plus de trente nœuds, levait une mer éprouvante qui douchait les hommes sur le pont. Le soir, au mouillage d'Anchorage Cove, ils étaient éreintés. Rongo Walker fit griller de belles pièces de viande. D'expérience, il savait que ce baume-là vous remettait d'aplomb un équipage. Le skipper méditait en regardant manger ses hommes. Les événements des derniers jours n'étaient pas le fruit du hasard, ils avaient forcément un sens – mais lequel… À la fin du repas, il apporta les mugs de café, il posa une main ferme sur l'épaule de Tamatoa. « Si jamais demain… » Le Tahitien leva sur lui un regard affolé. Rongo Walker fit volte-face, il descendit se coucher sans terminer sa phrase.

Le jour suivant s'acheva en déroute. Les trois hommes rentrèrent accablés au mouillage. Le Français offrit de cuisiner, et Rongo Walker descendit s'isoler à fond de cale. Il n'avait pas décroché une parole de l'après-midi, il sondait l'horizon, voûté sur sa barre. Ses yeux profondément cernés faisaient peur à voir. Quand on avait le malheur de croiser son regard, il vous toisait par en dessous, prêt à charger. Une semaine déjà qu'ils avaient quitté Bluff, et le vivier du *Toroa* était à peu près vide. Depuis toutes ces années qu'il pêchait à son compte, Rongo Walker avait eu son lot d'infortunes et de calamités – elles faisaient partie du métier. À force de foi et de savoir, il était toujours parvenu à les tourner en sa faveur, saison après saison. Mais celle-ci virait au naufrage pour une cause qui lui échappait, il ne parvenait pas à se l'imaginer. À ce train-là, malgré tous leurs efforts, les hommes débarqueraient sans un dollar. Avec tous les frais engagés, son quota surtout à rembourser, Rongo Walker se retrouverait couvert de dettes. Il perdrait son bateau à coup sûr, peut-être sa maison. Comment se refaire, à son âge...

Le Français préparait le riz, des boulettes de viande, il jetait des coups d'œil en coin à Tamatoa. Son équipier se frottait les mains depuis tout à l'heure, assis sur la banquette, il étudiait avec un sérieux inquiétant les veines et les tendons au creux de ses poignets. Le pas lourd du capitaine fit miauler l'escalier. Rongo Walker réapparut, pris d'une agitation qui ne lui ressemblait guère. Le skipper fonça au poste de barre, il ralluma l'écran de son traceur de cartes. « J'y pensais depuis l'autre jour, cette fois j'en suis certain !... » Tout en parlant il faisait défiler la carte marine, il déchiffrait reliefs et profondeurs, il cherchait un point plus au nord. Il étudia avec une attention extrême l'endroit où la côte du Fiordland dessinait une corne tendue vers le large, avant de se creuser en une baie profonde. Il nota quelques chiffres sur un papier. « Je sais où on les trouvera... » Tamatoa leva sur son capitaine un regard plein d'espoir. Rongo Walker se retourna, il frotta des deux mains ses joues rêches. « C'est la grande migration !... Une tous les vingt ans... » À peine écloses, les larves des langoustes s'embarquaient pour un voyage d'un an ou deux dans le Pacifique Sud, portées par les courants, au gré des mues elles prenaient peu à peu leur forme adulte, alors elles regagnaient la côte à des centaines de kilomètres du lieu de ponte. « Elles sont comme en exil, aye, loin de chez elles... » Rongo Walker lissait sa moustache en désordre, les yeux perdus dans le lointain. « Mais le plus extraordinaire c'est qu'ensuite, une fois adultes, certaines migrent à contre-courant... » Des langoustes de l'Otago, marquées par les scientifiques, avaient ainsi été pêchées dans le Fiordland après une odyssée de neuf cents kilomètres. « Les années ordinaires, y a que les plus aventurières qui s'en vont comme ça… Mais là c'est autre chose, elles sont parties en masse… » Tamatoa plissait le front, dubitatif. « C'est déjà arrivé, Mate !… » En 1970, un chalutier pêchant la sole sur les fonds sableux de l'Otago Peninsula avait remonté dans son filet des milliers de langoustes. « C'est comme ça qu'on l'a découvert, et c'est arrivé une autre fois encore, vingt ans plus tard… » Par dizaines de milliers, les migrantes marchaient en rangs serrés au fond de l'océan, luttant avec bravoure contre les courants dominants, elles se tenaient par les antennes pour ne pas s'égarer. Ces colonnes sans fin dépassaient par endroits cent mètres de largeur. « Des avions de patrouille ont donné l'alarme en voyant ces taches sombres, ils croyaient que c'étaient des nappes de pétrole… » Rongo Walker secoua la tête, émerveillé par ce prodige. « Elles ont remis ça cette année, je vois pas d'autre explication… » Il désigna la carte sur son traceur. « Elles voyagent du sud au nord en remontant le Southland Current, faut juste leur passer devant… C'est là-haut qu'on les trouvera, sur les bancs de Yates Point… »

L'assurance retrouvée du skipper déteignit sur les hommes. Après le dîner, tandis que Rongo Walker planifiait la route du lendemain, Tamatoa et le Français s'occupèrent d'équilibrer la charge sur le pont, d'arrimer les casiers pour affronter le large. Une bruine mêlée de neige tourbillonnait dans la lumière des halogènes, le même vent froid que les jours précédents soufflait du sud. Tamatoa bondissait de casier en casier, il passait les garcettes et les nouait d'un seul geste. Les yeux du Tahitien brillaient comme jamais, débarrassés du doute. « T'inquiète oh, Popa'a !... Sacré pêcheur, le Chief !... » Cette histoire de migration avait tout d'une fable – pourtant, le Français avait l'étrange certitude que Rongo Walker disait vrai. Pour lui l'affaire était réglée : la cuve du *Toroa* déborderait bientôt.

En regagnant la cabine, ils trouvèrent le capitaine penché sur sa radio, il tapotait en vain sur le speaker, dont les grésillements rendaient presque inaudible le bulletin météo du soir. Rongo Walker éteignit l'appareil. « Trente nœuds demain sur zone, aye, rien de terrible... » Il interrogea Tamatoa du regard. « Sud, Chief ?... » Rongo Walker acquiesça. « Dans le dos, alors c'est bon !... » Le skipper partageait l'avis de son second. Par forte houle, surtout de travers, il aurait été périlleux de s'aventurer sur la mer de Tasman avec tout ce poids sur le pont, dans les hauts, qui accentuait le roulis. Il suffisait alors d'une mauvaise vague pour coucher un bateau, le chavirage devenait inévitable. On ne comptait plus les imprudents qui s'étaient fait surprendre ainsi dans la région – la plupart n'étaient plus là pour le regretter. Là-haut, au nord de Milford Sound, la côte était plus exposée, pas un refuge digne de ce nom. C'était bien le dernier endroit où se faire surprendre par un coup de Nor'wester, le terrible vent tiède venu de Tasmanie, deux mille kilomètres au nord-ouest, qui charriait des torrents de pluie et levait des mers titanesques. Les dernières prévisions, de ce que Rongo Walker avait pu en capter malgré les parasites, n'évoquaient rien de tel dans les prochaines quarante-huit heures. Deux jours suffiraient amplement pour remplir les cales de langoustes et filer se mettre à l'abri – si l'intuition du skipper était juste. Elle ne l'avait jamais trahi.

Rongo Walker servit le café, le paquet de biscuits au chocolat qu'il emportait toujours pour le moral des troupes. Il s'assit à côté du Français sur la banquette. « Les scientifiques disent ignorer pourquoi les langoustes font ça... Moi je sais, pas de doute : elles sont comme nous autres, aye, c'est la grande inquiétude, le retour au pays natal... » Rongo Walker se tourna vers le Français, il souligna son argument d'un regard insistant. « Le moment vient toujours où on se fatigue d'être loin... On vit fort, on voit du pays, on rencontre des femmes et des hommes et des idées nouvelles... Mais c'est assis chez soi que ces choses vécues trouvent leur sens et se démêlent... » Rongo Walker but deux gorgées de son café brûlant, sa tête se balançait imperceptiblement. « Nous les Polynésiens, on est toujours partis pour mieux revenir à la fin. C'est qu'on a chacun une montagne qui nous attend, un bout de côte, une vallée… C'est une chance, aye, un espoir que peu de gens ont dans ce monde. » Le skipper rajouta un sucre dans son café, il remua sans hâte, il se donnait le temps de réfléchir. « Sans ça, Frenchie, sans un endroit où retourner, tu es perdu !… Comme ces oiseaux de mer dont le rocher est recouvert par la marée… On les voit qui tournent là-haut, car ils n'ont plus où se poser… » Tamatoa s'étouffa avec les biscuits qu'il était en train de mâcher, il vida son café pour se rincer la gorge. « Moi c'est ça, Popa'a !… J'suis qu'une graine de Raiatea partie sur l'océan… » Il passa sa grosse main sur ses yeux apeurés. « Old Man's Bluff oh, maintenant c'est ma montagne… Moi j'connais plus mon île !… » Il balaya la table de sa paume pour ramasser les miettes. « Faudra que je retourne, un jour… » Rongo Walker enveloppa son second d'un regard plein de compassion. « Être parti, c'est difficile, quelles que soient les raisons… Certains s'en vont pour le travail, en exil à cause de la guerre… Parfois tu ne peux plus rester parce que les circonstances ont décidé pour toi, elles ont mangé ta chance… » Le Français baissa les yeux, il repoussa son mug au milieu de la table. Il s'éclaircit la voix. « Le plus dur, ce sont les amis… Ceux qu'on croyait fidèles et dès qu'on trébuche, personne… » Son regard se troubla, pris de mélancolie. Rongo Walker vida son reste de café, son poing se serra sur le mug. Il craignait d'en avoir trop dit. « Les mauvaises paroles, Frenchie, c'est comme l'averse sur un toit… On vit avec, aye, on finit par ne plus entendre. »

Ils quittèrent Anchorage Cove sous une pluie battante, le ciel était si bas qu'il embrassait la terre. Chassés par le vent glacé du sud-ouest, les nuages fuyaient vers les montagnes de l'arrière-pays, ils s'effilochaient devant eux en lambeaux de brume. Une mer formée les attendait à la sortie de George Sound. Rongo Walker prit soin de pousser jusqu'à deux milles au large avant d'arrondir la pointe, il voulait épargner à son navire surchargé les convulsions du ressac, il corrigeait sans cesse l'angle du *Toroa* au passage des vagues pour atténuer le roulis. Puis il obliqua peu à peu, sans à-coups, vers le nord-est, vent arrière, dans l'axe de la houle, et l'allure se fit harmonieuse. Le *Toroa* paraissait soudain plus agile, il se lançait dans de longs surfs, il s'immobilisait en grondant d'impatience au fond des creux, puis il repartait de plus belle. Rongo Walker était heureux de sentir son vieux bateau marcher si bien, il faisait bonne route à dix ou douze nœuds.

Ils laissèrent derrière eux Bligh Sound peu avant six heures du matin. Rongo Walker alluma la radio pour écouter le premier bulletin météo, mais un bourdonnement saccadé, entrecoupé de sifflements, jaillit de l'appareil. Le capitaine triturait en vain les boutons. « Hey Mate !... Doit y avoir un faux contact... » Tamatoa emporta la radio sur la table du carré, il entreprit de la démonter, le tournevis était comme une aiguille à coudre dans sa main, il maniait l'outil sans trembler. Il inspecta les fils de cuivre à l'intérieur, le circuit imprimé, une trace noire au pied d'un transistor attira son regard, il posa l'index dessus pour voir s'il était chaud. Son visage se décomposa. « Foutu oh, c'est cramé !... » Il montra au skipper le transistor défectueux. Rongo Walker frappa du poing sur le tableau de bord. « DAMN IT !... » Ce n'était ni l'endroit ni le moment pour se retrouver ainsi coupé du monde. Mais les prévisions de la veille promettaient deux jours navigables. Le skipper décida dans l'instant d'en tirer le meilleur profit avant de regagner l'abri de Milford Sound ou de rentrer à Bluff directement, si le temps tenait jusque-là.

La côte offrait dans ces parages un terrifiant spectacle, forteresse aux remparts abrupts, défendus par une cohorte de récifs sur lesquels la houle du grand Sud venait s'empaler furieusement, ses assauts semblaient vains, elle volait en éclats qui se dissipaient dans les airs – elle aurait pourtant le dernier mot. Aux abords de Milford Sound, Rongo Walker envoya ses équipiers préparer les casiers. Pendant que Tamatoa dénouait les garcettes, le Français chargea les cartouches d'appâts. La pluie se calma peu à peu, le ciel s'était ouvert, des nuages gris sombre s'élevaient à la verticale au-dessus du fjord, vers l'est, comme la fumée d'un incendie, ils laissaient entrapercevoir les cimes enneigées du Mitre Peak et du mont Pembroke, qui étincelaient sous un soleil lointain, et tout là-haut de longues traînées d'azur où des filaments d'un blanc immaculé défilaient en accéléré. « Hey Frenchie !... Tu crois qu'on est venus admirer le paysage ?... C'est pas une foutue croisière !... » Rongo Walker se tenait debout sur le seuil, il éclata d'un rire cruel puis son visage se radoucit. Il épousa la côte du regard. « Fiordland, aye, ça te prend... » Il fit signe aux deux équipiers de le rejoindre à l'intérieur. Sur l'écran du traceur de cartes, le repère du bateau approchait de Yates Point. Un peu à l'écart de la côte, des arrondis clairs se détachaient sur le bleu sombre de la carte, ils désignaient des zones de moindre profondeur qui se répétaient vers le nord, de loin en loin. « Y a des bancs de sable là-dessous, les langoustes passeront forcément par là... » L'idée, c'était d'effectuer d'abord un grand sondage tout au long de ces bancs, jusqu'au nord de Big Bay. Le filage des casiers prendrait trois ou quatre heures, il serait temps alors de revenir au point de départ pour les relever. Une fois localisée la zone où se trouvait l'armée en marche, ils mouilleraient tous leurs pièges à l'avant de la procession. Ils les ramasseraient au matin pour leur laisser le temps de se remplir.

Les hommes trimèrent sans relâche jusqu'en début d'après-midi. Les casiers s'enchaînaient, un tous les quarts de mille, Tamatoa travaillait plus vite que jamais, le Français avait du mal à suivre la cadence, il enclenchait les cartouches d'appâts, à peine avait-il sorti orin et bouées de la cage, refermé celle-ci en crochetant les sandows, que son équipier faisait basculer l'engin par-dessus bord, déjà il courait tête baissée à l'autre bout du pont récupérer celui d'après, il le portait quasiment seul pour ne pas perdre de temps, au signal du skipper il le poussait d'un geste sec.

Rongo Walker ne quittait plus le poste de barre, les yeux rivés à l'écran du traceur. Viser ces hauts-fonds ensablés au milieu des abysses était une prouesse, un tir de précision qui devait intégrer la houle et les courants. L'esprit tout entier tendu vers ce but, il se représentait les fonds comme s'il les avait sous les yeux. Dès qu'il se relâchait un court instant, là où les bancs s'interrompaient, un doute le tourmentait, d'autant plus douloureux qu'il n'en avait pas l'habitude, il avait toujours eu confiance en ses forces, en son savoir surtout, qui venait de si loin. Ce lent cortège rouge orangé qu'il devinait sous l'océan n'était-il qu'imagination ? Il jouait sa saison là-dessus, et bien davantage. S'il se trompait, c'était la fin. Un simple coup de dés, à l'aveugle : voilà à quoi tenait la puissance d'un homme.

Le grincement de la porte l'interrompit dans ses pensées. « Dernier casier, Chief !… » Au son de sa voix, il imagina le sourire de Tamatoa, l'orgueil du travail bien fait. Sans quitter des yeux son écran, il lui fit signe, Attends. Quand la flèche du *Toroa* vint percer la dernière bulle claire, il se tourna vers son second. « BALANCE !… » Il regarda la corde se dérouler sur le plancher du pont, et dès que le Français eut lancé les bouées, il fit demi-tour et poussa la poignée des gaz.

Ils avaient trois heures de répit avant le relevage. Rongo Walker improvisa un repas consistant, une pleine gamelle de saucisses et du riz aux légumes – une longue journée sur le pont les attendait encore. Ils mangèrent sans se regarder, abrutis de fatigue, bercés par le roulis et la chaleur du poêle. Ils naviguaient vers le sud-est, face à la houle, il fallait tenir son assiette d'une main ferme, caler son verre entre les cuisses, le plancher tremblait sous leurs pieds chaque fois que l'étrave percutait une vague. Tamatoa ne s'endormit pas après le déjeuner, il resta assis le dos droit sur sa banquette, mains à plat devant lui, il observait la mer à travers les vitres du rouf. Jamais le Français ne l'avait vu si grave, il donnait l'impression de philosopher sur la vie de marin, ses incertitudes. Le visage du Tahitien était expressif en diable, d'infimes variations dans l'éclat de ses yeux, la courbe des sourcils, suffisaient à faire passer l'émotion dans toutes ses nuances, du rire à la colère. Soudain, un voile tragique s'était abattu sur ses traits. Il se tenait immobile, sans un battement de cils, insensible aux à-coups du navire. Le Français se surprit à suivre son regard – il n'y avait rien là-bas. À perte de vue les ondulations de la houle, le ciel bas, une volée de pétrels qui fuyaient vers la terre.

Le promontoire effilé de Yates Point se profilait à l'horizon, ourlé d'écume, quand Rongo Walker parut se réveiller d'une léthargie profonde. « TEN MINUTES, GUYS !... » Il refit du café pour remplir le thermos, pendant que ses équipiers enfilaient bottes et cirés, deux solides paires de gants. C'est à ce moment-là qu'on ressentait les courbatures, les articulations grinçaient, le corps se dérobait face à l'obstacle – hors de question d'y retourner. Les hommes avalaient un dernier café quand Rongo Walker repéra les flotteurs. « CASIER !... » Tamatoa vida son mug dans l'évier, puis celui du Français, il le lui arracha des mains. « Oh Popa'a !... Là faut y aller !... » Ils se ruèrent dehors, Tamatoa empoigna le grappin, il était si fébrile qu'il dut s'y reprendre à deux fois pour crocheter la corde. Il jeta les bouées derrière lui sur le pont, fit passer l'orin par-dessus la poulie. En voyant le bout défiler sans bruit et sans tension dans la roue du vireur, il secoua la tête. « Pas là, non !... » Le casier ruisselant sortit de l'eau, il oscilla sous la potence. Il était vide. D'un coup de poing, Tamatoa fit basculer la structure d'acier sur le pont, il se tourna vers la cabine dans un soupir exaspéré. « NO GOOD, CHIEF !... » Les deux équipiers rangèrent l'orin et ses bouées à l'intérieur du casier, qu'ils calèrent rapidement à l'arrière du bateau. Les quinze engins suivants connurent le même sort. Tamatoa semblait sur le point de se remettre à divaguer quand les premières langoustes apparurent au large de Big Bay, juvéniles pour la plupart, trop petites pour être gardées. Mais en se baissant pour examiner le bac de tri, Rongo Walker laissa échapper un grondement victorieux. « Ça c'est des Runners, aye, des migratrices !... » Il plongea sa main dans le bac pour en attraper une. « Regarde, Frenchie, elles ont la carapace plus claire que les langoustes résidentes... » Il la rejeta à la mer puis se précipita dans la cabine pour embrayer le moteur, il revint leur parler avant de refermer la porte. « Ces jeunes-là sont les plus lentes, le gros des troupes est devant nous... »

C'est une heure plus tard, par-delà Awarua Point, que le filon miraculeux s'offrit enfin à eux. Il ne restait que dix casiers, tous arrachèrent des cris à Tamatoa, il en dansait presque au pied du vireur. Quinze ou vingt langoustes par cage en quelques heures à peine, des individus vigoureux, de bonne taille – en laissant mouiller toute une nuit les casiers, c'était la promesse d'une pêche fabuleuse. Rongo Walker avança de trois milles encore pour doubler la colonne. Il débraya le moteur et sortit aider ses hommes à trier les dernières prises, puis ils apprêtèrent les casiers. « On va tout mouiller sur un ou deux milles, aye, en travers du banc... Faudra pas traîner !... » Le capitaine s'interrompit en croisant le regard épouvanté de Tamatoa, qui scrutait l'horizon vers l'ouest. Le soleil couchant venait de basculer sous le couvert du ciel, de longs nuages ramifiés le cernaient comme des ronces. L'astre brillait d'un éclat rouge, il frissonnait curieusement au ras de l'eau. « Pas bon ça, Chief... Pas bon... » Le Tahitien avait les yeux exorbités. Rongo Walker le dévisagea, indécis. Lui non plus, ce soleil ne lui plaisait pas. Signe que le temps allait changer bientôt, et pour le pire – mais à quel point... Avec cette radio en carafe, pas moyen de savoir. En d'autres circonstances il aurait joué la prudence, il serait rentré s'abriter au sud le temps de voir venir. Mais à présent que la chance leur souriait enfin, l'occasion de sauver leur saison en une seule marée, il ne pouvait plus reculer. D'ici deux ou trois jours, où seraient passées les langoustes ? Il ne connaissait pas les fonds situés plus au nord, et son permis ne l'autorisait pas à s'aventurer au-delà du Fiordland. Il posa une main ferme sur le bras de Tamatoa.

« COME ON, MATE !... On n'en a que pour quelques heures... On mouille tout ça ce soir, on les vire au lever du jour et à midi on redescend... » Tamatoa ne répondit rien. Il considérait son skipper avec consternation. Puis il parut se résigner, il reprit sa place au vireur. Après chaque casier, il se tournait vers le couchant. « C'est pas bon ça, Popa'a !... Mauvais soleil... »

La nuit tomba brutalement, le vent avec elle. Ils mouillèrent au sud de Big Bay, abrités derrière une pointe. À trois heures du matin, Rongo Walker fut réveillé par les roulées du *Toroa*. La houle restait légère mais elle avait tourné. Elle venait du nord-ouest. Ça et le soleil rouge, il n'y avait plus aucun doute : un coup de Nor'wester se préparait là-bas, sur la mer de Tasman. Rongo Walker réveilla les hommes, leur fit chauffer un thé pendant qu'ils s'habillaient. Quand il vint les servir à table, Tamatoa et lui échangèrent un regard. Le Tahitien aussi avait senti la houle, il savait à quoi s'en tenir. Il vida son mug d'un trait, il se leva, il fit signe au Français, Suis-moi. Déjà Rongo Walker démarrait le moteur. Les deux équipiers hissèrent l'ancre à l'avant puis ils larguèrent l'amarre de poupe, nouée à un corps-mort. « GO, CHIEF !... » Le *Toroa* mit cap au nord, face au clapot.

Rongo Walker suivait la progression de son bateau sur l'écran du traceur, il alluma les projecteurs à l'approche du premier casier. Tamatoa se pencha par-dessus la lisse, il lança son grappin dans la nuit et remonta l'orin, qui palpitait sous le treuil. Le prodige annoncé avait bien eu lieu : le casier émergea dans l'éclat blanc des halogènes, il était rempli aux trois quarts, des dizaines de langoustes qui battaient de leurs queues le maillage d'acier. Tamatoa poussa un rugissement, il dut s'arc-bouter, jouer de tout son poids pour faire glisser l'engin par-dessus le franc-bord. Le Français libéra la trappe et les crustacés dégringolèrent au fond du bac de tri dans une orgie d'antennes et de carapaces, il y en avait tellement qu'ils débordaient, ils roulaient sur le pont. Rongo Walker accourut, il jubilait. « Toutes bonnes à garder, aye !… Y a combien Tama, trois cents livres ?… » Le Tahitien acquiesça sans mot. Il déposait dans le vivier des brassées entières de langoustes, il s'arrêtait de temps en temps pour mesurer un spécimen moins imposant, inspecter une queue. « Regarde ça, Popa'a !… Quinze livres oh… » Il brandissait un monstre long comme le bras, dont les antennes vicieuses cinglaient l'air alentour. Sa carapace était lépreuse, hérissée de bernacles. Tamatoa tendit le bras à l'intérieur pour montrer la bête au skipper. « Foutu Old-Timer, aye !… Il est plus vieux que moi !… » Tamatoa prit la carapace à deux mains, il lança l'animal par-dessus bord. « Ça c'est le meneur oh, Popa'a !… En gros les autres, ils ont besoin de lui pour pas se perdre… »

Casier après casier, le miracle se renouvelait, la cuve du *Toroa* se remplissait à vue d'œil. Pourtant, Tamatoa gardait sa mine inquiète. Une brise tiède et humide soufflait à présent du nord-ouest. Quand le soleil surgit au-dessus des montagnes, doublé d'un halo flou, Tamatoa leva les yeux sur le ciel pâle où étaient suspendus, très haut, des nuages pommelés. Rongo Walker se tenait debout sur le seuil, il avait perçu l'alarme du second. « Je sais, Mate… Plus que vingt casiers, on aura dégagé à l'arrivée du front !… » Tamatoa ne broncha pas. Il se remit à l'ouvrage mais à son air on le voyait : il ne digérait pas la tournure que prenaient les choses.

Bientôt, le vivier fut rempli à ras bord, et Rongo Walker dit à ses équipiers de sortir les caisses en plastique, on entasserait dedans le reste des langoustes. En les maintenant humides, elles tiendraient sans problème jusqu'au déchargement au quai de Milford Sound, quatre ou cinq heures au sud. Le skipper avait décidé d'expédier les prises par camion à l'usine de Bluff. Il aurait voulu organiser tout cela par radio mais le plus important, pour l'heure, c'était de filer se mettre à l'abri au fond du fjord, on aviserait ensuite. Ils débarqueraient au bas mot deux tonnes et demie de langoustes, en une journée de pêche – jamais le capitaine n'avait connu pareille fortune. Si les cours s'étaient maintenus, la saison serait assurée.

Les hommes avaient bien travaillé, ils devaient être morts de faim. Tout en surveillant le filage, Rongo Walker prépara un ragoût de poisson et du riz pour le déjeuner. La chaleur plaisante de la cabine se chargea de parfums d'épices et de mer. Ma vraie maison, songea-t-il. Il avait navigué enfant sur ce bateau. C'était une partie de lui-même, la meilleure sans doute.

Comment avait-il pu perdre de vue le ciel ? Lorsqu'il releva les yeux de son réchaud, un juron lui échappa. L'horizon s'était subitement assombri dans l'ouest, et déjà on voyait la mer blanchir sous les risées. Fiordland avait donc décidé de se montrer fidèle à sa réputation : ici n'importe quoi, n'importe quand, pouvait vous tomber sur la tête. Rongo Walker éteignit le gaz et traversa la cabine en trois enjambées pour jeter un coup d'œil dehors. Courbés sur le bac de tri, Tamatoa et le Français démêlaient l'abondance du dernier casier, dos aux nuages. Il avança un pied dehors. « Hey Tama !... » Le Tahitien se redressa, en se tournant il vit les nuages sans nombre qui glissaient vers eux dans le ciel. Il resta pétrifié. Le Français suivit son regard et un même effroi le saisit. Une armée ténébreuse était en train de se former, elle occupait tout l'horizon, elle marchait droit sur eux. « On ne trie plus, les gars, foutez-moi tout ça dans les caisses !... » Le skipper bondit à l'intérieur, il hurla par-dessus son épaule. « Deux casiers !... On arrime tout, je veux rien qui bouge !... »

Rongo Walker claqua la porte derrière lui. Il progressa au ralenti vers les flotteurs suivants, et sentit le bateau gîter sur tribord quand le treuil encaissa tout le poids de la cage pleine. Mais il n'était plus temps de se réjouir du butin. Il fallait agir, vite. Des coups de chien dans le Fiordland, il en avait connu, et même s'il ignorait encore l'ampleur de celui-ci, il n'avait pas besoin d'imaginer le pire – il savait à quoi ressemblait la mer de Tasman quand elle se déchaînait. Pas besoin non plus de consulter la carte : ils avaient deux heures tout au plus avant que le front soit sur eux, peut-être beaucoup moins, pas assez en tout cas pour atteindre un refuge sûr. Les coups de hache du demi-dieu Tu n'arrangeaient pas leurs affaires. Comme tous les fjords de la région, Milford Sound était orienté au nord-ouest, pile dans l'axe du Nor'wester, et le chenal étroit qui en marquait l'entrée se transformait alors en lessiveuse, le vent accélérait prodigieusement entre ses parois verticales, plus de cent nœuds parfois, il créait des trombes d'eau infernales, de quoi disloquer un navire. Bientôt les vagues déferleraient sur toute la côte du Fiordland, il n'était pas question de la longer, travers à la houle, avec tout ce poids sur le pont. Il n'y avait plus qu'une solution. Rongo Walker jeta un regard derrière lui pour s'assurer que le dernier casier était renversé sur le pont, il bloqua la barre à gauche et mit le cap au large, droit sur le rideau noir.

Quand les hommes le rejoignirent à l'intérieur, le capitaine lut dans les yeux de son second une interrogation. « Les navires ne s'échouent pas en mer mais sur la côte, aye, c'est ce qu'on dit… » Rongo Walker savait très bien que ce dicton mentait : plus d'un bateau ici avait sombré au large, corps et biens, emportant avec lui les raisons du naufrage. Tamatoa le savait aussi, mais il n'avait jamais douté du jugement de son capitaine. Il hocha la tête sans rien dire. « Tout est bien saisi, là-dehors ?… » Rongo Walker coinça la barre avec le bout, il accompagna les hommes sur le pont pour inspecter le chargement, il fit déplacer trois casiers et ranger les dernières caisses, il ordonna aux équipiers de doubler les garcettes, de les serrer à bloc en assurant deux fois les nœuds. « Ça va taper oh, Chief ?… » Tamatoa souriait en demandant cela. Les signes étaient si clairs, pourtant, depuis la veille. Il aurait préféré qu'on leur obéisse. Mais maintenant que le combat était inévitable, il saurait s'en montrer digne. On voyait qu'il n'avait pas peur. Il passa un cordage entre deux casiers, il tira si fort que les tubes d'acier se plièrent.

Travail fait, ils rentrèrent. Rongo Walker sortit des assiettes creuses pour le ragoût. La houle avait forci, elle les heurtait de front, le *Toroa* tanguait sur les crêtes, il roulait avec violence en s'arrêtant au bas des vagues. « À table, les gars !... » Le capitaine empoigna la gamelle où il avait mis à bouillir ses têtes de poissons, il la posa sur le plancher au centre de la cabine, un nuage de vapeur aux parfums d'oignons et de piment monta se tasser sous le bois du plafond quand il souleva le couvercle. Avec tout le sang-froid du monde, il s'assit à même le sol, couverts et assiettes à la main. Il tournait le dos à l'orage. Il articula une prière silencieuse pour bénir le repas, d'un geste au ralenti il offrit à ses équipiers de le partager. Tamatoa s'accroupit à côté de lui. À doigts nus il attaqua la première tête, il fit sauter les yeux de leurs orbites, il les suçota à grand bruit, recracha le noyau. Rongo Walker brisa d'un coup de dents le cartilage d'un crâne, scellant la cavité de ses lèvres il en aspira la cervelle, les paupières serrées de plaisir. Le Français les regardait faire, tétanisé. Dehors c'était déjà la nuit, les ténèbres en plein jour, et l'océan devenu noir se confondait avec le ciel. « Hey Frenchie !... » Rongo Walker l'empoigna par le bras, il l'agenouilla de force à ses côtés. Il attrapa une tête de poisson à pleine main dans l'eau bouillante, il la posa dans son assiette. « Faut manger !... Après tu pourras plus... » Le Français décortiqua d'une main tremblante les joues du poisson, il posa la chair tendre sur sa langue et se força à mâcher. « Tu croques pas les yeux oh, Popa'a ?… Y a pas meilleur !… » Il plongea la main dans l'assiette du Français pour récupérer la tête. Rongo Walker leur resservit des morceaux de poisson, des pommes de terre et des carottes gorgées de sauce, de quoi tenir un siège. C'est au milieu de ce festin que la tempête leur arriva dessus.

Le bruit du vent monta d'un coup, un sifflement assourdissant qui se mêlait au tremblement sourd des vitres. L'étrave se mit à tamponner les vagues avec une telle violence que les bordés du *Toroa* gémissaient sous l'effort. Rongo Walker se leva calmement, il rassembla les couverts, il prit le temps de les rincer au-dessus de l'évier, de les ranger dans les placards. Des objets roulaient dans la cale, d'un regard il envoya Tamatoa s'en occuper. Il alla jusqu'à la porte pour s'assurer que le pont était en ordre, puis il se campa au poste de barre, il défit la boucle du cordage, il posa sa main gauche sur la barre, la droite sur le levier des gaz. Il avait un plein thermos de café, il regrettait déjà de ne pas en avoir préparé davantage. Cette affaire-là allait durer.

Rongo Walker n'avait jamais vu un ciel aussi dense, d'une telle obscurité qu'il semblait aspirer la lumière, à perte de vue l'océan bleu pétrole était marbré de blanc. Ce qui se présentait n'était pas un grain ordinaire. Mais ils étaient prêts, lui et son *Toroa*. C'était un bateau solide, extrêmement marin, il l'avait toujours entretenu avec beaucoup de soin, comme son père avant lui. Le *Toroa* se comportait à merveille dans le gros temps – il ne l'aurait échangé contre aucun autre à cet instant. Ce qui le chiffonnait, c'était tout ce poids dans les hauts, qui chamboulait le bel équilibre de son bateau, sans parler de la prise au vent. C'était la porte ouverte au drame, chacun le savait. Il connaissait le piège, il s'y était précipité. Il s'en voulait d'avoir été si imprudent. Ce n'était pas l'appât du gain, non, pas vraiment. Mais l'argent, dettes ou profit, était un piètre conseiller.

Le Français s'agrippait des deux mains à la table du carré, les embardées à contretemps lui faisaient perdre l'équilibre. Tamatoa se tenait immobile en face de lui, calé contre la paroi, il couvait le Français d'un regard à la fois étonné et compatissant. D'un geste du menton, il désigna Rongo Walker. « T'inquiète oh, Popa'a !... Le Chief, c'est l'ami des vagues... » Il étudiait ses mains, l'air absolument détaché. « Comme un poisson... » Il eut un petit rire puis il se leva. Il disparut dans l'escalier sans autre commentaire.

Le Français sentit un étourdissement le gagner, le sang lui battait aux tempes, son front se rapprochait malgré lui de la table. Il connaissait cette sensation de flottement – il allait être malade s'il restait assis là. Il se leva tant bien que mal, il traversa la cabine en se tenant à chaque pas. « Ça remue, aye, Frenchie !… » Rongo Walker désigna la main courante à côté du poste de barre. Le Français l'empoigna et se tourna vers l'océan – le spectacle qu'il offrait lui coupa le souffle. La mer de Tasman déroulait devant eux des lames gigantesques qui laissaient après elles de longues traînées de mousse, les tourbillons d'embruns arrachés aux rouleaux cinglaient les vitres avec un tel acharnement qu'il paraissait intentionnel. Les cristaux rouges de l'anémomètre, au-dessus du poste de barre, mesuraient des bourrasques à plus de soixante nœuds. Rongo Walker lâcha un instant la manette des gaz pour remplir d'une main son mug de café. Il but une gorgée, puis une autre, il s'arc-bouta sur ses jambes pour encaisser un choc plus traître que les autres. « J'ai l'impression que cette fois, le vieux Takaroa est vraiment en colère… » Le skipper soupira, il se frotta les yeux. « J'espère que ça va lui passer… » Il se tourna vers le Français, qui n'avait toujours pas bougé. « T'en fais pas, Frenchie !… » Le skipper désigna du menton la peau noire de sa main serrée autour du maneton. « Quand mes poings seront blancs, là, faudra t'inquiéter… » Un rire en retenue agita ses épaules. Il porta le mug à ses lèvres, puis il se ravisa. « La première chose qui tue en mer, c'est paniquer… » Il pencha la tête de côté, il approuva l'idée d'un froncement de sourcils. « Y a six ans de ça, dans le coin, une vague scélérate a couché le *Te Aroha*, grosse unité pourtant, soixante-dix pieds et quelques, ils ont pris de travers un immeuble de quinze étages sorti de nulle part. Nuit sans lune, le skipper n'a rien vu venir… » Le *Te Aroha* avait basculé quasiment à la verticale, le moteur s'était arrêté, plus de lumière à bord, plus d'instruments. La vague avait brisé les hublots de la passerelle, l'eau s'engouffrait à l'intérieur. « Une vague est passée, puis une autre, et le bateau restait couché… Alors le capitaine a pris une décision, la plus difficile qui soit… » Les six hommes d'équipage avaient enfilé leurs combinaisons de survie, déclenché la balise de détresse, ils avaient mis à l'eau le radeau gonflable et ils avaient sauté. « Évacuer comme ça en pleine tempête, je le souhaite à personne. C'est la pire chose à faire… » Les naufragés s'étaient débattus dans l'eau glacée, gênés par la raideur de leurs combinaisons étanches, ils avaient rampé pour grimper à bord du radeau, mais une déferlante l'avait renversé brutalement et les six malheureux s'étaient retrouvés livrés à eux-mêmes en plein océan. Ils s'étaient encordés avec un bout échappé du radeau pour ne pas se perdre de vue, ils avaient commencé à nager vers la côte. Mais dans une mer si froide, même en combinaison, on ne tient pas longtemps. « Les hommes ont lâché prise les uns après les autres, il fallait décrocher les morts, leurs corps s'enfonçaient lentement dans l'eau sombre… À la fin, il n'en est plus resté qu'un seul. » Le lendemain, un hélicoptère de l'armée qui cherchait les cadavres des disparus avait trouvé le survivant agrippé à un récif, en grave état d'hypothermie. « Ce vieux Chad avait la peau dure !... Je ne sais pas comment, mais il s'en est tiré... » Rongo Walker marqua une pause, le temps de négocier le sommet pentu d'une vague. Son regard palpitait de tristesse et de rage. « Seulement, le *Te Aroha* n'avait pas coulé !... Il a fini par se redresser... Les gardes-côtes l'ont retrouvé, ils l'ont remorqué jusqu'à Bluff... » La voix du skipper se brisa. « Quand Chad a vu ce foutu chalutier rentrer au port deux jours après, ça lui a brisé l'âme... » Rongo Walker passa la main sur son visage. « Des choix, on en fait dans une vie – parfois les conséquences viennent vous torturer... » Le Français ne répondit rien, ses yeux gris sondaient l'océan.

Une gerbe d'eau immense explosa sur tribord, suivie, la seconde d'après, par la détonation du ventre de la vague. Rongo Walker cessa de respirer pendant quelques secondes, avant de reprendre son souffle. « Ça c'est l'ennui dans le Fiordland : la houle grossit très vite par ces furies de temps, les vagues sont raides, très rapprochées... » Le danger, c'était franchir une crête, que la suivante se brise sur vous. Deux heures que le skipper avait mis à la cape pour ménager le *Toroa*, il avançait à vitesse réduite face aux vagues, très légèrement de biais pour limiter les chocs. Mais la houle commençait à déferler, des murailles sombres jaillies de l'océan se dressaient soudain devant eux, de formidables masses d'eau explosaient contre le franc-bord, elles dévastaient le pont de part en part. Rongo Walker souffrait pour son bateau, lèvres pincées à chaque impact. Il s'en voulait de ne pas avoir su lui épargner ces coups, qui laisseraient forcément des traces. On n'a plus l'âge de ces folies, songea-t-il. On devrait être à quai, toi et moi. Une quinte de toux le prit, qu'il écrasa d'une gifle sur son torse. « Quand la mer est mauvaise comme ça, je songe aux anciens... Ils avaient leurs secrets pour passer les tempêtes... » Le skipper vida son mug de café, il le cala sur le tableau de bord. « Matamata était un homme de grand savoir... Quand la situation devenait critique en mer, il enflammait une torche et disait sa petite prière, alors deux baleines bleues montaient des profondeurs, elles encadraient la pirogue, aye, chacune d'un côté... » Rongo Walker resta figé, la joie aux yeux. Surgi de la tempête, un albatros errant venait à leur rencontre, planant sans un coup d'ailes au ras des vagues, il frôla la proue du navire et tourna vers eux son bec rose, il les observait au passage. Rongo Walker le suivit du regard, il s'éclaircit la voix.

Tu n'es pas seul, Toroa... Haeremai, Haeremai, bienvenue chez toi, voyageur...

L'oiseau braqua avec délicatesse son envergure interminable pour reprendre de la hauteur, il disparut derrière la crête. « Quel navigateur, aye !... Il connaît le vent et les vagues, il ne se perd jamais... » Rongo Walker souriait, le regard fier. « Nos anciens aussi étaient chez eux sur l'océan... » Le skipper resta suspendu à la fin de sa phrase, aussitôt il rectifia : « Ils étaient l'océan. »

Dans ces moments-là, où la mer donnait l'impression d'en avoir après vous, où même à la passerelle d'un porte-conteneurs on se sentait insignifiant, Rongo Walker repensait toujours à ses ancêtres polynésiens, à ce qu'ils avaient su accomplir armés de leur seule foi, bravant l'immensité du Pacifique sur des pirogues sans confort, dont les bordés des coques étaient ligaturés avec de la bourre de coco, la grand-voile un simple assemblage de nattes tressées. « Le savoir des anciens, Frenchie, c'était quelque chose... » Quand les explorateurs venus d'Europe avaient enfin été capables de traverser le Pacifique, mille ans après les premiers Polynésiens, ils avaient été subjugués par les qualités exceptionnelles de ces pirogues doubles ou à balancier – elles paraissaient voler sur l'eau. « Dans l'ancien temps, les chefs et leurs guerriers étaient tenus en haute estime... Mais le navigateur, c'était autre chose !... » Il fallait posséder un savoir immense, être prêt à risquer sa vie pour la communauté. Les pères enseignaient cet art à leurs fils, une vie ne suffisait pas à en maîtriser toutes les complexités. « On dit que leur apprentissage commençait avant la naissance, la femme du navigateur se laissait flotter sur la mer pour que les mouvements de l'eau apaisent son bébé… À la fin, quand la mort venait, les vieux partaient se perdre au large… »

Rongo Walker jeta un coup d'œil à l'horloge, elle indiquait seize heures. Le soleil était bas sur l'horizon, la nuit allait bientôt tomber. Il étudia leur position sur l'écran du traceur de cartes, estima leur distance à la côte. « Accroche-toi, Frenchie… » Le skipper fixait la mer droit devant lui, il laissa passer deux vagues et, la suivante à peine franchie, il bloqua la barre à gauche en poussant la poignée des gaz. Le *Toroa* vira sans se précipiter, il fit un demi-tour serré dans le bouillon entre deux lames, et il se retrouva dans le sens de la houle. « GOOD !… » Ils étaient assez éloignés de la côte, à présent, pour se mettre en fuite, dos à la mer. Cette allure était moins cassante, elle permettrait aussi de ne pas s'égarer trop loin de la terre, à court de carburant. Dans deux heures ils repartiraient à la cape, face aux vagues, et ce ballet se poursuivrait jusqu'à ce que l'océan se calme assez pour les laisser reprendre leur route en direction du sud. Rongo Walker diminua les gaz, il calait sa vitesse sur celle de la houle pour que le *Toroa* ne s'emballe pas dans les surfs au risque de lui échapper. Il repositionnait sans cesse la proue pour la maintenir dans l'axe. « La fuite, c'est pas le plus facile. Faut bien surveiller ses arrières... » Le Français contemplait le vide, il frémit quand la main de Rongo Walker se posa sur son bras, le capitaine tendit sous son nez le thermos vide. « Fais-le bien fort, aye !... La nuit va être longue. »

Le soir tombait déjà et loin de se calmer, la tourmente redoublait. Plus un oiseau en vue, le signe était sans équivoque – Rongo Walker les avait vus s'enfuir au sud dès les premières heures du jour. Les hommes du *Toroa* étaient seuls, à présent. La bataille aurait lieu sans témoins ni renforts. Le plus dur restait à venir, c'était une certitude. Le Français versa le café brûlant dans la bouteille thermos, il la posa sur le tableau de bord. Le skipper dévissa d'une main le bouchon. « Ça sent drôlement bon, Frenchie... » Il apprécia d'un grognement la première gorgée. « Je crois que je vais t'embaucher !... » Il eut juste le temps de tendre sa tasse au Français pour empoigner la barre, avant qu'une série de vagues vicieuses n'entraîne le *Toroa* dans une périlleuse embardée que le capitaine négocia avec aplomb. L'alerte passée, il tendit la main pour éteindre l'écran, il occulta la lumière rouge du compas. La cabine se retrouva plongée dans une obscurité totale qui rendait plus étourdissant, plus inquiétant encore le tumulte des éléments. La nuit était tombée, une nuit sans lune, sans une étoile, rien que le noir autour – seul un œil exercé pouvait discerner ses nuances, la blancheur floue des vagues qui brisaient.

Plus de carte ni d'instruments, il fallait écouter la mer, barrer au feeling, s'en remettre à l'instinct. « Les anciens naviguaient ainsi, à l'estime. L'océan leur parlait, ils avaient appris à sentir… » La course du soleil permettait de fixer le cap, la nuit ils empruntaient les chemins d'étoiles : à chaque île, proche ou lointaine, correspondait un astre, une série d'astres plutôt, qui épousait la rotation de la voûte céleste, quand la première étoile du soir montait trop haut sur l'horizon, une autre apparaissait, elle leur servait de guide, puis une troisième, ainsi de suite jusqu'au matin. Si le ciel était trop couvert pour les distinguer, les navigateurs parvenaient à garder le cap en déchiffrant les mouvements profonds de l'océan, ces houles régulières dont ils savaient tout, l'orientation et la fréquence, les variations saisonnières, ils en reconnaissaient les ondulations sous l'agitation de surface provoquée par les grains. « Ils tâtaient la tiédeur de l'eau, on dit même qu'ils la goûtaient – c'était pour eux un moyen sûr de localiser les courants… » Rongo Walker se sentait plus vivant soudain, tous les sens en éveil. Les bruits, les mouvements du bateau se détachaient plus nettement. Même le café avait un autre goût.

Le Français l'écoutait parler, cramponné à la main courante. La tête lui tournait, il avait mal au cœur. S'il flanchait maintenant, la nuit serait atroce. Malgré le calme du skipper, il avait conscience que leur situation ne tenait plus à rien, elle pouvait basculer d'un côté ou de l'autre. Les conditions ne cessaient d'empirer, la mer avait forci au-delà du pensable. Juste avant que Rongo Walker n'éteigne ses instruments, l'anémomètre affichait des chiffres effarants, soixante-dix nœuds, plus de quatre-vingts nœuds dans les rafales – cent cinquante kilomètres-heure, et le vent forcissait encore. Une lame déferla sur l'arrière, elle percuta le *Toroa* comme un train fou, ce sursaut brutal fit déraper le bateau dans la pente, il partit en travers et manqua chavirer, Rongo Walker ne rattrapa le coup que d'extrême justesse. Le Français l'entendit vider ses poumons dans le noir. « DAMN IT !... » Le skipper se tourna vers lui, ses yeux étincelaient dans la pénombre. « Les combinaisons de survie, Frenchie, dans le placard... » Le Français se figea – sûrement, il avait mal compris. « Reste pas planté là, bon Dieu !... T'as entendu ?... » Rongo Walker décrocha la lampe torche du tableau de bord, il la tendit à son équipier sans perdre de vue l'océan. « Les sacs rouges, étagère du haut... » Par-dessus son épaule, il cria : « La balise de détresse, sors-la aussi !... »

Sonné par la brutalité de l'ordre, l'urgence dans la voix, le Français dut se ressaisir. Il n'avait pas peur, non. Il éprouvait comme un flottement, une curieuse légèreté. Était-ce l'heure décisive, cet instant où la vie d'un homme se joue, l'occasion espérée d'éprouver sa valeur, une fois pour toutes, avant de mourir ? Être prêt à tout, c'étaient les mots du capitaine. Comment savoir... On ne peut juger qu'à la fin. Sa main lâcha la poignée du tableau de bord, il se rattrapa aussitôt pour ne pas tomber. Une machine à laver, les marins emploient cette expression pour décrire les conditions de vie en mer quand le temps se gâte vraiment – cet engin-là était bloqué sur l'essorage, on ne savait jamais dans quel sens il tournait. Cinq mètres à peine le séparaient du placard, il mit un temps incalculable à les franchir. Chaque pas était une lutte, un pari incertain, sa main libre cherchait des appuis à tâtons, l'autre serrait la torche, éteinte, pour ne pas gêner le skipper. Le Français cala son pied gauche sur la porte de la cabine, il ouvrit le placard. Il éclaira un bref instant les étagères, assez pour repérer les trois sacs rouges et la balise, il éteignit aussitôt. « Pose-les par terre près de la table, Frenchie, qu'on les ait à portée de main !... » Le Français se cognait partout, il ne distinguait plus sa gauche de sa droite, ni le bas ni le haut. Au prix d'un grand effort, il regagna sa place à l'avant. « Éclaire-moi le compas, Frenchie... » Rongo Walker vérifia le cap, la direction du vent. Dans le feu de la torche, le Français aperçut ses poings sur les manetons de la barre. Ils étaient si serrés qu'on distinguait le blanc des os.

Rongo Walker faisait son possible pour soulager le *Toroa*, lui épargner les chocs, amortir les coups de gîte qui faisaient miauler sa charpente. Mais dans une mer pareille, on n'y échappait pas. Quinze vagues vous dépassaient avec indifférence, celle d'après rassemblait ses forces, elle se cabrait au pire endroit comme par malice, elle se brisait sur le bateau, elle le catapultait dans une glissade incontrôlable. Il y avait huit mètres de houle à présent, plus de dix mètres par moments, et elle était en grand désordre, de plus en plus croisée – les effets du ressac commençaient à se faire sentir à l'approche des côtes. « Tiens-toi, Frenchie !... On va se remettre à la cape... » La manœuvre était délicate, elle obligeait à exposer le bateau, travers à la houle, pendant quelques secondes. Il fallait choisir son moment. Rongo Walker scrutait les ténèbres. Une série de vagues doubla le *Toroa* et le skipper ralentit légèrement, il comptait à voix basse, à cinq il bloqua la barre à droite et redonna un peu de gaz, la proue du bateau pivota avec lenteur, elle décrivit un parfait demi-cercle. Le *Toroa* se planta face à la houle, légèrement de biais, et il reprit sa course vers le large. Les ascensions se faisaient plus longues à présent, bien plus raides, mais le *Toroa* marchait mieux à cette allure, calé sur son cap, il semblait davantage maître de son destin. Un sentiment d'absurdité s'empara du Français. Ces allers-retours dans la nuit, à remonter sans cesse tout ce qu'on descendait, le décourageaient. La terre était si proche, il avait pourtant l'impression qu'il ne la reverrait jamais.

Rongo Walker barrait debout depuis des heures, il ne sentait pas la fatigue, il était décidé à aller jusqu'au bout – le corps suivrait. Dans ce jeu dangereux, on n'avait pas le choix. Le capitaine libéra sa main gauche un instant, il toussa dans son poing, il se resservit du café. « L'important pour s'orienter, ce n'est pas tant le but que le point d'origine… » Il parlait d'une voix d'oracle, profonde et enrouée. « Là-bas aux îles Carolines, le grand navigateur Hipour a été pris dans un cyclone, des vents si forts qu'il a dû affaler sa voile, déposer le mât de sa pirogue à balancier, quarante jours à dériver en cape sèche sur l'océan !… » Il porta le café à ses lèvres, il but une rapide gorgée, il confia le mug au Français le temps de donner un peu d'angle au nez du *Toroa*, harcelé par la houle de plus en plus serrée qui ne laissait aucun répit. « Quarante jours, aye… » La voix du capitaine n'était plus qu'un murmure. Pour qui ne l'avait pas vécue, pareille odyssée défiait l'imagination. Aucun abri à bord de ces pirogues, quelques noix de coco pour l'eau douce et la chair, des fruits d'arbre à pain fermentés, la mer en furie tout autour et le déluge tombé d'un ciel si noir qu'on ne voyait même pas le soleil en plein jour… « L'ouragan l'a mené à trois cents milles de chez lui mais quand le vent est retombé, Hipour a remonté sa voile, il a fait demi-tour, il est rentré chez lui à Puluwat !… Ses gens ne l'attendaient plus, ils ont vu un esprit entrer dans le lagon… » Rongo Walker souriait gravement dans l'obscurité. Ces histoires de navigateurs revenus tout droit de l'enfer, capables de s'orienter quand le ciel et la mer s'acharnaient à les dérouter, il y en avait tant dans la mémoire des hommes, d'un bout à l'autre du Pacifique, qu'on ne pouvait les ignorer. « Tout ce temps-là Hipour savait où se trouvait son île, comme s'il la voyait !… C'est qu'en Océanie, le village qu'on laisse est le nombril de l'univers. Tant qu'on sait d'où on vient, tant qu'on peut estimer le chemin parcouru, alors on n'est jamais perdu… »

Le Français inspira brusquement, sa tête se redressa, il ouvrit grand les yeux. Sa main était encore agrippée à la poignée d'inox. Il avait dû dormir debout. Une vision de cauchemar lui sauta au visage. La mer ne s'appartenait plus, elle avait rompu tous ses liens, affolée par le vent. Les lueurs d'avant l'aube, filtrant à travers un ciel blanc, dévoilaient l'ampleur de la chose. La masse bleu nuit de la houle, zébrée de blanc, envahissait au ralenti son champ de vision, alors le *Toroa* se dressait à la verticale, il montait à l'assaut du ciel, on ne voyait plus l'océan. Pas besoin d'être capitaine pour comprendre que ce bateau était à l'agonie. Trop chargé, trop bas sur la mer, il embarquait des tonnes d'eau à chaque déferlante, il gîtait dangereusement, déséquilibré par sa charge. Le vieux diesel peinait à hisser tout ce poids jusqu'en haut des vagues, il s'essoufflait comme un vieillard à mi-pente, l'hélice sortait de l'eau au sommet de la crête, la vibration de son arbre se répercutait dans toute la structure et faisait trembler le plancher. Cette déflagration venait s'ajouter à la clameur du vent, aux grincements insoutenables des bordés dans les coups de roulis, aux détonations de l'étrave qui défonçait les vagues en soulevant d'épais geysers d'eau et de mousse, aux embruns crépitant comme des balles sur les vitres du rouf.

« Hey Frenchie… » La voix du skipper était lasse. On sentait son soulagement de ne plus être seul. « T'as de la chance, aye, c'est calme ce matin !… » Son rire manquait de conviction. Ses yeux cernés cherchaient l'horizon, ils ne le trouvaient pas. « Jamais vu ça, bon Dieu… » Pareille mer, aussi énorme. Pareil coup du sort : les langoustes parties, d'abord, et quand on les retrouve, le ciel qui vous dégringole dessus sans prévenir, au pire endroit du monde. « Ça va passer, faut tenir ferme… » Rongo Walker se frotta d'une main le visage, celle qui manœuvrait la poignée des gaz. L'autre serrait à le broyer le maneton de la barre. Le skipper réprima un bâillement, les yeux humides et las. « Cette nuit je pensais à Kupe le grand navigateur, Kupe d'Hawaiiki, découvreur de nos îles... Tu vois les mêmes vagues que lui, voilà ce que je me disais, le même ciel qu'il y a mille ans... » Il se tourna vers le Français, un sourire incertain aux lèvres. « Quand il est parti de son île, Kupe savait qu'il existait des terres là-bas, dans le Sud-Ouest, il avait étudié le vol des oiseaux... » Les déplacements du soleil au fil des saisons ne lui étaient pas étrangers, il avait décidé de partir au début de l'été et de mettre le cap un peu au sud du couchant. « Kupe connaissait les chemins d'étoiles, il savait que sa course devait passer par Antarus, puis Taurus... Les constellations sont restées les mêmes aujourd'hui... »

Un mur d'eau écumeux, quasiment vertical, barra soudain la route au *Toroa*, qui se précipita vaillamment à l'assaut. Rongo Walker plissa les yeux, mâchoires serrées, il se recroquevilla pour ne pas perdre pied. Le *Toroa* tremblait de toute sa membrure, il culbuta de l'autre côté dans un fracas d'eau et de bois. Rongo Walker se redressa, il souffla longuement. « Il y en aura toujours pour dire que les anciens ont découvert nos îles par hasard... Des pêcheurs pris dans une tempête auraient dérivé malgré eux sur le Grand Océan... » Le skipper secoua la tête, un sourire d'ironie aux lèvres. « Par hasard, aye ?... Une chance qu'ils aient embarqué ce jour-là leurs femmes et leurs enfants à bord des pirogues !... » Des guerriers en armes aussi, suffisamment d'eau douce et de provisions pour une longue traversée, leurs outils, leurs tissages et leurs animaux, les graines, les semis à replanter plus loin. La chance n'avait décidément rien à voir là-dedans. Ces îles qu'ils avaient remontées une à une du fond de l'océan, les Polynésiens savaient qu'elles existaient – le voyage serait éprouvant mais il était possible. Seuls un grand savoir astronomique, des techniques éprouvées de construction navale et de navigation avaient permis à ces navigateurs de tendre des ponts entre les archipels. Et ce savoir s'était perdu. Presque partout, les colonisateurs avaient interdit ces traversées au long cours, suspectes en temps de guerre, leurs vapeurs avaient supplanté la navigation à la voile. Les insulaires avaient fini par oublier l'art de ligaturer la coque des pirogues, la lecture des constellations et des houles, des nuages, de la couleur du ciel aussi, la connaissance intime des oiseaux. « Nous les Maoris, c'est la colère de l'océan qui nous a volé ce savoir, la Grande Vague... » Un gigantesque tsunami avait dévasté les côtes de la Nouvelle-Zélande, cinq cents ans en arrière, causé par la chute d'un astéroïde ou une éruption sous-marine en plein Pacifique. Des vagues de trente mètres avaient emporté les villages et les hommes, elles avaient noyé les cultures et rendu la terre stérile, elles avaient détruit les outils des charpentiers, broyé les flottes de pirogues échouées sur la rive. « Nos vieux, ceux qui savaient encore fabriquer ces Wakas, qui auraient pu transmettre les chemins d'étoiles, tous ont péri sous les flots… » Les pirogues doubles océaniques avaient été remplacées par des coques simples, limitées au cabotage et à la remontée des fleuves. « Nous autres Maoris, nous sommes devenus un peuple de fermiers… Les étoiles ne servaient plus à naviguer – elles annonçaient la saison des récoltes… » Tout retour vers Raiatea, leur île d'origine, était devenu impossible. « Les gens d'ici se lamentaient, La route d'Hawaiiki est coupée !… La terre des ancêtres, aye, que seuls les esprits désormais peuvent rejoindre après la mort… » Rongo Walker médita ses paroles pendant un long moment, indifférent à la tempête. Ses mains travaillaient, machinales, vingt heures déjà qu'elles corrigeaient, vague après vague, l'assiette et l'élan du bateau. On ne voyait plus que du blanc, le vent soufflait si fort qu'il écrêtait les vagues, les aplanissait presque, projetant à l'horizontale des boules d'écume et de lourds embruns, on aurait dit qu'un dieu mauvais les lançait par poignées sur les carreaux du rouf. Le monde autour était devenu flou, difforme. D'en haut, le spectacle devait être grandiose. Mais c'est au ras des choses que les hommes se débattaient – l'effroi l'emportait sur le beau.

Le *Toroa* jetait ses dernières forces, dérisoires. Brinquebalé, ivre de coups, il surnageait à peine. L'arbre d'hélice vibrait à tout rompre, le diesel semblait sur le point de caler, il repartait toujours. Un hoquet plus long que les autres arracha Rongo Walker à ses pensées, il tendit l'oreille, visage crispé. Une panne, et c'était la fin. Le moteur toussota encore, il reprit son élan, le martèlement sourd des pistons se fit plus régulier. « DAMN IT !... » Rongo Walker écrasa son poing sur le tableau de bord. Ce n'était pas la peur qu'on lisait sur ses traits. Il était en colère contre lui-même, contre le ciel aussi sans doute. La prudence avait toujours été sa règle. C'était la première fois qu'il tentait le diable – ce châtiment semblait démesuré. De mémoire d'homme, aucun marin de Bluff ne s'était retrouvé piégé dans un tel ouragan. Pas un, en tout cas, qui pût en témoigner.

Sa main revint se poser sur la poignée des gaz. Il respira profondément. « Le savoir des anciens, on le croyait perdu à tout jamais... » Il parlait d'une voix égale, désincarnée, on l'entendait à peine dans le fracas de la cabine. « Tu imagines, Frenchie, s'il avait disparu ?... Comme si nos îles retombaient pour toujours au fond de l'océan !... » Un long soupir s'échappa de ses lèvres. Il s'en était fallu de peu. « Tout ça n'a tenu qu'à un homme : Mau Piailug, retiens ce nom... » Dans les années 1970, les Hawaiiens de la Polynesian Voyaging Society avaient décidé de redonner vie à la navigation aux étoiles. Ils voulaient démontrer que leurs ancêtres avaient bien peuplé l'océan Pacifique depuis l'Asie grâce à une maîtrise sans pareille de l'art de la navigation, une connaissance parfaite des étoiles, des houles et des courants, une capacité remarquable à anticiper les tempêtes. « Ils ont construit *Hokule'a*, une pirogue double à l'ancienne, la première depuis six cents ans !... Seulement, il leur fallait trouver un navigateur aguerri, quelqu'un qui maîtrise encore ces manières anciennes, qui puisse les transmettre à la jeune génération... » Aux îles Hawaii, il n'y avait plus personne. Les émissaires de la Polynesian Voyaging Society avaient écumé en vain toute l'Océanie. Partout, le feu s'était éteint. Ils étaient sur le point de renoncer quand ils avaient eu vent d'un navigateur aux prouesses légendaires, qui vivait à Satawal, un minuscule atoll de l'archipel des Carolines, en Micronésie. C'est ainsi qu'ils avaient rencontré Mau Piailug. « Rien qu'à son regard, ils ont compris que Papa Mau n'était pas un homme ordinaire... C'était comme rencontrer un de nos ancêtres, vivant !... » Mau avait accepté de se rendre à Hawaii pour former l'équipage. Il piloterait lui-même la pirogue jusqu'à Tahiti, aux étoiles, sans instruments. Il avait fallu convaincre les sceptiques, ceux qui hésitaient à confier leur vie, la fierté de leur peuple, à cet inconnu. Une réunion avait eu lieu un soir dans le conteneur qui servait de bureau à la Polynesian Voyaging Society, sur le quai de Snug Harbor, à Honolulu. Mau prit place au bout du cercle, tous les regards étaient fixés sur ce petit homme musculeux, à la peau très noire. « Une voix l'a pris à partie : Où est la Croix du Sud ?... Sans même lever les yeux, Papa Mau a désigné un point dans le ciel – derrière lui... » Des gens coururent au bout du quai, là où les réverbères ne cachaient plus le ciel : la Croix du Sud était bien là, à l'endroit exact que le navigateur de Satawal avait désigné. « Alors ils se sont dit, Cet homme possède la magie... Il sait où les choses se trouvent sans même les voir... » Tant d'histoires couraient autour de Mau Piailug, des histoires vraies qui ressemblaient pourtant aux légendes narrant les exploits de Maui, de Kupe. « Pour nous autres, Polynésiens, Mau était un demi-dieu !... Il connaissait des choses que personne d'autre ne connaissait, il savait faire des choses que plus personne ne faisait... » Pendant la traversée du Pot-au-noir, l'équipage d'*Hokule'a* était resté huit jours sans voir le ciel. Mau avait gardé le cap rien qu'en observant les mouvements du bateau. Sous les convulsions de surface, provoquées par le mauvais temps, il parvenait à sentir les houles régulières qui traversaient le Pacifique. Une balise embarquée avait permis, ensuite, de retracer la route d'*Hokule'a* : tout au long de la traversée, Mau Piailug ne s'était jamais trompé de plus de quarante milles sur sa position. « Au trentième jour, il a annoncé qu'une île sortirait de la mer dans les vingt-quatre heures… » Le lendemain matin, sa prophétie s'était réalisée.

Rongo Walker se tut, l'orgueil aux lèvres. Il toisa le Français, traquant le moindre doute sur son visage – il y devina, sous la peur, de l'admiration. Le skipper eut un beau sourire. « Papa Mau… » Il fut interrompu par un choc brutal sur tribord. Le *Toroa* s'arrêta net, il chassa de côté. « BLOODY HELL !… » Rongo Walker se remit d'aplomb, il roula des épaules pour se détendre une fois le bateau redressé. « Regarde ça… » Le ciel était redevenu noir, un grain démesuré qui semblait collé à la mer. On distinguait à peine le pont. Le vent hurlait à pleins poumons, de plus en plus fort, il n'y avait plus de rafales, c'était un souffle continu. Rongo Walker lâcha un instant la poignée des gaz pour rallumer l'anémomètre. L'écran clignota, ses cristaux hésitèrent, les nombres qu'ils formaient étaient invraisemblables. Ils arrachèrent au capitaine un grognement exaspéré. Rongo Walker éteignit l'appareil. « Foutu cyclone, aye… » C'était une folie là-dehors, les vagues semblaient venir de toutes parts, elles n'en finissaient plus de soulever le *Toroa*, elles l'abandonnaient dans le vide, elles le pilonnaient sans relâche. Le vieux bateau ne tiendrait pas si les conditions empiraient, il portait trop de poids, il finirait par chavirer. Il aurait fallu le soulager, qu'il ne soit plus si bas sur l'eau. Rongo Walker le savait bien, il ne pensait qu'à ça depuis la veille au soir. La solution qui s'imposait, la seule solution à vrai dire, lui déchirait le cœur. Cette décision-là était lourde de conséquences, elle ruinerait en un instant la réputation d'une vie. Le vieux n'était pas sûr de pouvoir s'en remettre. Comment avait-il fait pour en arriver là ?

Rongo Walker désigna le thermos d'un hochement de tête. Le Français remplit sa tasse d'une main tremblante, en équilibre instable, le capitaine lui fit signe de la porter à ses lèvres pour le faire boire. Il vida le mug en deux gorgées, il s'essuya les lèvres sur son épaule. « Papa Mau a fait d'autres voyages avec les Hawaiiens, il était là pour observer ses élèves à la barre... » Au milieu des années 1980, *Hokule'a* avait quitté Hawaii pour rallier Tahiti, les îles Cook, la Nouvelle-Zélande. La traversée de l'équateur avait été pénible, huit jours d'averses tropicales. « Un matin le ciel s'est ouvert, la mer comme un miroir, plus un nuage à l'horizon... » Agrippé des deux poings à la main courante, le Français sentait ses épaules se disloquer dans les carambolages terribles du bateau. Il ne pouvait s'imaginer le ciel dégagé, la mer d'huile. C'était au-dessus de ses forces. « Devant tout ce soleil, ceux d'Hawaii ont sorti les guitares, ils chantaient torse nu, la journée idéale !... » Rongo Walker parut savourer l'accalmie, il était soudain loin de la mer de Tasman. « Mais alors, Papa Mau a émergé du recoin où il se reposait, sans rien dire il a enfilé son ciré, veste et pantalon, il a fermé avec du scotch les poignets, les chevilles. Les autres le regardaient, ils n'y comprenaient rien !... C'est qu'il faisait si beau, pas un nuage en vue... » Rongo Walker roula de gros yeux, il prenait tout son temps, il préparait la chute. « Une demi-heure plus tard, le ciel s'est refermé d'un coup... » *Hokule'a* avait eu la malchance de croiser la queue d'un cyclone, trois jours de fin du monde. « Quand tout est retombé, les Hawaiiens ont demandé à Mau : Pourquoi ne nous as-tu rien dit ?... Vous auriez dû savoir, voilà ce qu'il a répondu... »

Le capitaine courba le front. Il savait, lui. L'océan lui avait parlé, il n'avait pas su l'écouter. Il s'était laissé distraire par des préoccupations qu'un marin digne de ce nom devait laisser à terre. Papa Mau l'aurait jugé sévèrement. Il repensa à l'arrivée d'*Hokule'a* à Tahiti, lors du premier voyage. Toute l'île était venue accueillir ces héros qui redonnaient vie aux traditions polynésiennes, une grande fête avait été organisée en leur honneur. Mau Piailug n'y avait pas participé : à peine débarqué, il avait pris l'avion pour regagner son île. Le navigateur était furieux. Des tensions avaient fissuré l'équipage d'*Hokule'a*, deux clans s'étaient formés, ils en étaient venus aux mains la veille de l'arrivée. Pour Mau, c'était inconcevable. La navigation était une exigence, la quête d'une harmonie avec les éléments, entre les hommes surtout. Comment relier à nouveau les peuples du Pacifique si l'équipage d'*Hokule'a*, la pirogue du renouveau, n'était pas uni par des valeurs communes… En quittant Tahiti, Mau avait laissé une cassette avec ses instructions pour le voyage retour. L'enregistrement s'achevait par ces mots : « Je rentre chez moi. Ne venez pas me chercher, vous ne me trouverez pas… »

Les grains se succédaient, plus violents les uns que les autres, la pluie et les embruns frappaient si fort aux vitres qu'on ne s'entendait plus parler, un fracas de bombardement brutalisait les hommes quand le *Toroa* enfournait, la mer l'engloutissait, elle submergeait le rouf, elle mettait un temps infini à refluer. Puis tout recommençait. Étourdi par ce pilonnage, le Français se sentait partir, ses jambes le portaient à peine. Il avait perdu tout espoir mais il voulait rester debout, surtout ne pas se dérober. Ce combat-là l'occupait tout entier. Jamais la vie ne lui avait paru si claire. Le thermos était vide, il faisait du café, il le donnait à boire au capitaine. Rongo Walker ne parlait plus, il respirait à peine entre deux vagues. Ses gestes étaient toujours aussi précis, son esprit concentré, il avait cette manière d'encaisser les coups sans broncher, de rester bien droit sur ses jambes. Il n'avait pas peur, il sentait simplement les choses lui échapper – elles ne dépendaient plus de lui. Il était fier du

Toroa, peu de navires auraient tenu dans une mer aussi impossible. Il avait cru pouvoir faire le dos rond, attendre que Takaora ait passé sa colère. Il n'était plus sûr, maintenant. C'était le pic de l'ouragan, pas de doute là-dessus. Mais ce pic n'en finissait plus. La bête avait encore du souffle. En continuant ainsi, le *Toroa* filait droit au désastre. Rongo Walker en avait parfaitement conscience. Il aurait dû agir plus tôt. Pourquoi n'avoir pas largué ses casiers dès les premiers signes de vent, sur le plateau continental étroit qui bordait le Fiordland ? Dans ces eaux peu profondes, il les aurait peut-être récupérés après la tempête. Maintenant il était trop tard. La fortune est fragile, songea-t-il. On vous l'accorde, on la reprend, l'homme le plus puissant ne peut la posséder. Son orgueil l'avait égaré, de trop croire en sa bonne étoile. Des heures qu'ils allaient à la cape, pas moyen de faire demi-tour dans cette houle démente, le bateau était bien trop lourd, il se renverserait. Mais ils s'éloignaient des côtes, devant il n'y avait plus rien jusqu'en Australie. Le problème du carburant se poserait bientôt. Il fallait reprendre la fuite.

L'atermoiement du skipper creusait comme un grand vide autour de lui, il aspirait jusqu'au vacarme ambiant. Le Français feignait de ne rien voir. Il avait placé une telle foi en Rongo Walker, lui qui en avait si peu – de voir le capitaine cogiter ainsi le mettait au supplice. « Hey Frenchie… »

Le Français dévissa tant bien que mal le bouchon du thermos et il remplit le mug, il l'approcha des lèvres de Rongo Walker, qui but trois longues gorgées sans en perdre une goutte. Il haussa les sourcils, Assez. Une ruade du *Toroa* déséquilibra le Français, le café brûlant déborda et lui éclaboussa la main, il serra les dents sans se plaindre. Trois vagues coup sur coup explosèrent à l'avant, ils ne virent que la première, ses éclats n'étaient pas retombés que la deuxième bouscula le navire, la suivante donna le coup de grâce. Alourdi par ces tonnes d'eau que les dalots du pont peinaient à recracher, le *Toroa* s'inclina lentement sur bâbord, il mit de longues secondes à se relever. Rongo Walker redressa la barre, il poussa la poignée des gaz. Il dévisagea le Français, l'air enfin décidé. « Va réveiller Tamatoa. » Il se tourna vers la mer soudain calme – trop calme, comme si elle s'était retirée d'un coup, fatiguée de se battre. D'un geste impatient, Rongo Walker fit signe au Français de descendre. « Dis-lui que… »

La chose arriva sur tribord, de biais, ils n'eurent pas le temps de la voir mais en perçurent l'inexorable élan, la masse en mouvement du monstre, vingt mètres d'une eau noire parcourue de filaments clairs, une vague si haute qu'en se cabrant elle avala le ciel, Rongo Walker eut tout juste le temps de pointer dans sa direction l'avant du *Toroa*, la poignée des gaz en butée, la déferlante s'abattit sur eux sans état d'âme, de toute sa formidable masse, les hommes et le bateau hurlèrent au moment de l'impact et tout vola dans la cabine, ils entendirent jurer à fond de cale, un fracas d'accident – les cent trente kilos du Tahitien projetés contre la paroi.

Le Français se sentit partir, il tenta de se rattraper à la main courante mais son poids dans le vide lui fit lâcher prise, il s'écrasa tête la première contre l'évier. Recroquevillé au pied du poêle, il sentit la chaleur de la fonte dans son dos, trop intense. Il pensa, Je vais me brûler. Il tenta de se redresser mais une torpeur étrange engourdissait son corps, comme un fourmillement qui se diffusait dans les jambes. Il ne résista pas, il était soulagé de s'y abandonner. Il ferma les yeux doucement, et il comprit alors que quelque chose clochait. La gîte du bateau n'était pas naturelle et surtout, plus rien ne bougeait. Le *Toroa* gisait sur le flanc, dans l'eau jusqu'à mi-pont, il restait suspendu à la verticale du gouffre. À la moindre poussée, il allait basculer. La mer semblait s'être tassée, anéantie par cette vague monstrueuse qui avait puisé sa force dans celle de toutes les autres. On n'entendait plus que le vent, le floc-floc du clapot contre la coque.

« DAMN IT !… »

Le Français rouvrit les yeux, il vit Rongo Walker accroché des deux mains à la barre, au-dessus de lui, le pied gauche en appui sur la poignée d'un placard pour ne pas tomber, il marmonnait en maori – une prière, une dernière confession peut-être. Il baissa les yeux sur son équipier. « Les combinaisons, Frenchie !... » Tournant la tête, le Français chercha en vain les trois sacs rouges, ils avaient dû glisser sous la table. Il s'aida de la main courante pour se dégager, il bascula sur le ventre et rampa vers l'arrière. De l'eau avait coulé dans la cabine, rien de préoccupant – les carreaux du rouf avaient résisté. Le Français passa la main sous les banquettes, il récupéra les combinaisons. L'idée que leur survie dépendait à présent de ces trois ballots de plastique avait quelque chose d'absurde. Ses doigts luttaient pour défaire le nœud du premier sac quand le bateau se remit en mouvement. Une première vague le souleva, une autre après quelques secondes, une troisième enfin qui vint cogner plus méchamment contre la coque, et le Français ferma les yeux. S'ils se retournaient maintenant, ils n'auraient même pas le temps d'enfiler leurs combinaisons pour évacuer le navire. Et sans combinaison, on ne survivait pas cinq minutes dans une eau si glaciale. Le bateau tressauta, comme tiré du sommeil. Il oscilla de droite et de gauche et au bout d'une éternité, il se redressa avec une lenteur extrême et retomba lourdement sur la mer.

Rongo Walker se campa sur ses jambes sans perdre un instant, il bloqua la barre à droite pour replacer le *Toroa* face aux vagues qui avaient repris de l'ampleur et déferlaient de nouveau sur le pont, comme si rien ne s'était passé. Il poussa les gaz à fond pour redonner de la vitesse à son bateau. Par chance, la gîte n'avait pas noyé le moteur. « Hey Chief !... » La stature colossale de Tamatoa émergea de l'escalier, il était en ciré, il avait enfilé ses bottes. « On peut pas dormir oh !... » Il n'avait pas l'air affolé, on aurait dit qu'il s'amusait. Son sourire se glaça quand il baissa les yeux sur le Français, assis par terre, qui s'acharnait à dégager de leur étui les combinaisons de survie. Il plissa les yeux, déconcerté. Abandonner le navire en pleine mer : il ne concevait pas qu'on puisse envisager un acte aussi déraisonnable. Il chercha le regard de Rongo Walker, qui ne s'était pas retourné. Le capitaine interrogeait les convulsions de l'océan, la tête bizarrement enfoncée dans les épaules, comme s'il anticipait le coup suivant. Il se racla la gorge sans quitter des yeux la mer. « Va falloir sortir, aye... » Tamatoa jeta un coup d'œil sur le pont, à l'arrière, que des paquets de mer tabassaient sans relâche. « Les casiers ça tient, Chief... » Rongo Walker s'arcbouta sur la barre, il donna un tour sur bâbord pour éviter le sursaut fumant d'une lame. « Faut tout larguer, on est trop lourd... » Les mots du capitaine mirent dix secondes à percuter l'esprit du Tahitien. Tamatoa resta d'abord figé devant la porte, les bras légèrement écartés, paumes tournées vers le ciel. Il comprenait l'ordre, bien sûr, mais il n'arrivait pas à lui donner un sens. Il n'avait jamais rien entendu de tel, ni sur ce bateau ni sur aucun autre. Sa bouche s'allongea, il baissa les yeux sur le Français pour le prendre à témoin, mais son coéquipier le regardait sans comprendre, sa combinaison à demi dépliée sur les genoux. Il avait à peine la force d'enfiler des bottes, la simple perspective de s'aventurer sur le pont le paralysait. « Mais c'est trop profond là !... » Tamatoa haussa le ton malgré lui, sa voix tremblait d'indignation. « On peut pas perdre tout comme ça, Chief !... » Rongo Walker ne se retourna pas, il continuait de scruter les trains de déferlantes, la désolation du pont avant. Il serrait si fort les commandes, depuis si longtemps, qu'il ne sentait même plus ses mains. Elles paraissaient soudées. Ses épaules, son vieux dos le faisaient cruellement souffrir. Il savait endurer la douleur depuis le temps. On épousait malgré soi la marâtre dès qu'on posait le pied sur un bateau de pêche, on risquait de devenir dingue à trop l'écouter. Rongo Walker avait toujours eu des jambes solides, elles faisaient sa fierté. Elles manquèrent le trahir quand il répéta l'ordre. « Faut tout larguer !... Les casiers, les langoustes aussi... » Tamatoa fit un pas en avant, il allait protester. « COME ON, MATE !... » Il y eut comme un silence, même la furie des éléments sembla marquer le pas. Rongo Walker gardait le dos tourné à son second, sans lui offrir un seul regard. Ses épaules tressaillaient sous le pull de laine.

Tamatoa se frotta le dessus du crâne de ses deux pognes rêches. Il contenait mal sa colère, les secousses incontrôlées qui agitaient ses doigts alarmèrent le Français. Il enfila son bonnet, il remonta jusqu'au cou la fermeture du ciré, serra au maximum les velcros du pantalon autour des bottes. Un grognement lui échappa, des mots en tahitien. Il pivota sur ses talons et il ouvrit la porte d'un geste si rageur que la poignée faillit lui rester dans la main. Un vacarme de fin du monde envahit le rouf, un bruit à vous glacer le sang, mugissements courroucés de mille monstres marins, douloureux raclements des parties métalliques, le grondement funeste des torrents d'eau salée qui saccageaient le pont. La porte se referma sur lui. « Reste pas planté là, Frenchie !... » Rongo Walker ouvrit un rangement sur sa droite, il en tira un gilet de sauvetage, il le lança sans regarder par-dessus son épaule. « Enfile-moi ça... »

Il fallut un grand effort de volonté au Français pour déplier ses jambes et se mettre debout. Les écarts du bateau, les coups de gîte étaient imprévisibles, il se cogna dix fois avant d'atteindre le placard de l'entrée, il empoigna cotte et ciré, il se pencha pour tirer des deux mains sur le rebord des bottes et il bascula en avant, pris de vertige, son front heurta violemment le coin du placard. Un filet de sang lui coula dans l'œil droit – l'arcade avait dû exploser, il la sentait gonfler. La douleur se fit soudain plus vive, elle l'arracha à son abattement. Il poussa ses talons au fond des bottes et se dressa d'un bond, il passa le gilet. Il se dirigea vers l'évier pour rincer son visage. Il fit couler de l'eau sur un torchon et épongea le sang, fit pression sur la plaie pendant quelques secondes, sans trop y croire, pour enrayer l'hémorragie. Il jeta le linge ensanglanté au fond de l'évier, il attendit une accalmie entre deux vagues et il s'élança vers la porte. Rongo Walker le cueillit au passage, il l'empoigna d'une main par le col, il le tira si fort à lui que leurs nez se frôlèrent. « Déconne pas Frenchie, tu m'entends !... C'est sérieux, là-dehors !... » Il lâcha son ciré. « Surveille tes arrières, accroche-toi !... » Il l'encouragea d'une bourrade. « Ça va aller... » Sa voix se voulait rassurante – elle était loin du compte.

Une fois franchie la porte, le Français mit un long moment à appréhender le chaos. Impossible d'ouvrir les yeux tant les giclées d'eau et d'écume vous cinglaient le visage. Imaginer faire trois pas sur ce pont instable et glissant, c'était de la folie, une déferlante pouvait à tout instant vous faucher à mi-jambe et alors c'était le grand bain, fatal à coup sûr. Le gilet à son cou l'encombrait – avec ou sans, quelle différence... Rester debout, surtout ne pas chuter. L'air s'éclaircit entre deux grains, le Français repéra Tamatoa perché sur une pile de casiers. Le Tahitien se démenait, à plat ventre, pour dénouer les garcettes, il basculait par-dessus bord la cage libérée. On aurait dit qu'il se battait seul contre toute une armée, on l'entendait maudire les dieux à l'autre bout du pont. Le Français hésita avant de le rejoindre, il eut l'impression de sauter dans le vide en abandonnant l'abri qui prolongeait le rouf. Il progressait pas à pas en terrain découvert, plié en deux pour encaisser la pression insensée du vent dans les rafales, le mitraillage à hauteur d'homme auquel le soumettaient l'océan et le ciel.

Arrivé au pied des casiers, il dut tendre le bras et frapper le mollet de Tamatoa, là-haut, pour qu'il remarque sa présence. Le Tahitien baissa les yeux sur lui sans dire un mot, son regard n'exprimait rien que la colère, une colère démesurée, bien trop vaste pour un seul homme. Ses doigts crochetèrent soudain les mailles du casier sur lequel il était couché et toute la masse de son corps s'arc-bouta, tandis qu'un coup de gîte l'envoyait percuter, tête la première, la crête d'une vague. Quand le bateau se redressa il avait le visage trempé, tout son ciré dégoulinait. Le Français allait grimper sur la pile quand Tamatoa l'arrêta d'un geste impérieux de la main. Le Français regarda son équipier désarrimer les deux rangées du haut, sans perdre de temps à défaire les nœuds récalcitrants, il tranchait les garcettes avec le lourd poignard dont le fourreau de cuir claquait contre sa hanche. Les casiers s'envolaient les uns après les autres avec cordages et flotteurs, ils crevaient la surface de l'eau et sombraient aussitôt dans le sillage du *Toroa*. Le Tahitien ne s'arrêtait pas une seconde pour les regarder, il enchaînait en forcené, la rage doublait sa force, il levait d'une main ces engins, les mailles d'acier imbriquées rompaient comme des ficelles quand il tirait dessus, les montants se tordaient s'ils bloquaient le passage. Et pendant tout ce temps, Tamatoa tonnait entre ses dents, il soupirait comme un damné à chaque souffle, ses yeux exorbités s'agitaient en tous sens.

Le bateau roulait atrocement, le Français était tantôt plaqué contre le grillage du casier, tantôt il s'arrachait les bras pour ne pas se faire éjecter, il s'accrochait de toutes ses forces quand la langue glacée d'une déferlante venait lécher son coin de pont. L'eau s'infiltrait partout sous le ciré, jusqu'au fond de ses bottes. Il grelottait de froid et d'impuissance. Une claque sur la nuque le tira de sa léthargie. « Hé Popa'a !... Faut bouger là, pas bon !... » Tamatoa avait sauté au bas de la pile, il s'attaquait déjà aux deux dernières rangées, il tranchait les garcettes à coups de couteau, insensible aux amples roulées du *Toroa*, aux coups de frein brutaux, son corps souple épousait les soubresauts de l'océan, les pistons puissants de ses jambes amortissaient toutes les secousses, ses pieds ne glissaient pas d'un centimètre sur les planches ruisselantes – on l'aurait cru rivé au pont. Le Français l'aidait de son mieux, il défaisait de sa main libre les nœuds à sa portée, de l'autre il se tenait. Ces battements de lessiveuse lui avaient remonté l'estomac dans la gorge, son sens de l'équilibre en était affecté. Il chancelait au moindre déplacement. Tamatoa veillait sur lui du coin de l'œil, il empoignait l'épaule de son ciré et le tirait de côté, presque à le soulever, quand il avait besoin de lui pour décoincer une cage ou la culbuter par-dessus la lisse. Pas une parole, il grognait, ses yeux montraient où et quoi faire. Ses gestes étaient nerveux, précipités, comme s'il craignait d'être surpris en train de commettre un méfait, un acte sacrilège dont il n'était pas responsable.

Un écart du bateau lui fit tourner la tête. Rongo Walker avait donné un brusque coup de barre pour redresser le nez du *Toroa*, le diriger droit dans la houle. Tamatoa eut juste le temps d'apercevoir la masse d'eau sombre qui leur cassait dessus, il assura ses prises dans l'instant, cala sa jambe contre un rebord. « VAGUE, POPA'A !... » Le Français releva la tête du nœud avec lequel il se battait, l'instant d'après il se sentit partir jambes les premières, soulevé par un irrésistible flux, son torse bascula sous l'eau, puis son visage, il bloqua sa respiration et perdit tout repère, happé par un tourbillon silencieux, le mouvement allait s'accélérant, son épaule et sa hanche heurtèrent un objet qui le stoppa net, l'un des renforts du bastingage ou un coffre, peut-être, il flotta un instant entre deux eaux, il repartit dans l'autre sens, porté par le reflux, la rumeur de l'eau le berçait, les claquements étouffés des bulles à ses oreilles, l'abandon était si facile qu'il oublia de se débattre lorsque son corps se souleva, aspiré par la mer, sa tête et ses épaules basculaient déjà dans le vide quand la main de Tamatoa le rattrapa par la capuche et le rabattit vers le pont, où il retomba sur les fesses. Il reprit son souffle, complètement abasourdi, il fixait le géant sans le voir. D'une gifle sonore, Tamatoa le força à se ressaisir, il l'empoigna par le coude pour le relever. « Faut rentrer, Popa'a !... C'est pas pour toi, ici !... » Il le poussa sans ménagement vers la cabine et suivit du regard son coéquipier, tandis qu'il titubait le long du bastingage.

Les mains du Français ouvrirent mécaniquement la porte et la refermèrent derrière lui. Après avoir vidé ses bottes sur le seuil, il défit ses habits trempés et s'affala en caleçon sur le plancher, il se recroquevilla dans la chaleur du poêle, tête entre les genoux. Son arcade meurtrie le lançait, il sentait battre le sang – son pouls était étrangement faible. Rongo Walker semblait ne pas avoir remarqué son retour, front collé au carreau pour mieux juger les vagues, les cordes de son cou tendues à se rompre. Il allongea le bras vers le placard de l'évier, sans se retourner il jeta une serviette à son équipier. « Sèche-toi, Frenchie !... Tu vas être malade... » Le Français se frictionna du mieux qu'il put, il épongea ses cheveux, la serviette retomba sur le plancher entre ses cuisses. Une fatigue immense le prit quand il ferma les yeux, sa tête bascula malgré lui. C'est ça la mort, songea-t-il. On tient tant qu'on peut mais le monde vous sape, les forces vous lâchent à la fin. Il se sentait partir, il concentra son attention sur les mouvements du bateau. Allégé dans ses hauts, le *Toroa* roulait moins violemment, son comportement sur les vagues se faisait plus vaillant. Il avait retrouvé un semblant de vigueur, comme s'il se relevait après un long K-O.

La porte du rouf s'ouvrit et le vacarme s'engouffra, Tamatoa derrière lui. Le Français entendit l'eau ruisseler à ses pieds. « CHIEF !... » La rudesse du ton stupéfia le Français. C'était comme un défi guerrier, un appel à se battre. Il rouvrit les yeux. Tamatoa se dressait debout dans l'entrée, jambes légèrement écartées, sa stature de demi-dieu occupait tout l'espace. Le Tahitien passa la main sur son front, ses paupières, pour chasser l'eau. « Le bateau va, Chief !... » Il avait des yeux terrifiants, injectés de colère. « Les langoustes, faut pas... » D'un regard froid par-dessus l'épaule, Rongo Walker le fit taire. On sentait sa fureur aux gestes qu'il faisait, à la manière dont il s'était raidi devant sa barre. Il ne répondit rien, son souffle pesant suffisait. Le capitaine c'était lui, seul maître à bord, que rien n'obligeait à répéter ses ordres, moins encore à s'en justifier. Cet ordre-là surtout, qui lui aussi le dépassait. Tamatoa resta un moment interdit, mains ballantes, les yeux toujours rivés à la nuque du skipper. Une vague les tamponna et fit déraper le Tahitien sur vingt bons centimètres, sans que ses pieds décollent un seul instant du plancher, sans un mouvement de bras pour se rattraper. Il se rétablit aussitôt, il tourna les yeux vers le pont et tout son corps pivota à la suite, dans la même seconde, avec une fluidité parfaite. La porte claqua derrière lui à en rompre les gonds.

Ouvert au maximum, le poêle faisait claquer sa fonte dans cette paix relative. Les épaules nues du Français rougissaient de chaleur, mais il grelottait. Il tenta de se relever, retomba sur ses mains. Il serra très fort ses paupières pour chasser le malaise, il se traîna à quatre pattes jusqu'au placard. Là, il trouva un pull de laine graisseux qui empestait la mort, il passa ses bras dans les manches, la tête, il le tira sur son ventre. Il enfila un bonnet sale, un pantalon de velours et des chaussettes épaisses qui traînaient là. Ratatiné au bas du placard, il se reposa quelques instants, les cirés suspendus lui giflaient le visage au rythme de la houle. Il tendit les bras derrière lui pour attraper le montant, il se hissa avec peine. Debout, il inspira profondément et vida ses poumons plusieurs fois, il s'efforçait de contrôler les spasmes de son estomac – depuis combien d'heures n'avaient-ils rien mangé ? Il repoussa d'une main ses cheveux englués de sel, il s'appuya contre la porte et posa son front sur la vitre.

Penché sur le vivier au milieu du pont, Tamatoa déversait des brassées de langoustes dans une caisse entre ses jambes, un pas en arrière vers la lisse, il lançait les crustacés par-dessus bord d'un geste enragé, il retournait plonger ses mains dans l'eau froide de la cuve. On le voyait aux gestes qu'il faisait : le Tahitien répugnait à manier ces bêtes, il détournait les yeux, hagard, le raffut des vagues et du vent ne suffisait pas à étouffer ses hurlements – à travers la vitre du rouf, ils vous fissuraient l'âme. Des langoustes lui échappaient, elles glissaient sur le pont détrempé, leurs queues claquaient comme des cognées contre les planches, un paquet d'eau les emportait, elles allaient s'écraser contre le bastingage. Elles se tortillaient comme des blattes. Le Français grimaça devant ce gâchis, leurs longues journées de pêche, à la poursuite des migrantes, réduites à néant. Les langoustes survivraient-elles par ces grands fonds, si loin de la terre ? Rejetées au point de départ, auraient-elles la force de reformer colonne pour parcourir à nouveau la longue route à contre-courant, péniblement, jusqu'à la côte ?

Tamatoa vida la dernière caisse ou plutôt, il la balança à la mer avec les langoustes. Il se précipita à l'intérieur, il manqua enfoncer la porte, le Français dut se tasser au fond du placard.

Tamatoa passa devant lui sans le voir, il alla s'asseoir à sa place, sur la banquette, sans même ôter ses bottes. Il cala son dos contre la paroi puis il croisa les bras. Il fixait le vide devant lui, les yeux grands ouverts. Il ne prononça plus un mot. Rongo Walker l'avait forcément entendu, il ne se retourna même pas vers son second. Le cou tendu pour mieux voir, il semblait compter les secondes. Tout son corps se banda au passage d'une vague, il bloqua la barre à gauche et poussa les gaz. Le *Toroa* vira sur bâbord, un demi-tour complet le remit en fuite, dos à la houle, vers la terre.

Le *Toroa* lutta des heures encore dans une mer énorme, décousue. Vide, il répondait mieux. Il prenait moins de gîte, il embarquait moins d'eau. Le Nor'wester s'essoufflait, les rafales s'espaçaient peu à peu, elles perdaient en puissance, le sifflement du vent dans les agrès se faisait moins aigu. Il y avait des silences dans sa musique, comme une hésitation. Le danger semblait moins pressant désormais, surtout à cette allure où les vagues poussaient le bateau au lieu de le heurter de face. Mais les hommes étaient encore loin d'être tirés d'affaire. Rongo Walker négociait des creux de dix mètres, les vagues étaient vertigineuses, elles propulsaient le *Toroa* dans des glissades sans fin. Le danger c'était la vitesse, taper trop fort au bas d'un creux. La nuit rendait plus difficile encore ce pilotage de haut vol, il fallait deviner dans le noir l'allure des vagues, leur cadence. Rongo Walker devait tracer à chaque fois la diagonale parfaite, l'angle qui permettait de freiner le bateau sans qu'il verse. Il manœuvrait comme un surfeur, mais la planche était lourde et pataude, surtout elle ne pardonnait rien : si une vague prenait le dessus, elle ne remonterait pas à la surface.

Le Français s'était réchauffé, il avait repris sa place à l'avant, près du poste de barre. Il préparait le café, remplissait la bouteille thermos, portait le gobelet aux lèvres du skipper. L'idée de préparer sandwichs ou repas chaud ne lui traversait pas l'esprit, tant il avait de nœuds à l'estomac – plus tard, quand la vie recommencerait. Rongo Walker avait éteint toutes les lumières, il barrait sans rien dire, comme s'il n'y avait personne. Des notes sourdes, à peine articulées, s'échappaient de ses lèvres, on aurait dit qu'il fredonnait un air tragique. Un silence plus sombre encore pesait sur la cabine, il le sentait derrière son dos. Assis bien droit contre le mur, les bras croisés sur sa poitrine, Tamatoa ne bougeait pas depuis des heures. Il regardait fixement devant lui, sans un battement de cils, le blanc humide de ses yeux miroitait dans le noir. S'il n'y avait eu le raclement lourd de son souffle, on l'aurait cru mort.

L'aube se leva sur une mer apaisée. Le vent avait tourné après minuit, anéanti la houle avant de s'écrouler. Une brise légère et froide soufflait maintenant du sud, un soleil absent se reflétait sur l'eau, voilé en altitude par les derniers nuages. La longue houle des Quarantièmes déroulait sa splendeur, elle ne déferlait plus. Ses lignes régulières caressaient l'océan, le *Toroa* les recevait sur son flanc droit, elles venaient de l'avant, elles l'embrassaient sans brusquerie, elles poursuivaient leur long chemin d'éternité. « Hey Frenchie… » La voix faible du capitaine fit sursauter son équipier. « Prends la barre. » Rongo Walker avait rallumé les instruments, il pointait du doigt le compas dans sa boîte. « Cap au cent cinquante… » Il passa la main dans ses cheveux, il se massa la nuque. Il effleura l'épaule du Français. « Je vais me reposer… S'il y a un truc, t'inquiète : je me réveillerai… » Le skipper recula pour le laisser s'installer, il lui montra du geste comment s'y prendre : barrer sans à-coups, ne pas toucher aux gaz. Il avait le regard défait, les traits tirés par la fatigue. « On croisera personne, ça c'est sûr. Ou alors des fantômes… »

Tamatoa était assis à la même place, inerte, ses yeux considéraient le vide. Rongo Walker passa devant lui sans un mot, ni même un regard. Il disparut dans l'escalier. Seul aux commandes, le Français n'en menait pas large. Ses yeux se posèrent sur l'écran du traceur. La flèche du *Toroa* était plantée sur le bleu sombre des grands fonds – autour, pas une terre. Ils avaient dérivé très loin sur la mer de Tasman. La route fixée par

Rongo Walker contournait le Fiordland par le sud. Le *Toroa* rentrait au port. Il se traînait à trois ou quatre nœuds, son vieux moteur avait tenu mais il sortait brisé de cette bataille. Ce serait un long voyage.

Mau

PIUS PIAILUG : c'est gravé dans cette pierre, là où commencent les arbres. Personne me connaît par ce nom… Chez moi à Satawal, on m'appelle Mau. Ça veut dire Fort. À cause des muscles dans mon dos, enfant déjà, ça fait des bosses sous la peau. Les gens se moquent, Tu es comme une tortue de mer !… Maintenant ils sont fiers. Ils voient ma vie entière, ce que je laisse. Navigateur, c'est pour les autres : le savoir qu'on reçoit, faut le donner après. Mais nos jeunes veulent plus apprendre, ils tournent le dos à ces choses. On les envoie à l'école, après ils pensent plus qu'à s'en aller en Amérique et ils restent partis là-bas. Nos vieilles manières, elles vont mourir si personne sait plus… Je me plains pas mais dedans, je suis triste. Trois mille ans de savoir !… Alors je vais à l'autre bout de l'océan, où les gens veulent apprendre. *Hokule'a*… Leur pirogue je l'emmène, d'Hawaii jusqu'à Tahiti comme je sais faire, sans carte sans boussole. Je leur montre le vieux chemin. Ils voient le pouvoir des ancêtres, alors ils sont fiers. Le temps des pirogues revient, elles voyagent comme avant sur nos routes. Aotearoa… Tonga… Rapa Nui… Mon nom est connu partout maintenant. Toute l'Océanie m'appelle Papa Mau.

Ceux d'Hawaii, ils savent plus vivre comme avant. Personne là-bas connaît le Parler de la Mer, les chemins d'étoiles, ils comprennent même plus les mots de leurs ancêtres !… Chez nous, dans ce coin de Micronésie, la tradition vit plus longtemps. Les Blancs, ils s'en fichent de notre île… Y a rien pour eux ici. Satawal, c'est pas grand-chose, un pauvre anneau de corail et de sable au centre du Grand Océan. On vit juste au-dessus de l'eau. La mer monte, ça se voit, elle mange la terre sous nos pieds. Bientôt tout disparaît. On est si loin de tout, je crois qu'on nous oublie.

Les navigateurs de Satawal, ceux de Puluwat à côté, ils continuent longtemps leurs traversées. Nos routes vont loin : Pohnpei… Yap… Le grand lagon de Truk aussi et jusqu'à Palau, là-bas dans le couchant… Les anciens vont toujours à Saïpan. Mais les Allemands viennent et puis les Japonais, ils disent : C'est fini. Ils aiment pas nos voyages. Ils ont peur de quoi, je sais pas… Les Yankees et les Japonais, ils viennent se massacrer chez nous, c'est leur guerre à eux mais ils détruisent nos îles !… Quand c'est la guerre autour, vaut mieux être prudent. À Puluwat, le navigateur Hipour a le Soleil levant tatoué sur une épaule et sur l'autre, l'Aigle des Yankees... Personne fait plus le voyage à Saïpan, mais moi j'y vais toujours. La mer appartient à personne... Je suis le dernier à naviguer jusqu'à là-bas, sans carte sans boussole. Cinq cents milles d'eau bleue et pas une terre en vue, six jours de mer quand le vent porte... Juste avant d'arriver, on passe devant Tinian : le jour d'Hiroshima, c'est là que les Yankees font décoller l'avion. Chaque fois j'y pense, ça fait mal... Et toutes leurs bombes après comme des soleils, elles brûlent nos atolls. Bikini... Rongelap... Et puis Mururoa, là-bas, aux Tuamotu. Ça je peux pas comprendre. Nos gens peuplent ces îles : c'est pas des hommes ?...

Le récif de Satawal est pas bon, notre lagon est trop petit. On doit aller pêcher à West Fayu, une journée de mer. Sans ça les gens meurent. Le lagon de Fayu est très grand, beaucoup de vie dedans. Pour pêcher là-bas, les gens des autres îles doivent avoir notre permission. On refuse jamais : ils vont pas demander s'ils en ont pas besoin. Naviguer, c'est la survie pour nous. On voit passer des typhons par ici, ça détruit tout sur nos atolls, les maisons, surtout les cultures. Faut qu'on noie les pirogues pour les sauver des grandes vagues !... Après on les remonte sur la plage, on vide l'eau dedans. On part dans les îles hautes, à Truk, à Lamotrek, les gens sont protégés dans leurs montagnes...

Nos navigateurs vont là-bas depuis l'éternité, les pirogues de Satawal portent les noix de coco mûres, les fruits de l'arbre à pain, les gens d'Elato donnent leurs grosses tortues. Payer, c'est pas la peine. Ces îles-là offrent de quoi manger quand nous vient un malheur : typhon, mauvaise récolte, toutes les calamités… C'est mieux, l'échange. Chacun donne à son tour. Ça c'est juste. Les dollars des Yankees, cette monnaie-là vaut rien. Elle apporte que des problèmes. C'est quoi ce papier vert ?… Les hommes y goûtent, ils en veulent toujours plus. Après c'est fini : ils sont fous.

Moi je vis là comme les ancêtres, mon lopin derrière la maison, un peu de Taro, je ramasse les cocos, les fruits de l'arbre à pain. Le soir je me baigne au point d'eau, le même depuis l'éternité, l'eau douce qui vient d'en bas. On entend partout les vagues sur le récif. Deux jours chez moi et je tiens plus, faut repartir !… Je suis pas le seul, hein… Nous les Océaniens, la mer c'est notre sang. On naît de l'océan. La vie à terre me déplaît pas mais ma liberté, c'est au large. Dans nos îles, on est toujours parti. Quand les gens se croisent, ils demandent : Où tu vas ?… Le voyage, ça c'est moi. Ma voile bien gonflée dans la brise, la coque du Wa'a qui danse sur les vagues… Les anciens sont autour de moi, ils m'accompagnent. Je parle aux étoiles, au soleil, je parle aux vents, je parle à mes esprits. Les gens m'entendent, ils me croient fou !… Mais je suis pas fou, je navigue. Alors c'est pas grave. Les longs voyages, je pars avec mon équipage. On se raconte nos aventures, en mer on goûte toujours mieux les histoires. Ce qu'on rit !... On arrive ailleurs, les gens font la cérémonie, ils servent le Tuba, notre alcool de coco. Quand je le bois, je me sens homme. Les femmes dansent pour nous, elles chantent, parfois elles nous invitent à partager la nuit.

La pirogue à voile d'ici, Wa'a Serak, on la fabrique encore comme au temps des anciens. Les grands arbres manquent chez nous alors la coque, on peut pas la creuser d'un bloc. On taille des planches dans l'arbre à pain, on les ajuste comme il faut, après on les attache avec nos cordelettes de coco. On met la résine dessus, ça empêche l'eau de rentrer. Wa'a Serak est le meilleur bateau pour voyager, il vole sur les vagues, il pince le vent plus près que tous les autres !... Au temps de notre empire avant les Blancs, nos navigateurs vont chaque année à Yap pour l'hommage aux chefs de là-bas, en grande flotte, toutes les coques en rouge et noir... C'est beau d'imaginer !... Elles sont si belles à regarder, nos pirogues. Celles qui restent. La coque est fine pour fendre la vague sans taper, on l'arrondit à l'intérieur, bien ventrue côté balancier, mais sous le vent elle est taillée droit. Comme ça la pirogue se tient mieux dans la brise, elle se déroute moins. On dérive toujours quand même, plus encore si la route est longue. La brise et les courants te chassent, ils te poussent sur le côté. Alors faut corriger, ça dépend la force du courant, la manière que la pirogue a de répondre au vent. Jamais filer droit sur ton île, c'est ça le secret. Le but, tu l'atteins en visant ailleurs.

Un bon navigateur sait construire son Wa'a. Faut deviner la forme cachée dans le bois… Chaque pirogue a son caractère : elles filent vers le vent, ou bien elles s'en éloignent. On peut pas prévoir la vitesse tant qu'on navigue pas. Y a que la mer qui sait si une pirogue est bonne. Moi j'ai construit seul mon Wa'a, je sais le réparer, j'emporte toujours mes outils au large, le bois et la corde qu'il faut. Les gens préfèrent les canots à moteur maintenant. Ils pensent de travers !… Tu fais quoi si la machine casse ?… Ça arrive, on le voit souvent. Des pêcheurs se perdent, ils partent à la dérive… On les revoit jamais. Leur mécanique, c'est un dieu capricieux. Je préfère me fier aux miens, et aux mots des ancêtres. Puis faut acheter le canot, l'essence qui est si chère… La manière d'avant est plus belle, moi elle me va bien. Naviguer avec le vent et les étoiles, tailler nos pirogues… Si tu as pas ces choses pour montrer qui tu es, alors tu es plus rien. Nos pirogues, c'est qui nous sommes. C'est ça qui nous différencie. Pas besoin de règle et de plan : on se débrouille à l'œil depuis le temps. Trois mille ans à répéter toujours les mêmes gestes !… On a nos herminettes pour tailler la coque. Les outils de fer, c'est plus solide. Tu peux taper, ça bouge pas. Moi je préfère quand même la pierre et le corail. L'outil change le bois, le bois change l'outil. C'est ça le vrai travail.

Notre Océanie est si grande, chaque île invente sa pirogue. Ça dépend du vent, de la mer, si on est loin ou pas. Les Te Puke qu'on voit aux Santa Cruz, elles ont des voiles en pince de crabe, celles des Vanuatu sont comme des papillons, leurs ailes battent dans la brise... Au temps des anciens, toutes ces pirogues transportent des trésors entre nos îles, même les plus éloignées : des cochons pour les fêtes, de l'ocre, des monnaies de plumes, des poteries, la pierre bien dure qui fait nos herminettes... Nos cousins maoris ont leurs Waka Taua, les plus longues pirogues que je connais, des bateaux de guerre qui emmènent cent hommes et plus, on les taille dans le grand tronc du Kauri, le dieu de leur forêt... C'est un bois noble, il ne pourrit jamais. Y a pas plus beau que toutes ces sculptures dans la proue, les bordés, les yeux de nacre des démons !... On dit qu'une fois baptisée, la pirogue prend vie. Alors on lui doit le respect.

Quand j'arrive à Hawaii, les gens d'*Hokule'a* demandent, Mau, combien de temps tu mets à savoir la navigation ?... Cent cinquante ans, je dis. C'est ça la vérité. L'art, je le tiens de mon arrière-grand-père, de mon grand-père et de mon père. Il vient de loin, beaucoup plus loin : nos ancêtres partis d'Asie, droit vers le levant... Mon grand-père Raangipi est un Pwo respecté, un maître navigateur. Il regarde les enfants, tous les enfants de Satawal, c'est moi qu'il choisit pour la mer. Les gens d'Océanie, on fait comme ça. On prend le temps de bien observer nos enfants, on voit où va leur goût, les choses qu'ils font le mieux. Le savoir, faut pas l'éparpiller. C'est une chose très puissante... Chez nous, le maître sait attendre. L'élève vient le trouver quand il est prêt. Alors il est curieux, il veut savoir. Mon grand-père me choisit tout petit, trois ans peut-être. Il voit cette chose en moi. D'où ça vient, on sait pas.

Mon père Orranipui est un navigateur aussi. Enfant, je comprends pas : pourquoi c'est important ?... Moi je veux pas aller au large, le lagon me va bien. Un vieux navigateur vient chez nous le soir, mon père le respecte beaucoup. Moi, il me fait peur !... Il a le regard dur, un regard presque blanc, il te fixe jamais quand il écoute, toujours un point beaucoup plus loin... Un point que moi je peux pas voir. Je dis à mon père, Le regard du vieux me fait peur !... Mon père réfléchit, il se frotte le bras comme il fait toujours. C'est le regard d'un homme qui va te ramener chez toi, voilà ce qu'il répond. Les navigateurs dans nos îles, c'est à ça qu'on les reconnaît. À la manière de leur regard, aux deux traits qui creusent le front.

Ces jours et ces années à guetter les lointains, ça vous marque le corps.

Un jour, je vois des Wa'a accoster sur la plage. Je connais pas ces hommes. Elles viennent d'où ces pirogues ?... Mon père me dit : Elles viennent des autres îles car les hommes que tu vois là sont des navigateurs. Cette fois, je comprends. Je dois savoir ces choses pour devenir comme eux.

Apprendre, c'est un long chemin de patience. On arrête jamais, ça continue jusqu'à la mort... On commence toujours par les tâches les plus simples. Grand-père m'emmène pêcher sur l'eau claire du lagon, je plonge tout au fond pour attraper les poulpes, les petits poulpes de nos îles... Chaque fois je remonte, je les lance à mon grand-père sur la pirogue. Il les tue comme on fait ici en retournant la tête, il croque les yeux avec ses dents. On rentre quand la coque est remplie, de quoi manger pour tout le monde. À terre aussi, je vais avec le vieux quand il travaille son lopin. Je l'aide avec les cocotiers, son Taro, l'arbre à pain... Parfois il s'arrête pour souffler, il me parle de ses voyages. Après le travail, on va s'asseoir tous les deux sous la maison des pirogues, au bord du lagon. Ça c'est l'endroit où les hommes se retrouvent, ils taillent le bois, tressent les cordes... La maison des pirogues est là depuis l'éternité. On change le toit quand les palmes pourrissent, les grands piliers de bois qui sont trop vieux. Mais la maison reste la même : c'est l'esprit qui la tient, le chant des ancêtres. Sous la maison des pirogues, mon grand-père raconte ses histoires, les tempêtes, les grandes traversées. Les hommes baissent les yeux, ils respectent l'ancien, ces choses qu'il a faites. C'est le silence, rien que le frissonnement des palmes dans la brise, le tak-tak des herminettes. Un homme relève la tête, sa voix est grave : Cette chanson est pour ceux qui voyagent entre nos îles, les navigateurs...

Il voyage loin, loin de la terre
Il observe le ciel et les signes du vent
Il demande aux esprits de prédire son destin
Il voyage loin...

J'apprends, je le sais même pas. C'est le Parler de la Mer que j'apprends en écoutant les hommes. Mon grand-père déplie la natte en pandanus, il pose au milieu la pirogue, deux feuilles pliées pour la coque et son balancier, deux brindilles de bois qui font les traverses, et le grand cercle tout autour : trente-deux bouts de corail qui sont les maisons des étoiles, là où elles sortent de la mer au soir, là où elles rentrent le matin. Avec sa longue baguette, grand-père montre Mailap, le Grand Oiseau qui s'envole à l'est. Tout part de là. Les anciens, ils observent beaucoup le ciel, l'ordre qu'on voit là-haut. Il y a sept étoiles entre Mailap et Wiliwul, nous allons les compter…

TANA PAIIUR…
TAN ULIUL…
TANA SARAPUL…
TANA TUMUR…
TANA MESARU…
TALUP…
MACHEMEIAS…

Grand-père chante les étoiles du levant au couchant. Il pointe le bout de sa baguette, je chante les noms après lui. Ça c'est Paafu, le Compter des Étoiles. Grand-père m'écoute, il a le regard très sérieux : il veut voir si je comprends, si j'ai bonne mémoire. D'abord on apprend les étoiles, après on navigue. Tu dois te souvenir de tout si tu veux vivre !… Quand je sais bien compter, il chante Wofanu, nos vieux chemins d'étoiles, ceux qu'il faut suivre sur la mer pour atteindre les îles, toutes nos îles connues. Moi j'en sais plus de cent cinquante, je peux aller partout sur l'océan !… On chante aussi Fu Taur, les étoiles alignées qui montrent les passes les plus sûres dans le récif des îles. On répète encore, on répète… Le chant est un bon outil, il taille la mémoire. À la fin les mots sont gravés. Ça rend joyeux les hommes, alors ils dansent !… Ils se croisent sans se toucher, chacun danse une étoile, ses mouvements dans le ciel. Faut le voir, c'est très beau. Tu deviens l'étoile, alors tu la connais.

Chaque jour, au lever au coucher, grand-père m'emmène sur le sable au bord du lagon, on trouve un bout de bois flotté, on étudie les signes qu'il y a dans le ciel. La forme des nuages, comment ils se déplacent au ras de l'horizon, en haut du ciel aussi… Grand-père dit : Si tu sais voir, le ciel te parle. Regarde ses couleurs, la teinte du soleil quand il embrasse l'océan, la course des nuages… Faut chercher leurs mouvements, toutes les couleurs aussi, pour savoir si le vent va venir, la tempête ou le calme. Pour partir en voyage, attends que la rougeur du ciel soit favorable. Rouge foncé, c'est bientôt la pluie. Rose clair, le grand beau. Regarde ces nuages au bas du ciel, ils viennent de la tempête qui est passée au large. Grand-père montre un nuage sombre, très haut : C'est la maison du vent, il va venir de là. Vois la fumée sur l'horizon… Plus elle est épaisse, plus le vent sera fort. Le crabe aussi, qui creuse ses trous dans le sable et puis qui les rebouche, il te parle du vent. Faut tout regarder à la fois, savoir sentir les choses. La nature, tout bouge ensemble. C'est le grand mouvement, on peut pas aller contre. L'homme doit savoir sa place.

Tout ça, je l'apprends avec mon grand-père. Tous les matins et tous les soirs, assis au même endroit sur le rivage de Satawal. À la nuit, on regarde les étoiles qui montent à l'horizon, grand-père chante leurs noms. Moi je l'écoute sans rien dire, sans poser de questions. Je reste des heures avec lui, assis sur le morceau de bois flotté près de la maison des pirogues. Navigateur, c'est ça que j'aime : on n'a besoin de rien, seulement les yeux et le corps. Être assis sur le sable ou bien à l'arrière du Wa'a, au calme toujours, à regarder le ciel et l'océan. Grand-père me raccompagne et quand je suis couché, il souffle à mon oreille : Si tu maîtrises l'art, tu vas gagner gloire et respect. Le navigateur, on lui réserve les mets les plus fins. Son pouvoir dépasse celui d'un chef en mer, son prestige surtout.

Plus grand, je vais avec le vieux dans ses voyages, c'est là que je commence à apprendre vraiment les houles, les oiseaux qui offrent la terre. Au large, grand-père me fait asseoir près de lui sur la plateforme, à côté de la barre : la place du navigateur, on voit tout de là-haut. Écoute bien, Mau. Si tu sais lire l'océan, tu vas jamais te perdre. Tout ce que tu dois savoir, l'océan te le dit... Le Parler de la Mer, faut une vie pour le comprendre.

Notre art est différent de la navigation des Blancs. Trois mille ans en arrière, nos anciens peuplent l'océan en suivant les chemins d'étoiles, sans carte sans boussole. La seule carte dont j'ai besoin, elle est dans ma tête !... Mon compas c'est le vent, les grandes houles, le ciel au-dessus.

Les instruments des Blancs peuvent se détraquer. Les étoiles, jamais. Elles sont là chaque nuit, elles suivent leurs chemins depuis l'éternité. Cet ordre-là, tu peux t'y fier. Les marins d'aujourd'hui quand ils naviguent, même dans nos îles, ils sont penchés sur le compas, ils pensent qu'à garder son aiguille rouge au bon endroit. Le GPS, c'est leur dieu tant qu'il marche, ils obéissent sans penser !... Je les observe et je me dis : Ils font plus attention à rien. On dirait que le monde autour existe plus, ils écoutent pas l'océan, ils regardent même plus le ciel !... C'est avec tous les sens qu'on mène un bateau. Quand on tient la barre à deux mains, on a tout le Wa'a au creux des paumes... Alors on suit les mouvements de l'eau sans rien forcer, la pirogue embrasse les vagues, les hommes dans leur sommeil sentent même pas de chocs. La voile est pleine, c'est très beau, elle claque presque pas dans la brise. Le barreur qui sait y faire, c'est l'esprit du Wa'a.

Nous autres les anciens, on navigue à la sensation. Au large, c'est tout mon corps qui sent le cap, la direction de ma pirogue. Le pont qui bouge sous mes pieds, le vent contre ma joue, le bruit que fait l'eau sur la coque... La navigation, c'est moi tout entier. Je suis dedans, à l'intérieur. Je connais les chemins d'étoiles, je sais sous quel astre se trouve chacune de nos îles. Le jour, je m'oriente avec le soleil : où il se lève, où il se couche, par où il passe à son plus haut... Les étoiles me guident la nuit, je sais laquelle il faut guetter à l'horizon. Quand elle est trop élevée dans le ciel, je vise la suivante, celle qui sort au même endroit, puis l'étoile d'après, parfois dix au long de la nuit... Les étoiles, ça peut pas suffire : sur nos mers les nuages mangent souvent le ciel, alors on voit plus les constellations, même le soleil peut disparaître. Des fois, j'arrive même plus à voir le bois sculpté sur la pointe de la pirogue, la queue noire de frégate !... Les nuages et la pluie, ça te vole tes yeux, ton esprit est aveugle, tu peux plus compter les étoiles. Alors c'est l'océan qui parle, faut écouter ce qu'il te dit. Moi je m'allonge au fond de mon Wa'a et je ferme les yeux, pour bien sentir les mouvements de la coque et du balancier, comment ils basculent, s'il y en a un qui se soulève avant l'autre... Comme ça je sais d'où viennent les grandes houles, celles qui changent jamais. Moi je connais leur forme, le temps qu'elles prennent entre deux vagues, comme elles font danser la pirogue. Quand tu navigues sous Mailap, la houle d'est vient droit sur toi, le Wa'a tangue doucement, sans rouler. La houle de Mul soulève en même temps la proue de la coque et le balancier... La courbe des vagues, si tu sais regarder, elle te dit plein de choses. Quand le vent faiblit et qu'elles restent pentues, c'est sûr : le courant t'est contraire. La houle change près de la terre, elle va frapper la côte, elle te revient. C'est un combat de vagues, la pirogue danse plus pareil… Tu sens la mer frapper le Wa'a sous tes pieds, ça secoue méchamment, on dirait qu'elle veut te chasser. La pirogue s'arrête un peu, elle repart de l'avant. Là tu sais que l'île est pas loin.

Les vagues, toutes sont différentes… Celles que les grains lèvent, on sait pas où elles vont : si tu les suis, tu vas te perdre !… La mer en colère, c'est le grand désordre. Ça dure un temps, après tout change. Faut chercher l'ordre sous l'agitation, les mouvements en profondeur. Les houles, il y en a huit. Elles traversent le Grand Océan sans jamais s'arrêter, elles suivent leur chemin, le même chemin toujours depuis l'éternité… Tu peux t'y fier, elles te conduiront où tu veux. Moi je les connais, je les sens même sous la tempête. Une fois qu'un homme les comprend, elles l'aident à trouver son chemin s'il est privé de ciel. Pour écouter la mer, moi je me couche sur le dos. Je connais des navigateurs qui s'assoient au fond du Wa'a, ils posent leurs couilles contre le bois… On sent mieux danser la pirogue, voilà ce qu'ils prétendent.

Lever les yeux sur les étoiles, ça suffit jamais à savoir où tu es. Tu dois te rappeler l'endroit d'où t'es parti, toujours savoir où il se trouve… Faut une mémoire solide pour naviguer, se souvenir de toutes les fois où tu changes de cap, tous les calmes, les grains, pendant des semaines parfois. Ça dépend des courants, de la dérive aussi, si la pirogue va vite ou bien se traîne… La vitesse de l'eau qui défile, je la juge à l'oreille. C'est bien mieux que les yeux. Souvent les hommes s'inquiètent quand le voyage est long, de pas voir arriver la terre. Moi je suis calme. Mon île, je sais qu'elle est là. Faut juste être patient. Elle va venir à moi.

Nos atolls sont bas, on les voit pas de loin. Moins de dix milles en général… Même le plus grand navigateur va jamais être aussi précis quand il voyage sur l'eau bleue pendant des jours et des semaines, avec les grains, les courants, parfois la tempête qui te chasse… Les ancêtres, ils voient tout mieux que nous. Ils prennent le temps d'observer. Ils cherchent à l'horizon les nuages jumeaux, ceux qu'on voit autour des montagnes, penchés comme des sourcils, on les reconnaît de très loin. Ils savent apercevoir l'ombre lumineuse d'une île : le soleil qui se reflète sur le sable blanc, le miroir du lagon, ça fait comme un trait clair sur le bleu du ciel. L'eau verte du lagon, elle teinte les nuages au-dessus des atolls. Même les récifs sous la mer, à trente mètres on peut les voir : l'eau change de couleur. À l'approche du but, faut sentir plus fort. Avant de voir mon île, je reconnais toujours son parfum de terre. Je guette l'agitation des arbres à l'horizon, le grondement des brisants, les détritus qui flottent à la surface. Si tu vois du plastique, des objets qui servent à rien, tu sais qu'il y a des hommes !…

Pour trouver ton île, à la fin, faut t'en remettre aux oiseaux. Ils vont te la montrer bien avant qu'elle sorte de l'eau. Le navigateur a pas meilleurs amis !... Mais d'abord, faut les connaître. Les oiseaux de l'océan, ceux qui vivent au grand large, ils savent dormir en vol ou bien se reposer la nuit sur les vagues. Les îles, eux, ils s'en fichent !... Ceux-là te servent à rien, si tu les suis t'arrives nulle part. Faut guetter les oiseaux de terre, ceux qui sortent au matin pour pêcher et qui rentrent le soir. La sterne avec ses beaux yeux noirs, les noddis, les fous aux pattes rouges, notre frégate aussi, qui monte si haut dans le ciel... Ces oiseaux-là te guident. Celui qui les connaît, il sait la direction de l'île, et même la distance. Certains oiseaux vont à vingt milles au large, d'autres à quarante ou plus. Faut bien les regarder, leur âge, ce qu'ils font. Les juvéniles, on peut pas s'y fier : ils ont pas encore de petits à nourrir alors ils sont libres, insouciants, ils s'aventurent très loin au large. Ils rentrent quand ils veulent !... C'est les adultes qu'il te faut. Quand tu les vois en bande, tu sais qu'ils pêchent. Les quitte plus des yeux, attends... Au soir, ils montent dans le ciel pour se repérer puis ils foncent vers la terre, retrouver le nid. Suffit de les suivre et juste avant la nuit, monter au mât pour guetter l'île. Si tu la vois pas, tombe la voile jusqu'au lever. Au matin les oiseaux reviennent, tu regardes bien d'où et tu reprends ta route. Je suis heureux quand je les vois. C'est comme des gardes-côtes, ils sont curieux de tout ce qui passe en mer, même loin de leur île. Dès qu'ils voient un objet au large, ils s'approchent pour regarder. Ils aiment beaucoup les voiles de nos pirogues, faut voir comme ils nous tournent autour, ils se posent sur le gréement, ils se cassent la figure avec leurs grandes palmes… On s'entend plus à bord tellement ils crient !… Les oiseaux vont près des esprits, on dit qu'ils portent leurs messages. Parfois, je les comprends.

Les autres animaux aussi, on les croise sur le chemin : ici le requin blanc, là le grand coquillage… Les mêmes depuis l'éternité, toujours aux mêmes endroits. Ils ont chacun leur nom, le navigateur les connaît : de Satawal à Pik, pour trouver la passe la plus sûre, c'est Tinimwar qu'il faut suivre, la frégate qui plane au-dessus du récif. Les oiseaux migrateurs, les requins, les baleines, ils aident nos ancêtres à remonter les îles. Sans ça peut-être, on passe à côté sans les voir. Après, tu vas où ?… Dans le lagon de Truk, on connaît l'histoire des cinq frères partis repêcher Pisiiras, l'île perdue. Leur père parle souvent de cette île dans le couchant, disparue sous la mer, elle n'a même plus de nom… À la mort du vieux, les cinq frères sortent leur Wa'a, ils naviguent par là, quatre jours d'eau bleue. Ils trouvent rien alors l'aîné décide de rentrer, il dit : Cette île existe pas !… Mais le plus jeune croit ferme à l'histoire de son père. Il repart seul le lendemain, il ouvre grand les yeux. Bientôt il voit le requin, un requin blanc qui file devant la pirogue. Le fantôme de mon père !... Voilà ce qu'il se dit. Le requin guide la pirogue et d'un coup, il s'enfonce. Le garçon tombe la voile, il plonge derrière le requin. L'île perdue est là, au fond !... Il rentre prévenir ses frères, il revient avec eux. L'aîné passe une corde autour de l'île, mais il peut pas la remonter. Tous ils essaient, rien ne bouge... Le plus jeune dit, Laissez-moi. Il tire sans forcer sur la corde, l'île vient aussitôt !... Quand elle crève la surface, un oiseau noir survole le Wa'a, il crie aux hommes : PISI-IRAS !...

L'île perdue, hein ?... Pas de quoi s'étonner. L'eau engloutit nos terres, partout ça se voit. On connaît le sort de Sipin, au nord de Yap... Le feu des traditions, les gens l'entretiennent là-bas, rien de changé depuis l'éternité. Mais le Blanc arrive avec son Dieu et son argent, ses grands bateaux. Le chef de Sipin sent venir la menace, il veut pas que le savoir meure. Alors il fait disparaître son île sous la mer !... Par grand soleil, les navigateurs l'aperçoivent sous leur pirogue. Les torches brillent dans la nuit, on entend la voix des hommes qui chantent nos vieux chants, ceux que personne sait plus... C'est la vérité. Je le sais car mon grand-père dans sa jeunesse, il va là-bas souvent, il voit de ses yeux cette île sous la mer.

Maintenant c'est fini : Sipin est tombée plus profond. Plus de feux sous l'eau, plus de chants.

Grand-père Raangipi m'apprend la navigation, la fabrication des pirogues, les plantes aussi, celles qui soignent. Pour être un homme, Mau, faut connaître ces choses !... Il meurt, j'ai onze ans. Mon père Orranipui me prend sur sa pirogue mais bientôt, lui aussi s'en va. Alors je pars à Puluwat, mon oncle Angora vit là-bas. Il est très respecté. Il m'apprend ses manières, différentes d'ici, il me montre les rituels, la magie des navigateurs, nos petites prières... Faut se cacher pour apprendre ces choses. Les missionnaires aiment pas ça, ils crient : Superstition !... Ils nous prennent pour des sorciers. Leur Dieu est jaloux, c'est lui et rien d'autre. Il arrive chez nous, alors on doit jeter nos vieux esprits, les manières d'avant, nos plantes aussi, les danses et les chants du voyage !... Je l'aime pas, leur Dieu. La religion des Blancs, je peux pas en parler. On me voit jamais dans leur église.

À force d'écouter et de bien faire, un jour tu es prêt. Seize ans, les anciens m'initient aux savoirs secrets. C'est la cérémonie du Pwo, quand on devient navigateur. Une semaine entière ils me gardent sous la maison des pirogues. Angora, et deux autres maîtres. Jour et nuit je dois tout répéter, pour être sûr que le savoir est bien rangé dans ma mémoire. La cérémonie dure, dure, jusqu'à la fatigue. Comme une traversée, quand tu dors pas pendant des jours... C'est le voyage pour devenir un homme, le chemin qui mène à Seram, la Lumière. Les gens de Puluwat font des détours pendant ce temps : la maison des pirogues, faut pas s'en approcher !... La force des esprits est là, c'est dangereux. Les maîtres savent, ils me protègent, ils m'apprennent les chants magiques qui apaisent le vent, ceux qui redonnent aux hommes force et résolution. Ces choses-là sont secrètes, les navigateurs baissent la voix pour les dire. Faut pas plaisanter... Les anciens connaissent le pouvoir des mots. C'est que pour envoyer une pirogue au désastre, il suffit de savoir les noms du chemin qu'elle va suivre.

La magie vient de loin. Quand on quitte une île, on dit adieu avec respect, on donne un chant magique contre les hommes et les pensées qui peuvent nuire au voyage.

Je chante pour cette pirogue
Notre pirogue
Je chante pour la vie des esprits
La vie des hommes
Esprits, soyez avec moi...

Ce chant-là fait plaisir aux hommes et aux esprits. Comme ça, tu es sûr d'atteindre ta destination. Je sais une prière aussi qui rend le corps amer, si amer au goût que les morts veulent pas me manger, les fantômes du large qui sont en colère… Au moment de franchir la passe, je parle à Weriyeng, l'esprit du voyage. Chasse les mauvais sorts car je suis un homme pur…

Me voilà navigateur. Je dois faire mon premier voyage, montrer que je suis capable d'aller loin et de revenir. La coutume, c'est rapporter une chose de valeur pour ta communauté. Alors je pars à Pikelot, rien qu'un rocher perdu au large. C'est bon pour la tortue là-bas !… Au retour, je vois mon île sortir de l'eau là où elle doit. Les gens de Satawal m'attendent sur la plage, les enfants nagent autour du Wa'a, ils grimpent à bord, ils crient, Tortues !… C'est une joie qu'on oublie pas. Tu possèdes quelque chose qu'on peut pas te reprendre. Ça rend tout le reste plus facile, dans une vie.

Naviguer, c'est pour la communauté. Tu apportes à manger aux gens, les biens d'ailleurs. Surtout, tu leur apportes la fierté. Tu représentes l'île, partout on te juge. La réputation c'est sacré pour un navigateur. L'histoire on la connaît, des trois pêcheurs de Woleai qui veulent se rendre à Satawal, ils ont de la famille chez nous… Mais le vent tourne à l'est, ils peuvent pas aller contre, alors ils décident de rejoindre l'atoll de Kapingamarangi, à mi-chemin des Salomon, cinq cents milles au moins sur l'eau bleue. C'est la première fois qu'ils vont aussi loin dans le Sud… Heureusement, ils savent le chemin d'étoiles. Les mots des ancêtres les guident – faut y croire, c'est tout. Après des jours dans la tempête, une île sort de l'eau. Kapingamarangi ?... Ils ont jamais vu cet endroit, alors comment savoir... Là-bas c'est des Polynésiens, on comprend pas leur langue. Les trois marins de Woleai sont trop fiers pour demander : après, les gens vont dire qu'ils savent pas... Alors ils se promènent avec un air tranquille, mais ils tendent l'oreille. Après deux semaines sur l'île, les marins croisent des enfants qui courent sur la plage, ils jouent à la guerre, ils crient : Kapingamarangi !... Les trois de Woleai savent maintenant où ils sont. Alors ils reprennent la mer avec des fruits et du poisson, ils emportent aussi leur honneur...

Ceux qui savent pas naviguer, personne les admire. Ils ont même pas de nom. Un jour ils vont mourir, ils vont laisser aucun savoir, aucune réputation, pas une histoire à raconter. Comment on peut vouloir mourir comme ça, ne rien laisser ?...

Faut être fou pour s'en aller au large, sans rien que l'eau autour et le ciel au-dessus, voilà ce que pensent les gens. Pour moi, c'est naturel. L'océan prolonge la terre. Il sépare pas nos îles, il est le chemin qui relie. J'ai jamais peur au large car je crois aux mots des ancêtres. C'est ça qu'on appelle le courage. C'est ça, être navigateur : croire aux mots des ancêtres. Les mots de mon grand-père sur la plage de Satawal, les mots des hommes aussi sous la maison des pirogues... Alors tu peux voyager n'importe où dans le monde, tu vas jamais te perdre. La première traversée avec les Hawaiiens d'*Hokule'a*, je me sens pas bien au début, c'est normal. Je connais pas ce chemin-là, d'Hawaii à Tahiti... Mais alors je me dis : C'est pas la première fois, Mau. Tu connais les nuits au grand large, les grains et les tempêtes, ça t'empêche pas de rentrer... Alors j'oublie la peur. Je suis si heureux d'être en mer, sur cette belle pirogue.

Navigateur, faut tenir ferme. Au large, je dors pas. Je me repose seulement quand la terre est en vue. L'esprit a pas besoin de repos, presque rien. Juste le corps... Les hommes manient la voile sur la pirogue, ils tiennent la barre. Moi je navigue, c'est tout : j'observe et puis je me souviens, je prends ma décision. Serre le vent, barreur, le courant nous déroute !... Libre, la voile !... Parfois l'esprit fatigue, j'arrive plus à penser droit. Alors je ferme un peu les yeux. Mes premiers rêves, c'est le feu, je vois des rouges et des oranges. Mais là-dedans, au fond du cœur, je dors jamais. Quand je rouvre les yeux, mon esprit est vif à nouveau. L'important, c'est que le corps ne travaille pas, sinon tu vas tomber malade. Faut rester toujours calme, même dans la tempête. Jamais être nerveux – ça affaiblit un homme. Quand tu es jeune, tu te tends parfois, c'est normal : t'es pas sûr de savoir, tu veux pas te tromper. Il faut prendre patience... Si tu paniques au large, tu sais plus comment faire. Ton esprit a besoin de paix pour décider. Quand tu te détends, le corps s'ouvre : ce que tu vois pas, tu le sens.

Dans la cérémonie du Pwo, le maître donne à boire l'eau sacrée d'une noix de coco, Nuun Lesseram, celle qui apporte la Lumière. Faut la boire d'un trait jusqu'à la dernière goutte. Un grand coco, hein, bien plein !... Ça veut dire que le navigateur a beaucoup de confiance, assez pour suivre son but jusqu'au bout. Il peut tout arriver, les hommes peuvent penser ce qu'ils veulent : le navigateur, lui, va garder confiance, il va persévérer. Après tu reçois le bracelet sacré qui porte deux bouts de corail. Le premier, un corail de feu, celui qui brûle quand on le touche : c'est la puissance des mots, ceux du navigateur quand il donne ses ordres. L'autre, c'est le corail le plus solide : la dureté de l'homme face aux épreuves.

PWERRA...
MAUMAU...
REIPY...

Courage, Force et Sagesse : les vertus du navigateur... Sans courage, tu pourras pas partir en mer. Tu auras peur de tout. Les vagues, les tempêtes, les récifs à fleur d'eau, les monstres de la mer. Si tu es courageux, tu meurs pas. Les dangers te font pas peur. C'est ça, le vrai navigateur. Le navigateur, c'est un homme.

Le plus difficile, c'est pas apprendre le nom des étoiles, les chemins, toutes ces choses... C'est être le navigateur qui est difficile, apprendre à se tenir. Comment tu te comportes sur le Wa'a, comment tu te reposes quand il faut rester éveillé pendant des jours et des nuits, comment tu regardes, comment tu penses, comment tu sens, comment tu prends les décisions et comment tu agis... On apprend pas ces choses assis sur une plage, ni en écoutant les marins sous la maison des pirogues. Faut regarder d'abord le maître vivre sa vie, comment il se tient sur la mer. Tu observes ce qu'il observe, tu prends le même regard que lui. Le navigateur, il est fait pour le large. Ça se voit dans ses yeux, ça se voit à sa peau et même à ses cheveux... C'est un homme profond, il pense beaucoup. Tu comprends qu'il sert à rien de trop parler, de jouer à des jeux. Faut être concentré à chaque instant, se souvenir de tout. Alors tu entres dans le monde du navigateur, tu te sens relié au ciel, à l'océan. C'est le monde de l'esprit... La navigation, faut te l'approprier. Copier le maître suffit pas. Le navigateur, c'est l'homme. Chacun sent le monde à sa manière, différente de tous les autres. Ce voyage-là, chacun doit le faire à son tour. Faut aller loin sur l'océan, faire sa traversée, tracer un chemin neuf. Y a pas d'autre manière. Quand il te fait Pwo, le maître te sert un remède : la Lumière est dedans, pour ton esprit et pour ton cœur. Faut naviguer dans la Lumière toujours, jamais les ténèbres.

L'océan, c'est une vie à part. Tu manges pas pareil, tu dors pas pareil, tu travailles pas pareil. Tout ce qu'on fait est différent de la vie à terre. Un seul maître à bord, faut l'écouter si tu veux vivre !... Quand le navigateur dit, Mange, tu manges. Quand il dit, Bois, tu bois. La pirogue est notre monde, un tout petit monde entouré d'eau bleue. Notre survie dépend de nous, de ce qu'on emporte et rien d'autre. Avant de partir, je rassemble mon équipage sous la maison des pirogues. Nous autres les hommes, on doit penser qu'à notre force, voilà ce que je leur dis. On n'est plus des enfants !... Le Parler de la Mer, c'est tout ce qui compte. Moi je sais l'écouter, je vais le faire pour vous. Ça se respecte, le voyage. Faut être prêt !... Avant de passer le récif, on doit jeter tous ses problèmes, les querelles qu'on peut avoir. Penser seulement au voyage, au vent et aux étoiles, à l'île qui va venir... À terre, le pouvoir appartient aux chefs. Il y en a trois à Satawal qui règlent nos affaires, ils peuvent mettre un tabou sur l'arbre à pain ou le poisson, ils mettent fin à nos disputes... Leur pouvoir est très grand, il s'étend sur toute l'île jusqu'au lagon. Le récif l'arrête : au large, le pouvoir m'appartient. Je suis au-dessus du chef sur ma pirogue, il fait ce que je lui demande. Vous devez m'obéir en mer, voilà ce que je dis aux hommes. Faut de l'amour pour voyager. On se soutient, on travaille tous ensemble pour atteindre le but. On est comme une famille. La pirogue, c'est la mère. Le père, c'est le navigateur. Il prend toutes les décisions. Il sait ce qui est bon pour les hommes. Leur vie dépend de son savoir. Écoutez mes paroles, si vous voulez voir l'île que vous cherchez.

Ceux d'Hawaii, ils savent plus ces manières. Ils savent plus que le chemin, c'est pas aller d'un point à l'autre. C'est le partage entre les hommes, le respect qu'on met dans les choses. C'est naviguer dans la Lumière. Le premier voyage à Tahiti avec *Hokule'a*, après je veux plus voir ces gens !... Trop de disputes à bord, ils m'écoutent pas, les jeunes se battent. On fait pas ça dans le voyage !... Le navigateur est très puissant sur le Wa'a. Il a un grand savoir, il connaît la magie, alors les hommes le craignent et le respectent. Mais les Blancs viennent dans nos îles avec leur Dieu, et les hommes jettent nos vieux esprits. Les gens d'Hawaii, ils croient plus à tout ça. Alors ils me respectent moins. Je peux pas les aider comme ça... Je m'en vais. Je veux plus jamais naviguer avec eux.

Mais après deux années, Nainoa Thompson vient me trouver depuis Hawaii. Il est d'*Hokule'a*, mais il est différent. Il veut vraiment apprendre. Il dit, Aide-nous à retrouver le vieux chemin de Tahiti... C'est important pour tous les gens d'Océanie, qu'ils retrouvent la fierté. Je l'aime beaucoup, Nainoa. Il est curieux, il veut savoir. Mais il sait rien encore, il est pas prêt pour ce voyage. Dans son regard, je vois qu'il va partir quand même. Moi je veux pas qu'il meure !... Alors je retourne à Hawaii. Je vis chez Nainoa, deux années. On travaille beaucoup. On passe la journée sur son canot, il apprend à sentir les houles. On va s'asseoir en haut de la falaise à Lana'i, sur le petit muret de pierre, on regarde le ciel au lever au coucher. La nuit, on compte les étoiles. Il apprend vite, Nainoa, sa mémoire est solide.

Le voyage vient, dans quatre jours. Je vois Nainoa inquiet. Mau, donne-moi ta magie pour jamais me tromper... Il a peur de la honte. Moi ça me fâche !... Le navigateur c'est un homme, il doit avoir confiance. Il doit croire aux mots des ancêtres. Je réponds rien, je dis, Emmène-moi aux falaises de Lana'i. On s'assoit tous les deux sur le muret de pierre. Je parle pas, j'attends le soir. C'est très beau là-haut, on voit l'île de Moloka'i... Au coucher du soleil, on regarde le ciel. Je lui demande, Ces nuages, qu'est-ce qu'ils te disent ?... Nainoa connaît les signes, il me répond sans hésiter. La nuit vient, je lui fais compter les étoiles : il sait leurs noms, il se souvient. Il connaît leurs maisons, les chemins de nos îles. Tout ça, c'est pour le rassurer... Tu sais me montrer Tahiti ?... Il tend la main, Là-bas. Alors je lui demande, L'île, est-ce que tu la vois ?... Nainoa se tait. C'est trop loin Tahiti, l'autre côté du monde. Sûrement, on peut pas la voir... Je le regarde au fond des yeux : Tu la vois, Nainoa ?... Si tu vois pas ton île, c'est sûr, tu vas te perdre !... Il répond rien, mais je sais qu'il comprend. Alors je lui dis : Ramène-moi à la maison. Dans la voiture, je parle pas. J'ai plus rien à lui dire. On roule dans le noir, sur la route au bord du vide. J'entends les vagues en bas qui mangent la falaise.

Les trois jours avant le départ, on reste chez Nainoa, chacun dans sa chambre. Il pleut toute la pluie du ciel. C'est un bon présage, on le sait... Puis faut partir, on quitte Hilo. Le vent est fort ce matin-là. Nainoa est très nerveux, il a pas envie d'y aller. C'est qu'il a pas quitté la terre encore, il a pas jeté ses soucis. On franchit la passe, c'est le grand large maintenant, deux mille cinq cents milles d'eau bleue jusqu'à Tahiti !... Trop tard pour faire demi-tour. Je regarde Nainoa et je le vois heureux, maintenant il sourit... Il voit son île. Il a plus peur.

Moi je reste assis dans mon coin. Nainoa, je le laisse naviguer. Je lui dis rien, je suis content : c'est qu'il a plus besoin de moi. J'observe simplement, je suis là pour nous éviter les dangers. Le vingt-neuvième jour, au coucher, les hommes aperçoivent une troupe d'oiseaux qui volent vers le sud, ils rentrent pour la nuit. La terre est par là, Tuamotu droit devant. On voit pas d'île encore, alors Nainoa préfère attendre le matin, quand les oiseaux vont revenir. C'est bien, il a raison, faut pas risquer de dépasser l'île dans le noir, finir sur un récif... Les hommes se mettent en cercle autour du pont, à l'aube, ils regardent aux quatre vents. Pas un oiseau !... Nainoa se tait, il se remet à avoir peur. Premier voyage, navigateur ça n'est pas rien, tu tiens la vie des autres dans ta main. *Hokule'a* est seule sur le Grand Océan, voile tombée, elle attend. Alors quelqu'un voit un oiseau là-haut. Il vole vers le sud !... Cet oiseau-là peut pas rentrer si tôt, c'est l'heure où ils sortent pêcher. Pourtant il vole vers le sud, comme ceux du soir d'avant... Nainoa hésite, il comprend pas. Moi je sais mais je dis rien. Je le laisse penser. Sûrement l'île est derrière nous, voilà l'explication qu'il trouve. Demi-tour, on remonte au nord !... Là je peux plus me taire. Je le corrige, c'est la première fois du voyage. Ça me rend triste mais pas le choix, sinon on va se perdre. Suis cet oiseau, Nainoa. Attends une heure encore et ton île va venir... Il me regarde, il est surpris : c'est le contraire de ce qu'il sait. Il croit en moi, alors il obéit. Bientôt l'île sort de l'eau, droit devant.

L'oiseau, ce matin-là, il porte un poisson dans son bec, un tout petit poisson. Alors je sais qu'il niche, il est sorti tôt pour pêcher, il rentre le matin nourrir ses petits. Il va revenir après. Pour voir ces choses, faut de bons yeux… À force de temps et d'efforts, la vue fatigue. Mais le navigateur voit toujours l'île avant les hommes, même les plus jeunes, ceux qui ont des yeux neufs. Voir, c'est pas regarder seulement. C'est savoir ce qu'on veut trouver.

Quand on arrive à Tahiti après trente-trois jours de mer, je suis heureux. Plus que la première fois. Un élève qui trouve son île… Pour le maître navigateur, c'est le plus beau voyage. Avant de rentrer dans nos îles, Nainoa et moi, on s'assoit sur la plage, là-bas, à Tahiti. On regarde le ciel, comme on le fait toujours. Je lui dis, Ce que tu dois savoir est là, devant toi. Faut être préparé, c'est tout. Tu vas mettre vingt ans encore, le temps qu'il faut pour connaître tous les visages de l'océan.

Je veux pas perdre la navigation. Le Parler de la Mer, je veux pas le voir disparaître. Alors j'aide Nainoa et les Hawaiiens, les gens des Cook après, nos cousins maoris, parce que chez moi personne veut plus apprendre. J'ai seize fils,

ils vont à l'école : quand ils reviennent, la navigation les intéresse plus !... Ils quittent l'île, ils partent loin. Alors mon dernier, Sesario, je l'envoie pas à l'école. Je veux qu'il reste à Satawal, lui apprendre ces choses avant de mourir. Seize fils, un navigateur !... Mais des enfants, j'en ai partout maintenant. J'ai des fils aux îles Cook, à Tahiti, Aotearoa... Nainoa Thompson relie nos îles avec *Hokule'a*, il rouvre tous les vieux chemins. Alors je m'inquiète plus, je suis heureux à l'intérieur. Certains sont pas d'accord ici, à Satawal. Ils disent, On doit pas donner le savoir à des étrangers !... C'est trop puissant, ça doit rester secret !... Ils peuvent pas m'enlever tous ces moments en mer avec les hommes. Ce qui entre dans mon cœur, personne peut me le prendre.

Je fais des choses sur la pirogue que je peux pas expliquer. Je sais tous les chemins d'étoiles, les houles du Grand Océan. Ils sont dans ma mémoire. Mais au large, je compte pas. C'est le corps qui navigue. Mon corps et mon cœur, l'esprit intérieur... La nuit, quand le ciel est si noir qu'on voit même pas la Croix du Sud, je m'allonge sur le dos au fond de la pirogue et je ferme les yeux. Alors je sens la chaleur des astres sur ma peau, c'est comme les voir : je sais où ils se trouvent. Ces choses, ça s'explique pas, on apprend juste avec le temps à les faire arriver. L'esprit, ça nous dépasse... Dans ces moments-là, je suis le voyage. Je suis l'océan. Pour ça, faut être prêt. Savoir beaucoup. Après, oublier tout. C'est ça l'art, comme une danse : connaître les pas, c'est seulement le début. Ça devient naturel à force de répétition. Tu sais, mais faut oublier que tu sais. Sentir les choses, ne plus compter.

Les premières traversées avec mon grand-père, j'ai cinq ans à peine. J'ai peur car je vois plus la terre, je suis jamais sorti si loin… Faut voir comme le Wa'a danse sur les vagues !… Alors le vieux m'attache une corde aux poignets, il me jette par-dessus bord, il me traîne dans l'eau derrière la pirogue !… Tu penses : C'est cruel… La vérité, elle est pas là. Cette chose a un but, comme tout ce que font les anciens. Grand-père veut m'aider, il me fait rentrer dans la vague : tu vas à l'intérieur de la vague, tu deviens la vague. Et quand tu es la vague, tu es navigateur. Navigateur, ça veut dire être l'étoile. Être le vent. Ça veut dire être l'île.

Toute une vie au large, je sais des choses que personne sait. Sur l'océan, il y a des choses que je suis le seul à connaître. Moi, et le diable… À terre, les gens s'inquiètent de me savoir parti. Ils disent, Comment n'as-tu pas peur sur ton petit Wa'a emporté par les vagues tout au bout du Grand Océan ?… Ils savent pas que ma pirogue est immobile quand je voyage, ancrée comme une terre !… C'est pas elle qui se déplace : l'île que je vise, elle vient à moi. Les étoiles sont immobiles aussi, elles suivent leur chemin dans le ciel depuis l'éternité, elles sortent de l'océan et puis elles y replongent, elles apparaissent au même endroit la nuit d'après. Ce qui bouge dans le voyage, c'est l'océan avec ses îles. L'eau arrive vers toi, elle file à gros bouillons contre la coque, ses bulles s'en vont dans le sillage... L'île d'où tu viens recule dans ton dos, l'île où tu vas s'approche. Il y en a d'autres aussi qui servent de repères, des îles derrière l'horizon, on les voit sans les voir, elles sont en mouvement sous les étoiles. Les cartes des Blancs, la première fois, je comprends pas : nos îles peuvent pas tenir sur ce papier, sûrement elles s'échappent !... Tout bouge autour de ma pirogue, sauf les étoiles et le soleil. La vérité c'est ça, pour le navigateur. Le monde vient à lui, suffit de pointer le Wa'a où il faut et de savoir attendre. Si tu comprends pas cette chose, si elle échappe à ton esprit et à ton cœur, tu vas jamais savoir te repérer au large. Tu vas dériver seul sur l'océan. Ton île, elle va pas te trouver.

Le voyage, ça creuse un homme. Tenir, c'est pas la tête. C'est le cœur qui doit être fort. Un jour, me voilà vieux. Je veux toujours aller sur ma pirogue, mais le corps peut plus. Mes yeux sont fatigués de tant regarder, je tombe aveugle. Impossible de voyager, la mer veut plus de moi. Alors je comprends : c'est la fin. Ouvre mes veines, l'eau salée coule. À quoi bon vivre, pour un homme, s'il manque à sa nature ?...

Un jour, Nainoa arrive à Satawal avec ses hommes. Ils apportent un grand Wa'a fabriqué là-bas, à Hawaii, pour que les jeunes de Satawal continuent d'apprendre notre art. La pirogue est très belle, son nom c'est *Maisu* : chez nous, on appelle comme ça le fruit de l'arbre à pain quand il est mûr et qu'un grand vent le fait tomber. Alors il appartient plus à personne, tout le monde peut le prendre. Les Hawaiiens m'offrent *Maisu*, moi je leur offre la magie : c'est la cérémonie du Pwo, la première depuis cinquante ans. Ils reçoivent l'eau de coco qui porte la Lumière, le bracelet aux deux coraux...

Nainoa est navigateur, maintenant. Ses hommes l'attendent, *Hokule'a* danse déjà sur l'eau du lagon. Mais il veut pas partir. Il sait qu'on se reverra plus. Il me salue, puis il revient. Hé Mau, toi tu nous apprends la navigation... Alors chaque fois qu'on navigue, tu navigues avec nous ?... Je réponds rien, je lui souris. Si on apprend ton art à d'autres, c'est toi qu'on leur apprend ?... Je pose ma main sur son bras, je vois les larmes dans ses yeux. Alors si on transmet ton art, tu seras toujours avec nous ?... Je le prends dans mes bras, j'ai pas la force de serrer. Je suis heureux : Nainoa comprend maintenant, il va dans la Lumière. La navigation et le navigateur, c'est une seule et même chose. C'est tout ce que tu es. Me voilà seul sous la maison des pirogues. Je vois *Hokule'a* filer droit sur la passe. Sa voile est pleine, le vent la pousse vers Hawaii.

Les anciens partent seuls au large quand ils sentent la fin venue. Le Wa'a les emporte, ils regardent pas en arrière. Moi je peux pas, je dois transmettre mon savoir à ceux qui veulent, tant qu'il me reste un peu de force. Après, il est trop tard : mes jambes me portent plus, je peux même pas tenir la barre. Cette passe-là, navigateur ou pas, chaque homme la franchit. Elle me ramène à Satawal, près du village, là où commencent les arbres. Le même endroit où toute ma vie, avant chaque voyage, je vais saluer grand-père. Mon savoir je le tiens de lui alors je viens le voir, je lui pose des questions sur le ciel qu'il fait ce jour-là, le vent qui va venir. Je parle avec mon grand-père sur sa tombe, souvent il m'accompagne au large. Je suis près de lui maintenant. Mon fils Sesario vient me voir quelquefois, tous mes enfants d'Océanie. Ils viennent et ils s'assoient devant la pierre, celle où il est écrit :

PIUS MAU PIAILUG (1932-2010)

Titi Islands

Quand ils s'engagèrent dans la passe de Bluff Harbour, la marée leur était contraire. Le chaudron bouillonnait, houle contre courant. Rongo Walker tenta de pousser le moteur mais le *Toroa* peinait à gagner du terrain, sa charpente ébranlée vibrait sous la pression. Bientôt les caseyeurs du port vinrent à leur rencontre, un puissant dragueur d'huîtres aussi qui les prit en remorque. L'escorte avait tout d'un cortège funèbre. Les marins penchés sur la lisse pinçaient leurs clopes roulées entre les dents, ils contemplaient avec effroi le pont dévasté du *Toroa*, la structure du vireur à demi arrachée, l'acier tordu des rambardes. Quatre jours sans nouvelles, avec cet ouragan qui avait ravagé le nord du Fiordland : on les croyait perdus en mer. Voilà qu'ils revenaient vivants. Il faudrait du temps pour se faire à l'idée.

Le soir tombait, le deuxième après la tempête. Ils doublèrent les piles de bois noircies d'Old Wharf et les autres bateaux s'écartèrent à l'approche du ponton. Rongo Walker coupa les gaz, laissant le *Toroa* épuiser son élan. Ses doigts tremblaient soudain sur les manetons de la barre, il titubait d'épuisement. Il bouscula l'épaule du Français, qui somnolait debout à ses côtés. « Aussières… » Le Français se gifla les joues, il passa la main sur sa nuque. Un porte-conteneurs amarré aux docks d'Island Harbour était en plein déchargement, le grincement infernal des grues, l'aveuglement des halogènes donnaient à cette scène l'allure d'un mauvais rêve. Tamatoa était toujours assis à la table du carré, immobile depuis la veille, il n'avait pas quitté ses bottes et son ciré. Quand le Français passa devant lui, il détacha les yeux de ses paumes, il se redressa lentement. Il prit son sac dans le placard et le suivit dehors. Les deux hommes sortirent aussières et pare-battage. Tamatoa restait muet, il avait le regard opaque. Le bateau à peine amarré, il fut le premier à débarquer. Il se retourna au pied de l'échelle, son sac de marin sur l'épaule. « Hé Popa'a… » Haussement de sourcils, il eut un sourire gêné. Il franchit les barreaux d'un bond, la foule des marins s'écarta devant lui. Il n'était pas entré prendre congé du capitaine.

Le moteur s'arrêta dans un dernier crachotement. Rongo Walker mettait de l'ordre à l'intérieur. Le Français descendit rassembler ses affaires, il les trouva éparpillées sur le plancher de la cale. Il ressortit sur le pont où le skipper le rejoignit, la radio coincée sous son bras. « Viens Frenchie, on s'en va... » Les gens de Bluff avaient la mine grave au long du ponton B, ils cherchaient le regard du skipper pour y lire, peut-être, l'enfer qu'il avait traversé. Pas un ne le trouvait. Rongo Walker marcha jusqu'au parking sans saluer personne. L'admiration dans leurs yeux était insupportable. Revenir à bon port, l'équipage sauf – il avait rempli là son premier devoir de capitaine. Il se sentait vaincu pourtant, terrassé par une fatigue qu'il ne connaissait pas. Il n'avait qu'une envie : rentrer chez lui, fermer les yeux. La Fairmont de Tamatoa n'était déjà plus là quand ils grimpèrent dans le pick-up. Ils firent un détour par le snack de Gore Street, près du Foveaux Hotel, pour acheter des fish and chips que les deux hommes mangèrent sans appétit, assis dans l'habitacle, sur le trottoir. Rongo Walker sortit deux bières du sac en papier, il en tendit une au Français, il vida la sienne d'une seule gorgée. Son regard traînait sur les quais, l'embarcadère du ferry de Stewart Island. Le Français sentit l'alcool lui monter à la tête au bout de deux gorgées, un haut-le-cœur le prit. Il comprit alors combien il était éprouvé. Rien de solide autour de lui, le monde vacillait sur sa base.

Ils traversèrent au ralenti les rues de Bluff, désertes à cette heure, les façades prenaient un air fantomatique dans l'éclat froid des phares. Rongo Walker se gara dans l'allée de sa maison.

Le Français la reconnut à peine. Elle était plus étriquée, plus austère que dans son souvenir. La lourde clé actionna le verrou, son cliquetis de chaîne dans le silence fit frémir l'équipier. Rongo Walker leur servit deux verres de whisky, ils burent sans trinquer. Le skipper toussa dans son poing, il avait de la peine à tenir ses paupières. Il alla se coucher sans prononcer un mot. Le Français sortit dans la cour, il poussa la porte de son réduit et s'écroula aussitôt en travers du lit. Ses affaires empestaient dans cet air domestique. Il aurait voulu se doucher, enfiler quelque chose de propre, il n'eut pas la force de se relever. Il s'endormit tout habillé sur le couvre-lit. Un long sommeil agité, parcouru de rêves oppressants où la vague le prenait, encore et encore, il basculait par-dessus bord, d'en haut il se voyait couler au fond de l'océan sans pouvoir réagir – au moment où il se noyait, il se réveilla en sursaut plusieurs fois cette nuit-là, puis la journée du lendemain, puis la nuit suivante. Chaque fois, il lui fallut de longues secondes pour saisir ce qu'il faisait là, le lit lui donnait l'impression de rouler dans la houle, il s'agrippait au couvre-lit pour ne pas basculer. Il reprenait son souffle, il se rendormait quelques heures.

La faim le fit lever à l'aube du deuxième jour. Il traversa la cour et frappa à la porte, sans réponse. Il entra dans la cuisine. Un sachet de beignets l'attendait sur la table, avec une simple note : AU PORT. Il y avait aussi une tasse, un thermos de café. Il mangea debout, adossé au plan de travail. La graisse froide des beignets était écœurante, mais ils le rassasièrent. Il prit une douche, enfila ses derniers vêtements, puis il descendit à pied vers le port. Il faisait bon ce matin-là, pas un souffle de vent, la lumière de printemps parait d'un éclat irréel la forêt de pins qui couronnait la ville. Le Français se lança dans la pente d'un pas mal assuré, il trébuchait sur les cailloux, le sol tanguait encore.

Il aperçut de loin le pick-up de Rongo Walker, garé à l'entrée du port. Il remonta le ponton B, l'endroit était désert, tous les bateaux ou presque étaient sortis – il fallait profiter de la clémence du ciel. Il trouva le skipper à bord du *Toroa*, en train de s'essuyer les mains devant l'évier de la cabine. « Je te croyais mort, Frenchie... » Son bleu de chauffe était maculé de cambouis, une clé anglaise, une torche et un gros tournevis dépassaient de ses poches. « J'ai vérifié les fonds, pas une fuite... Ce vieux *Toroa* est solide, c'est un bateau bien né... » Il fit signe au Français de s'asseoir à la table, il apporta deux tasses, la cafetière fumante. Il se posa en face de lui, il tourna sans conviction sa cuillère dans le café. Il avait quelque chose à dire, les mots ne venaient pas. L'éclat trouble de son regard mettait le Français mal à l'aise. Rongo Walker s'éclaircit la gorge, il posa ses deux mains à plat sur le bord de la table, avança ses épaules comme pour se lever. Il se rassit de tout son poids au fond de la banquette. « Je vends le *Toroa*, Frenchie. » Le Français resta sans réaction, il mit un long moment à dérouler ce qu'impliquaient ces mots. Il allait protester, mais le skipper l'interrompit. « On ira pêcher la morue bleue en attendant, au large de Stewart Island. C'est la pleine saison, ça nous paiera les frais et un petit salaire... » Il interrogea l'équipier du regard. « Enfin, si t'es partant. » Le Français fit oui de la tête. Il n'avait pas d'autre projet.

Rongo Walker débarrassa les tasses. Le Français l'observa tandis qu'il les rinçait au-dessus de l'évier. Le capitaine semblait moins vigoureux soudain, le corps comme affaissé. Son aura s'était dissipée. Mais il en fallait davantage pour abattre un tel homme. Quelques jours au large, il changerait sûrement d'avis. « Je sais ce que tu penses. Ce qui s'est passé, Frenchie... » Il ne termina pas sa phrase, il essuyait les tasses avec un soin exagéré. « Je suis vieux maintenant, ces choses-là sont plus de mon âge. » Le ton était définitif. Le Français se leva, il sortit sur le pont. Il avait besoin d'air. Tout semblait si paisible dehors, on distinguait à peine l'agitation des docks de l'autre côté du bassin. Les eaux lisses de la baie scintillaient au soleil. Un jour rêvé pour naviguer, il n'y en avait pas trois par an sous ces latitudes. Le Français ferma les yeux, accablé de pensées. De là, où irait-il ? Il entendit la porte grincer dans son dos. « Viens m'aider avec le moteur... » Les deux hommes descendirent à fond de cale. Le compartiment moteur puait l'huile surchauffée, il y faisait très noir. Rongo Walker alluma sa torche, la tendit au Français. « Éclaire-moi... » Courbé en deux sous le plafond bas du compartiment, il vérifia les niveaux d'huile et d'eau, la tension des courroies. Il se baissa pour inspecter le presse-étoupe, qui empêchait l'eau de rentrer au niveau de l'arbre d'hélice, il rajouta un peu de graisse. Il grimpa dans la cabine pour mettre le contact. Le moteur s'ébranla avec peine, dans un boucan de fin du monde. Rongo Walker le fit monter peu à peu en régime pour le décrasser. Une épaisse fumée noire s'échappait de la cheminée, elle s'amoncelait en nuage au-dessus du rouf. Rongo Walker n'aimait pas ce qu'il entendait. Son moteur n'était plus le même depuis l'ouragan, il avait perdu sa puissance. Il était au bout du rouleau.

Ils reprirent la pêche trois jours plus tard. Rongo Walker frappa à la porte du Français à quatre heures et demie, les deux hommes avalèrent un café brûlant avec des biscuits secs avant de rejoindre le port. L'ambiance était fiévreuse sur les pontons, les marins s'agitaient dans le feu des projecteurs, tous saluaient le capitaine avec plus d'empressement que d'habitude, un peu de gêne aussi peut-être. Les deux hommes embarquèrent la vingtaine de casiers à morue que Rongo Walker avait récupérés, plus petits que pour la langouste, et plusieurs seaux remplis d'une bouillie infâme – les tripes de Paua qui serviraient d'appât. Le Français fut surpris de ne pas trouver Tamatoa à bord, lui qui était toujours le premier arrivé. En posant les pieds sur le pont, Rongo Walker lut sa surprise. Il baissa les yeux. « Tamatoa... » Il secoua la tête, imperceptiblement. « Il viendra plus, Frenchie... » Le skipper s'était efforcé de garder un ton neutre, mais un voile de chagrin ternissait son visage quand il releva la tête. Il tendit une main hésitante vers le bras du Français, il se ravisa à mi-course. « C'est toi et moi, maintenant... »

Ils franchirent Stirling Point bien avant le lever du jour, la flotte allait groupée ce matin-là, les feux rouges et verts des bateaux se balançaient en rythme sur un semblant de houle. Rongo Walker enroula le promontoire, puis il se dirigea vers l'ouest à travers le détroit de Foveaux, il voulait contourner Stewart Island par le nord. Les nouvelles du port passaient à la radio, il l'avait remontée la veille après avoir changé le transistor cramé – l'opération avait pris moins de cinq minutes. Il barrait en silence, son thermos serré sous le coude, il ne chantonnait plus comme les matins d'avant. Le Français avait repris sa place près du poste de barre. Il fixait l'horizon droit devant, les dernières étoiles avant l'aube. Il jetait un coup d'œil en coin quand le skipper passait d'un pied sur l'autre ou se raclait la gorge. Sa mine fermée rejetait tout échange.

Ils pêchèrent jusqu'au soir vers l'îlot de Codfish, au nord-ouest de Stewart Island, à portée de la côte. Rongo Walker mouillait ses casiers dans des passages étroits, hérissés de récifs. Le courant était puissant au pied de ces falaises, les vagues plus brutales qu'ailleurs. « Personne vient pêcher par ici, faut connaître le coin... » Mais la morue bleue abondait, ces fonds lui convenaient à merveille. « C'est qu'elle vit autour des cailloux, aye, jamais bien profond... Elle fuit les forêts d'algues... » Le travail était le même en moins pénible : les casiers, bien moins lourds, se maniaient sans effort. Après deux heures passées dans l'eau, on les relevait. À hauteur des bouées, Rongo Walker mettait au point mort, il sortait manœuvrer le vireur. Il aidait le Français à basculer les casiers par-dessus la lisse, il débloquait la trappe et les poissons culbutaient dans le bac de tri. Le capitaine comptait machinalement ses prises, sans montrer le moindre plaisir, il regagnait sa place à l'intérieur et le *Toroa* repartait de l'avant.

La morue bleue était une créature assez peu élégante avec sa robe brune virant au vert sale chez les individus matures, ses yeux globuleux collés sur le dessus du crâne, sa grosse bouche aux lèvres étrangement charnues. Elle avait un comportement tragique en présence des hommes : quand le casier sortait de l'eau, tous les poissons à l'intérieur frétillaient en cadence, mais dès que leurs bourreaux tiraient la cage sur le franc-bord, l'agitation cessait d'un coup comme s'ils avaient compris et qu'ils se résignaient. Le Français devait les tuer un par un en transperçant la tête d'un coup de poignard. Alors la queue des morues bleues se remettait à battre, elles se vidaient lentement de leur sang. Le Français leur fendait le ventre, il arrachait d'une main les branchies, les entrailles, il les jetait par-dessus bord, la tête des morues aussi, au grand bonheur des albatros et des pétrels qui suivaient partout le bateau. Le Français n'avait pas le temps d'admirer les oiseaux, la splendeur sauvage de ces îles – déjà, les bouées approchaient. Leurs journées étaient longues et monotones. L'absence de Tamatoa, l'affliction du skipper : le travail se faisait sans joie désormais, à bord du *Toroa*. C'était l'usine.

La pêche devint moins abondante après quelques jours. Rongo Walker décida de pousser plus loin. Il s'engagea dans le chenal qui séparait Codfish de Stewart Island, il obliqua vers l'ouest pour mouiller ses casiers sur les hauts-fonds de l'île. Le grand frais de la veille avait levé la houle, qui s'éventrait sur les récifs dans un tonnerre d'écume, mais le vent était retombé, grand beau, une visibilité parfaite. « Tu vois ces terres au loin,

Frenchie ?... » Une nuée d'îles et d'îlots émergeait de la brume, dans le sud, un peu à l'écart de la côte, elles semblaient flotter sur la mer. « Titi Islands, aye... » C'était la première fois que Rongo Walker s'animait depuis le retour du Fiordland. « Titi sera bientôt rentré !... Il niche sur ces îles au printemps, après son long voyage... » Rongo Walker débraya le moteur, il resta un moment à contempler le sud. « Des terres de nos ancêtres, il ne reste plus que ces îles... C'est le dernier endroit où nous autres, les Kai Tahu, on peut être nous-mêmes... » La houle et le courant drossaient le *Toroa* vers les premiers écueils. Quand il s'en rendit compte, Rongo Walker enclencha le moteur pour s'éloigner au large. Il n'avait pas la tête à son travail. « On a un mot pour ça : Turangawaewae, l'endroit auquel on appartient, où on peut se tenir debout... Moi c'est Taukihepa, la grande île que tu vois là-bas, celle qui dépasse au fond... » Il débraya de nouveau le moteur, il sortit sur le pont. Les deux hommes mouillèrent le premier casier sous un déluge d'embruns. Rongo Walker lança les deux bouées par-dessus bord, pendant que le Français appâtait le casier suivant. « Dans notre tradition, le Turangawaewae est l'endroit d'où on vient, celui des ancêtres... On a beau parcourir le monde, à la fin c'est là qu'on retourne... » Il aida le Français à porter le casier jusqu'au pied du vireur. « Pour toi Frenchie, c'est où ?... » Penché sur le piège, le Français fit mine de ne pas entendre. Rongo Walker passa la main sur sa moustache – il aurait dû savoir, éviter l'indélicatesse. « Peut-être qu'on peut se tenir debout n'importe où, aye... Qui sait ?... Faut juste trouver l'endroit qui veuille bien de nous, le respecter assez pour y mourir en paix... »

Ils rentrèrent à la nuit, après tous les autres. Le courant de marée les avait retardés. Le moteur du *Toroa* flanchait de plus en plus, sans que Rongo Walker puisse rien y faire. Il se traînait comme un vieillard, haletait tout autant. Les deux hommes se changèrent dans le bateau. Rongo Walker proposait d'aller boire un verre. C'était vendredi soir, la semaine avait été bonne, ils ne sortiraient pas le lendemain. Il y avait du monde dans Gore Street, l'éternel ballet des pick-up entre les deux pubs de Bluff. Rongo Walker dépassa la façade en brique de l'Eagle Hotel, avec son grand aigle yankee. Le capitaine ralentissait tous les vingt mètres pour saluer les gens d'un geste discret de la main. Sur le trottoir, en face de l'Anchorage, le Français reconnut la carrosserie verte au fin liseré jaune de la Fairmont GT. Rongo Walker s'arrêta en double file, dix mètres avant le pub. Il s'éclaircit la gorge. « J'ai une course à faire... » D'un geste du menton, il fit signe à son équipier de descendre. Le Français hésitait, main sur la poignée. « Vas-y, Frenchie !... Je repasse plus tard. »

Aussitôt entré dans le bar, le Français repéra la silhouette massive de Tamatoa, tassée sur une chaise au fond de la salle. Il buvait seul à sa table. Une pinte aux trois quarts vide était posée devant lui, on devinait à son regard que ce n'était pas la première. Le Tahitien sembla répondre à son salut d'un infime haussement de sourcils. Ou l'avait-il rêvé ? Le Français but une bière au comptoir. Il avait soif. Il en commanda une deuxième, il se tourna de nouveau vers la salle. L'air ténébreux du Tahitien, belliqueux pour tout dire, ne donnait pas envie de s'inviter. Pour occuper ses mains et son esprit, le Français demanda au serveur le *Southland Times* du jour. Il en feuilleta d'un œil distrait les pages, où il n'était question que des cours de la pêche, de la viande, du lait. La rubrique immobilière couvrait à elle seule la moitié du journal – partout, des terres à vendre. La météo en dernière page annonçait un coup de sud-ouest, trente à cinquante nœuds de vent, quatre mètres de houle sur les côtes de Stewart Island. Là-haut dans le Fiordland, elle dépasserait les six mètres. Des images de la tempête lui revinrent en mémoire, le bruit surtout, le mugissement interminable des rafales, la plainte des bordés emboutis par les vagues. C'était si loin, il avait l'impression d'avoir rêvé toute cette histoire.

Un grognement hostile lui fit lever la tête. « Hey Fucker !... » Un jeune Polynésien, physique trapu de talonneur, se dressait devant lui. Il était ivre mort, visiblement très en colère. Il montrait du doigt sa pinte sur le comptoir, un coin du *Southland Times* trempait dans la bière. Le Français replia son journal, il s'excusa d'un geste de la main. Le type ne le voyait même plus, il fit un pas vers lui, colla son front contre le sien. Le Français voulut le repousser, il n'en eut pas le temps – un crochet le cueillit à la tempe, il perdit l'équilibre et tomba en arrière. Il se recroquevilla, anticipant les coups de pied. Rien ne vint. Il entendit une chaise racler sur le plancher, un fracas de verre qui se brise. Il se redressa sur son coude, encore sonné. Quand il releva la tête, le type se débattait, plaqué au bois verni du mur. Tamatoa le tenait d'une main par le cou, bras tendu, ses jambes moulinaient dans le vide à un mètre du sol. Il suffoquait, le visage injecté de sang. Stupeur dans la salle, personne ne bougeait – ils connaissaient trop le gaillard pour s'interposer. Tamatoa tourna la tête vers le Français. « Ça va hé, Popa'a ?... » Voyant qu'il n'avait rien, Tamatoa relâcha son étreinte. Le type s'effondra de tout son poids sur le plancher. Il se traîna jusqu'à la porte, sortit sans demander son reste. Tamatoa empoigna le bras du Français, il le releva de force. Il se tourna vers le serveur, écarquillant les yeux. « T'inquiète, Tama, c'est lui qui t'a cherché... » Le serveur rit entre ses dents, un rire gras de fumeur. « Il l'a pas vue venir celle-là !... Doit pas être d'ici, c'est sûr... » Il posa deux pintes sur le comptoir. « Je pourrais t'embaucher comme videur mais là, j'aurais plus un client !... » Tamatoa empoigna les bières, il fit signe au Français de le suivre à sa table. Les deux coéquipiers burent leur pinte en silence, ils se dévisageaient. Le regard de Tamatoa avait un éclat effrayant. Il semblait totalement perdu, l'instant d'après on lisait dans ses yeux une détermination farouche. Il scruta le fond de son verre, surpris de le trouver vide. « Moi j'vais rentrer, Popa'a... » Il posa son verre sur la table, il souriait à présent. « Raiatea, retrouver ma montagne... » Tamatoa croisa les bras, il ne prononça plus un mot. Il était déjà loin, ses yeux semblaient chercher une île à l'horizon. Le Français était heureux pour lui, il se l'imaginait vieil homme au large du lagon, traquant le marlin bleu. Au bout d'un long moment, la grosse main de Tamatoa se posa sur la sienne avec une infinie tendresse. « Hé Popa'a, faut partir... » D'une moue, il désignait la rue. Le pick-up de Rongo Walker était garé dehors. Il attendait.

Les premiers Titi arrivèrent mi-octobre. Matin après matin, ils étaient plus nombreux. Certains erraient en solitaire à la recherche d'un banc de krill, de calamars ou de petits poissons. Parfois, une volée de plusieurs milliers ondulait tel un serpent entre deux îles, elle montait dans le ciel, redescendait sans heurt au ras de l'eau, elle défilait de longues minutes, soudain elle fondait sur un banc et blanchissait la mer, mêlée grouillante à la surface, qui s'écartait à contrecœur au passage du bateau. « Hey Frenchie, tu vois ces nuages ?... Les vieux disent qu'ils étaient beaucoup plus épais dans le temps... » Les Titi virevoltaient autour du *Toroa* quand les hommes remontaient leurs casiers, ils atterrissaient lourdement sur les vagues, ils se chamaillaient en attendant l'offrande des entrailles et des têtes coupées. Sur l'eau ils étaient moins gracieux, leur silhouette sombre et trapue, l'arrondi de leur crâne planté d'un bec épais leur donnaient l'air un peu pataud d'un canard. Rongo Walker prenait plaisir à les nourrir, il les observait longuement, il leur parlait avec douceur. « Bientôt, tous seront là... Ils sont allés au bout du monde, aye, maintenant ils reviennent... » Le skipper avait un air émerveillé en disant cela. Il avait lu quelque part que deux oiseaux nés au même endroit, côte à côte, pouvaient rallier les extrémités opposées du Pacifique – six mois après, ils se retrouvaient au point de départ. Rongo Walker en soupirait d'aise. « Faut qu'ils aiment nos îles... »

Un matin, au lieu de simplement toquer à la porte du Français comme il le faisait d'habitude, Rongo Walker lui parla à travers la porte. « Prends tes habits de ville, Frenchie, tu vas m'accompagner à la bénédiction... » Ils quittèrent le port à quatre heures au milieu des autres bateaux, la flottille en rangs serrés s'engouffra dans la passe à marée descendante. Cette fois, elle ne se dispersa pas au large de Stirling Point. Tous les bateaux allaient au même endroit, la plupart avaient à leur bord des femmes et des enfants, pas un ciré en vue, les hommes étaient endimanchés. Rongo Walker chantonnait au poste de barre, il écoutait à la radio les conversations des collègues, des échanges fébriles et joyeux de départ en voyage. Ils naviguaient sous un ciel immense. Les doigts roses de l'aube déchiraient l'ombre, derrière eux, quand ils arrondirent la pointe nord-ouest de Stewart Island, avant de basculer au sud. La procession passa sous le vent de Codfish, elle poursuivit tout droit vers les Titi Islands, rasant la côte. Ils passèrent au large de Mason Bay, dont la plage de sable blanc, parfait croissant de lune, tranchait avec le vert profond des forêts. Débordé par la pêche, le Français n'avait pas eu le temps d'admirer ces îles. Elles étaient magnifiques, tout y faisait contraste dans le soleil naissant : la roche noire des falaises, le blanc pur de l'écume, les dégradés de brun des landes et des maquis sur les flancs des montagnes.

La houle du sud avait forci, elle venait sur tribord, la charpente du *Toroa* piaulait dans les creux. Les souffrances de son vieil ami arrachaient des grimaces à Rongo Walker, il faisait de son mieux pour épouser les vagues. « Les anciens faisaient ce voyage à la rame, avec famille et provisions… » Quatre jours en pleine mer, à braver les dangers. La nuit, ils tiraient les pirogues sur une plage, ils dormaient abrités dessous. Il arrivait que la tempête les bloque pendant des jours au fond d'une crique, des semaines parfois. Ils attendaient que tout se calme, ils reprenaient leur route jusqu'à l'île où leur clan récoltait les Titi. Ils y restaient deux mois, sous des huttes de fortune. « Ça devait être quelque chose, quand le mauvais temps revenait… Les vagues sont si fortes là-bas qu'elles font trembler nos îles !… »

Ils pénétrèrent dans l'archipel, éparpillement de rocs et d'îlots qui paraissaient inaccessibles. Rongo Walker en déclamait les noms, il prenait plaisir à chacun. Mokinui… Kaimohu… Putauhina… Des volées de Titi frôlaient sans bruit les vagues, évitant les bateaux, leurs larges ailes, plantées sur un corps ramassé, dessinaient des milliers de croix noires sur le blanc du ciel. Une île dominait toutes les autres – deux montagnes pelées, aplanies par le vent, posées sur une épaisse forêt. « Taukihepa, mon île… » Il ne la quittait pas des yeux, ému aux larmes. « Ce coin perdu, Frenchie, c'est là que je me sens chez moi… Ma famille vient depuis toujours, elle a son bois là-haut pour la récolte des Titi… » Il contourna l'est de l'île, du côté de Stewart Island. Il menait la flotte à présent. « Enfant, je passais la saison ici, un mois dans la vieille cabane… C'était la joie à l'époque !… Le soir on chantait nos vieux chants, on riait beaucoup… » Debout avant le soleil, les familles travaillaient ensemble jusqu'au soir. Capturer les jeunes Titi au fond de leur terrier, plumer le duvet des oiseaux, les cuire dans leur huile, préparer les colis d'algues : tout se faisait à la main, sans précipitation, ce qui avait pour avantage de limiter l'ampleur des prises et leur impact sur l'espèce. « J'ai appris tout gosse à achever l'oiseau en lui gobant la tête… » Rongo Walker mima le coup de dents, il s'y voyait. Il passa la main sur son crâne pour évacuer le passé. « J'ai l'impression que c'est si vieux, tout ça… » Une ombre s'attarda sur les traits du skipper. « Aujourd'hui tout va plus vite, les gens viennent en hélicoptère… Certains apportent même des machines à plumer !… » Il hocha la tête, incrédule. « Ce qu'il faudrait, Frenchie, c'est revenir aux buts fixés par les anciens… » La récolte des Titi, leur préservation dans les algues, avaient permis aux premiers Kai Tahu de survivre aux hivers du Sud. Longtemps, les oiseaux s'étaient échangés sans argent, les Maoris de Bluff achetaient leurs denrées à crédit et, la saison venue, remboursaient l'épicier en lui rapportant des Titi. « Nos ancêtres étaient des gens de mer, ils connaissaient les lois de la nature… Chaque fois qu'ils faisaient quelque chose, cela avait un but. On n'attrapait pas trop d'oiseaux, juste de quoi tenir… Si maintenant les gens ont un salaire, s'ils ne récoltent que pour vendre, quel sens ça peut avoir ?... Cinquante ans en arrière, jamais personne n'aurait pensé à monnayer ce don des dieux !... » Rongo Walker s'était soudain tendu, un éclat de révolte enflammait son regard. « Les gens disent, Faut vivre avec son temps... Ils ne comprennent pas que l'argent corrompt le cœur des hommes, ils se jalousent, l'avidité leur retourne la tête !... Alors ils saccagent tout, ils en oublient les conséquences... » Rongo Walker se tut, asphyxié de colère. Il s'étira la nuque, les épaules. « Chaque fois je repense à la sagesse de Pio, au temps des premiers Pakehas... » Hamiora Tumutara Pio était un Maori de l'île du Nord, converti au catholicisme. Mais dans son vieil âge, à la fin du XIXe siècle, il avait renoué avec sa culture polynésienne. « Au missionnaire qui l'invitait à revenir à l'église, Pio a répondu, Garde ton ancêtre, je garderai le mien !... » Il parlait de Rangi, le Ciel, le père du peuple maori. « Pio a regardé le prêtre dans les yeux, et il a dit, Mon ancêtre à moi, c'est Rangi. Toi ton ancêtre, c'est Money... »

Rongo Walker guidait la flotte, il engagea le *Toroa* dans l'anse de Puwhai Bay, à l'abri de la houle. Les bateaux restèrent au mouillage, on débarqua leurs passagers à bord des annexes. Il n'y avait pas de ponton, rien qu'un rocher plat où il fallait sauter entre deux vagues, les hommes empoignaient les enfants, les vieillards, pour ne pas qu'ils tombent à la mer. Les gens se saluaient sans effusions, on lisait de la gravité sur les visages. Le Français reconnut les cuisinières du Marae, qui lui adressèrent un sourire, quelques pêcheurs du ponton B hochèrent la tête en le voyant. Les autres ignoraient sa présence.

L'assemblée s'ébranla, elle s'étira en file indienne sur le sentier pierreux qui montait vers les hauteurs de l'île. La pente était douce mais les vieux avaient de la peine, ils réclamaient un bras où s'appuyer, ils soufflaient pesamment. Le chemin longeait la falaise, avant de bifurquer dans un bois sombre. Autour d'eux pas un bruit, rien que le frissonnement des arbres dans la brise. Même les oiseaux, là-haut, tournoyaient sans un cri. « Titi est silencieux quand il voyage, en bon navigateur... » Rongo Walker murmurait par-dessus son épaule. « Mais quand il rentre chez lui sur nos îles, pas moyen de le faire taire !... Il grogne, il roucoule, il miaule si bien parfois qu'on dirait un chat... Le matin, quand les parents quittent leurs petits pour aller pêcher, il faut entendre le vacarme, c'est le grand chœur de l'aube, des milliers de familles en pleurs !... Ouuu-ooouh !... Ouuu-ohaaa !... » Les gens devant se retournèrent, une joie attendrie au visage. Ce chant, c'était toute leur vie. « Les adultes trottinent sur leurs palmes jusqu'au bord des falaises, ils se laissent tomber d'en haut comme des suicidés !... Alors un silence se fait... » Rongo Walker se tut, la marche l'essoufflait. Au virage suivant, le cortège fit une pause pour attendre les attardés. Rongo Walker sortit de sa poche un mouchoir, il s'épongea le front, le contour des pommettes. Les arabesques des oiseaux lui firent lever les yeux au ciel. « Étrange créature, aye... Le soir quand il rentre de pêche, Titi survole son terrier trois fois, zouf, il file au ras des arbres... Et d'un coup, il s'arrête juste au-dessus, il range ses ailes en plein vol et il se laisse tomber comme une pierre !... Ça fait un grand fracas de branches, l'oiseau s'écrase sur la terre... » Rongo Walker mima la chute et son issue, au grand bonheur des vieux qui riaient à demi, sans desserrer les lèvres. « Titi est sonné, sûr, dix minutes sans bouger !... Il lui faut ça pour se remettre, après il se traîne jusque dans son terrier... » Rongo Walker se mit à rire, une histoire lui revenait. « Je me souviens, nos voisins avaient construit leur cabanon pour les toilettes juste sur un terrier, ils ne l'avaient pas vu... » Tous les soirs, l'oiseau tombait en piqué sur le toit, il glissait le long des planches, on le retrouvait assommé au pied des toilettes. Le capitaine agita la tête, il n'en revenait pas lui-même. « Leur cabanon, nos voisins ont fini par le planter ailleurs !... »

Il était presque midi quand la troupe atteignit le sommet de l'île. La forêt s'éclaircit soudain, ils débouchèrent sur une lande jaunie par le sel et le froid. Sans même se concerter, les gens s'arrêtèrent, ils s'écartèrent un peu pour former un rang ordonné. Un petit groupe d'hommes et de femmes leur faisait face, une Maorie vêtue de noir s'en détacha sans hâte, marchant au-devant d'eux, elle se figea à quelques pas pour entonner son chant.

HAERE MAI !... HAERE MAI !... HAERE MAI !...

Sa voix vibrait douloureusement, comme sortie de la terre, ses aigus vous prenaient aux tripes.

Bienvenue aux voyageurs arrivés des lointains
Bienvenue à Taukihepa...

Les visiteurs s'étaient remis en marche, ils avançaient vers elle à pas comptés, sans la perdre des yeux.

Venez avec tous vos ancêtres
Que nous puissions leur rendre hommage
Pleurer tous ceux qui sont partis...

Son chant s'étirait jusqu'au bout du souffle, il s'effondrait alors, il se perdait en dissonances.

Bienvenue à nos invités
Tressons nos liens, tressons nos liens...

Sa main droite, tombée le long du corps, tremblait comme une feuille, comme l'air qui ondule en été, réchauffé par la terre. Elle balaya l'assemblée d'un geste gracieux, l'harmonie même, dans un sens puis l'autre.

HAERE MAI !... HAERE MAI !... HAERE MAI !...

Quand la voix retomba, tous s'immobilisèrent. Les deux groupes se toisaient, debout sur les herbes brûlées. Un vieil homme aux longs cheveux blancs se tenait droit dans la pente, derrière la chanteuse, une cape de plumes passée sur ses maigres épaules. Il s'avança, brandissant devant lui son bâton de chef.

Gloire au Tout-Puissant, le Dieu de nos ancêtres
Toi qui as créé l'univers d'où les hommes sont nés
Les cieux s'enflamment au-dessus de Rakiura
Ils chantent le retour de Titi sur nos rives
Dans ce monde de lumière...

Du haut de cette montagne, la vue embrassait toutes les îles. L'eau verte des criques scintillait au soleil, le vent du sud faisait courir des ondes à travers les forêts, l'herbe calcinée des clairières. Partout dans le ciel, des oiseaux – ils étaient des millions.

Guettez l'arrivée des trésors
La construction des nids, la saison des amours
Guettez la ponte et l'éclosion...

Veillez sur nos vieilles manières
Elles sont un don de Rongo, le dieu de la paix
Rassemblez-vous pour tout nouer ensemble
Chaque chose à sa place depuis l'éternité...

La cérémonie achevée, Rongo Walker se détourna vers l'océan. Une larme coulait sur sa joue, il l'essuya du revers de sa main. « Les Kai Tahu, on est comme ça... Dès qu'on met un pied sur nos îles, on se sent réunis avec les ancêtres... » Il souriait à présent. « C'est un lieu puissant, ici. Ça remue des émotions fortes – pas toujours agréables, aye, mais on en a besoin... » Il semblait apaisé, comme avant l'ouragan. « Cette montagne porte le nom de mon ancêtre, elle est mon ancêtre... » Dès qu'ils arrivaient quelque part, dans leurs voyages sans fin au gré du Pacifique, les anciens Polynésiens commençaient toujours par consacrer cette nouvelle terre en donnant à ses pics, à ses volcans, aux lacs et aux cours d'eau le nom, et donc l'esprit, de leurs dieux et de leurs ancêtres. C'est en nommant les choses, en les imaginant, qu'on chassait la peur d'être loin. Rongo Walker planta son regard sombre, pénétré de sagesse, dans celui du Français.

KO AU TE AWA, KO TE AWA AU...

Dans sa langue, la voix du capitaine se faisait rocailleuse. « Je suis le fleuve, le fleuve c'est moi – on entend souvent cette phrase... » Quand ils se présentaient dans les réunions, les Maoris récitaient les noms des montagnes, des lacs et des rivières auxquels ils étaient reliés, pour que les autres sachent qui ils étaient. C'était une manière aussi de rétablir le lien entre les vivants et les morts, les histoires qu'ils portaient. « Les Pakehas changent partout les noms, ils croient ainsi s'approprier la terre... Ça c'est leur grande affaire, jusqu'au jour où les autres peuples auront cédé jusqu'au dernier arpent !... Nous autres Maoris, on sait bien que la terre ne peut appartenir à l'homme – c'est l'homme qui lui appartient... » Rongo Walker passa la main sur son visage avec une infinie lenteur. « J'entends des gens qui disent, Il faut passer à autre chose... On s'excuse, vous oubliez... » Ses lèvres se pincèrent, comme s'il allait siffler. « J'en connais qui s'excusent auprès de leur femme au moins dix fois par jour, ça les empêche pas de mal se comporter !... Ce qui est difficile, c'est sentir la juste manière, celle qui permet à l'offensé de retrouver enfin la paix... » Le capitaine balaya du regard la lande, les monts jumeaux de l'île. « Le passé est là, devant nous, car nous l'avons vécu... C'est l'avenir qui est derrière, on attend qu'il se manifeste... »

Rongo Walker prit son équipier par le bras, il l'entraîna un peu plus haut, là où le sentier basculait sur l'autre versant. Il désigna au pied des bois une baie déchirée. « Notre terrain, pour la récolte, va de Murderers Cove au promontoire de Potted Head. Les Titi nichent dans les bois, là-bas... » Ces migrateurs, revenus avec le printemps, étaient occupés à nettoyer leur nid, le même que l'année passée, préalable éternel à la grande parade nuptiale. Chaque femelle pondrait un seul œuf – les hommes reviendraient à l'automne récolter les juvéniles, engraissés en vue du voyage. « Faut pas y aller avant, Frenchie, on les dérangerait... Les anciens nous l'ont interdit, ils savaient que Titi vient ici pour la paix... » Rongo Walker hocha la tête de haut en bas, il souffla par le nez. « Ceux qui défient ce tabou en paient toujours le prix... Une maladie leur vient, ils se perdent en mer... » Tape sonore dans le dos du Français, il roula de gros yeux. « Va pas là-haut, Frenchie, tu pourrais recevoir un Titi sur la tête !... »

On tira des nattes à l'orée du bois, les gens partagèrent un repas. C'était un vrai festin, il y avait trop de tout, à la fin le Français dut refuser qu'on le resserve. Ils s'attardèrent longtemps – personne n'avait le cœur à redescendre. Le soleil était déjà penché sur l'ouest quand ils reprirent le chemin de l'embarcadère. Rongo Walker décida de rentrer à Bluff en passant sous le vent de Stewart Island, par la côte est. La mer serait moins creuse, il se souciait des vieux – du *Toroa*, aussi. Mais les hommes doublaient à peine South Cape, à la pointe sud de l'île, quand le vent tourna. Il les prenait de face à présent, le *Toroa* piochait laborieusement dans une houle croisée. Rongo Walker chercha en vain le meilleur cap, il fut contraint de ralentir tant le caseyeur grinçait fort dans les roulées. Les autres bateaux de la flotte le dépassèrent, il se retrouva à la traîne, il les perdit bientôt de vue. Rongo Walker jurait entre ses dents contre l'adversité. À cette allure, il leur faudrait douze heures au moins pour rallier Bluff. Les lèvres du skipper laissèrent échapper une plainte, à mi-chemin de la colère et du découragement. « On va passer la nuit à Port Pegasus, aye... Comme ça on pêchera demain en remontant... » Il vira plein ouest, droit vers le rivage. Les monts de Stewart Island se découpaient, gris, bleu et noir, à contre-jour du soleil. Le *Toroa* navigua bientôt dans leur ombre. La côte, qui tout à l'heure semblait d'un bloc, se décomposa peu à peu : imprenables remparts, îlots éparpillés, une longue péninsule que Rongo Walker déborda par le nord. Ils empruntèrent un chenal étranglé entre deux murailles, brassé par un courant violent. La baie de Port Pegasus s'ouvrit devant eux, le vent ridait à peine ses eaux d'un noir profond, épargnées par la houle du large. Une abondante forêt dévalait la montagne, étirée par la pesanteur, ses arbres enchevêtrés avaient les pieds dans l'eau. Les cornes granitiques des monts Gog et Magog dépassaient de la brume.

Rongo Walker se dirigea vers un recoin sinueux de la baie. Une roche à fleur d'eau obligea le skipper à infléchir sa course, il redressa la barre quand elle fut derrière eux. « Evening Cove, aye… » Il se raidit soudain, les deux poings crispés sur la barre. Le Français suivit la ligne de ses yeux, braqués sur la rive. D'abord il ne distingua que des troncs, des feuillages. Puis il s'accoutuma à l'obscurité du sous-bois et alors, il le vit. Un cerf pointait ses bois majestueux à la lisière des arbres, dressé comme un totem, seule une tache blanche sur l'encolure le distinguait du paysage. Le capitaine ne bougeait pas, on aurait dit que ces deux-là échangeaient un regard. L'instant d'après, l'animal avait disparu. Rongo Walker tressaillit, comme tiré d'un songe. « Un White-Tail, aussi vieux que moi… On les entend dans la forêt mais on les voit jamais – on les appelle Grey Ghosts ici, les fantômes gris… »

Les hommes mouillèrent l'ancre, ils tendirent une aussière de la poupe aux arbres de la rive. Adossés au franc-bord, ils profitèrent de la lumière tremblée du crépuscule, qui faisait miroiter les quartz et les micas sur le granite sombre des falaises, le frôlement des branches montait comme un chant derrière eux, contrepoint du ressac. « Tu sais, Frenchie, je sens de plus en plus le monde ancien sous la surface des choses… » Rongo Walker courba le front, il souleva son bonnet pour se frotter le crâne. « La culture des Pakehas n'est qu'un vernis très fin, nos manières d'avant subsistent encore dessous... Les gardiens de nos feux ont su les maintenir vivants, malgré tout... » Des cendres avaient couvert les braises – dès qu'on soufflait dessus, elles rougeoyaient encore. Ce monde-là était réel pour ceux qui savaient, invisible aux yeux des autres. « On sent ces choses, enfant... » Un flot de vieilles images lui chiffonnaient le front. « Hakawai, ça te parle ?... » Cet oiseau gigantesque vivait dans la forêt, personne ne l'avait jamais aperçu mais certains soirs, il se faisait entendre. « Je n'y croyais pas trop, Frenchie, mais une nuit que je récoltais les Titi là-haut, sur mon île, un vieux a murmuré, Écoutez !... Ça c'est le Hakawai !... » Le capitaine tendit l'oreille vers un bruit imaginaire. « J'oublierai jamais ce son-là, comme un fracas de chaînes lâchées sur du ciment... Le Hakawai est passé tellement près au-dessus que tout le monde a baissé la tête !... » Il en tremblait encore, peur et excitation mêlées. « Avec l'âge, ça me revient. Je sens la présence des ancêtres, j'entends leur chant... »

Le ciel vira soudain au rouge, consumant les nuages, puis il s'éteignit subitement, la baie se retrouva plongée dans les ténèbres. Rongo Walker réchauffa le café, ils le burent debout près du poêle. « Je me suis beaucoup promené dans le monde des Pakehas... C'est mon avantage, aye – je peux passer d'un monde à l'autre alors qu'eux, ils n'entrent jamais dans le mien. Quand je retrouve le vieux monde, je suis surpris de constater combien l'autre est sans profondeur... » Il jeta un regard en coin à son équipier, soucieux de ne pas l'offenser. « Tu te souviens, Frenchie, les sculptures du Marae ?... C'est mon ami Cliff qui les a faites, Cliff Whiting, le grand artiste maori. Je l'ai aidé dans son travail, comme tous les gens d'ici... » Le sculpteur racontait l'histoire d'un chantier au Marae de Manutuke, sur l'île du Nord. Whiting devait en restaurer le vieux Tekoteko, le corps de l'ancêtre sculpté sur le pignon. On avait voulu le descendre mais il était trop lourd : la corde s'était brisée. « Les gars hurlaient là-haut, ils se tenaient la tête... Ce trésor si fragile, tombé du haut du toit !... Mais alors, on aurait dit que le temps s'était arrêté : ce n'était plus une chute, le vieux Tekoteko s'est mis à flotter dans le ciel, cette bille de bois dure comme la pierre, elle planait !... » Le Tekoteko s'était posé sur le dos. Aucun dégât, pas une marque. Tous les Kaumatua, les anciens de la tribu, s'étaient précipités pour caresser l'ancêtre, ils le réconfortaient. En grattant la mousse, un nom était apparu, gravé dans le bois : Rongowhakaata, glorieux ancêtre de leur clan. « Aussitôt, les anciens se sont souvenus des histoires où Rongowhakaata, quand il lui fallait voyager sur de longues distances, avait ce don : il se changeait en oiseau, et il s'envolait dans les airs... »

Ils piégèrent la morue bleue au large de Stewart Island jusqu'à la fin de l'été austral. La pêche était fructueuse, elle couvrait les frais du *Toroa*, assurait un salaire aux hommes. Le maigre excédent permettait à Rongo Walker de rembourser peu à peu son quota, celui qu'il avait pris pour la langouste. La saison des Titi commencerait à la mi-mars, le capitaine s'était donné jusque-là pour vendre le bateau. Il espérait ainsi solder ses dettes, il voulait prendre sa retraite sans rien devoir à qui que ce soit. Mais le *Toroa* n'intéressait personne, son moteur fatigué décourageait les gens, ils étaient rares, qui venaient visiter ce caseyeur en bois d'un autre temps. Une matinée en mer, et on ne les revoyait plus. Les jeunes pêcheurs cherchaient des unités modernes, en composite. Plus légères, elles consommaient moins de gasoil, l'entretien se faisait tout seul. Rongo Walker n'en disait rien, mais on voyait qu'il souffrait de cette indifférence. « De toute la flotte, pas un n'est plus marin que celui-là !... Aucun n'aurait tenu dans une tempête pareille... »

À l'approche de l'automne, le skipper dut se rendre à l'évidence : il ne vendrait jamais son vieux bateau. L'amicale des pêcheurs avait promis une aide au capitaine respecté qu'était Rongo Walker, de quoi se retirer sans perdre sa maison. Mais garder une place au port pour le *Toroa*, Rongo Walker n'en aurait plus les moyens. Il y avait aussi la peinture, les réparations, les pièces pour le moteur qui étaient hors de prix.

Un matin de mars, les deux hommes quittèrent le ponton B au lever du soleil. Cette fois, ils n'emportaient ni appâts, ni casiers. Les coffres sur le pont avaient été vidés, le vireur déposé, vendu à la ferraille. La cabine était nue, Rongo Walker avait trouvé preneur pour son évier, son poêle, la table du carré et tous les instruments, y compris la radio de bord. Ils longèrent les entrepôts d'Island Harbour, désœuvrés à cette heure. Ils laissèrent sur leur droite Old Wharf et ses piles de bois gangrenées, souillées d'algues et de coquillages, mais au lieu de filer au large, Rongo Walker vira à gauche vers le fond de la baie. Le vieux n'avait pas dit un mot depuis la veille, il ruminait sa peine. Le soleil rasant de l'aube braquait un faisceau blanc sur son visage, il labourait en profondeur les rides du front, les cernes sombres sous ses yeux. Le skipper mâchonnait des phrases en maori – une prière peut-être, un adieu. Il dévisagea le Français, une inquiétude au fond des yeux. « Tu te souviens d'*Hokule'a*, Frenchie, la pirogue des Hawaiiens ?… » Avant de rencontrer Mau Piailug, les gens d'*Hokule'a* s'étaient longtemps cherché un maître dans toute l'Océanie. Ils avaient fini par trouver un vieux navigateur aux Santa Cruz, poignée d'îles oubliées à l'est des Salomon. « Le vieux s'appelait Tevake, un grand navigateur… Tevake a écouté leur histoire, il a dit, On verra. Six mois plus tard, une lettre est arrivée à Honolulu... » C'était la fille de Tevake : son père n'était plus de ce monde, il avait disparu en mer. « Un matin le vieux s'est levé, il a salué tous les siens... Tevake a armé la pirogue de son père, qu'il ne sortait que rarement, pour les grandes cérémonies, il est parti au large et il n'est jamais revenu... » En se remémorant le matin du départ, les proches s'étaient rappelé l'air grave qu'il avait en faisant ses adieux. Avait-il aperçu en rêve sa mort prochaine ? Sans doute avait-il décidé, simplement, qu'il était l'heure de s'en aller. Rongo Walker passa la main sur ses yeux, il lissa sa moustache grise, sa barbe négligée. « Nos navigateurs faisaient ça dans le temps. Ils se choisissaient une vie sur l'océan, c'est là qu'ils choisissaient la mort... »

Les docks du port artificiel étaient derrière eux, maintenant. Vers l'ouest, la carcasse oxydée des frigos d'Ocean Beach, abandonnés depuis des lustres, hantait le rivage. Le *Toroa* se traînait à cinq nœuds vers Greenpoint. On apercevait déjà les joncs du marécage, les membrures des épaves qui surgissaient de l'eau. « Rotten Row, aye... L'impasse de la pourriture, c'est comme ça que les gens l'appellent... » Rongo Walker bloqua la barre à droite, il la ramena avec douceur. Le *Toroa* décrivit une courbe harmonieuse, il s'éloigna d'abord pour prendre son élan puis il chargea droit sur la berge. « Accroche-toi, Frenchie… » Rongo Walker poussa les gaz à fond, il serra la barre de toutes ses forces, il garda les yeux grands ouverts au moment de l'impact. L'étrave piocha dans la vase, elle creusa un sillon profond, sa course s'acheva au milieu des roseaux. Le moteur palpitait encore, d'un coup il s'arrêta de battre. Les vibrations avaient cessé. Le *Toroa* s'affaissa sur bâbord. Il s'immobilisa. Silence.

Les deux hommes restèrent un long moment à fixer la proue, sidérés. Échouer ainsi un bateau, c'était contre nature. Ils se regardaient sans rien dire, à présent – il n'y avait pas de mots. Rongo Walker lâcha la barre, il recula d'un demi-pas. Il rajusta avec soin son bonnet. « Allez viens, Frenchie… » Ils sortirent sur le pont. Le capitaine referma la porte du rouf, il appuya bien fort pour qu'elle ne s'ouvre plus. Les deux sloops anonymes, amarrés au poteau de bois, gisaient toujours serrés l'un contre l'autre, amoureux jusque dans la mort. « Bientôt, j'irai en face… » Le Français tressaillit en entendant ces mots, il n'était pas certain qu'ils s'adressaient à lui. Rongo Walker ramassa l'échelle qu'il avait emportée, il la passa par-dessus bord, la cala au pied de la coque. Le Français lui fit signe de descendre. « Non, toi d'abord… » Le capitaine aida son équipier à enjamber la lisse, il lui tint l'échelle à deux mains. Son tour venu, il cala ses pieds sur le dernier barreau, il caressa le bois des bordés devant lui, il prononça des mots que le Français ne put comprendre. Ses pieds s'enfoncèrent dans la vase quand il sauta, il souleva l'échelle et la passa sur son épaule, il s'éloigna dans les roseaux sans un regard au *Toroa*.

Ils rentrèrent à pied jusqu'à Bluff. Là-bas, les grues du port cisaillaient l'air au-dessus d'un cargo. La vie reprenait. Ils dépassèrent les ruines d'Ocean Beach. Rongo Walker marchait d'un pas lourd sur les cailloux du bas-côté, courbé sous le poids de l'échelle. Il partait pour Taukihepa dans quelques jours, préparer la récolte. Il resterait deux mois sur place, jusqu'au départ des derniers oiseaux. Pour faire la saison des Titi, il fallait être maori, justifier de liens ancestraux avec les îles. « Tu iras où, Frenchie ?... » Il y avait dans le ton un souci paternel. « Je ne vois rien pour toi ici... »

Ils atteignirent bientôt les premières maisons de la ville, les hautes cuves à carburant. Les trois pontons du port de pêche étaient en vue quand un fracas de moteur leur fit tourner la tête. La Fairmont GT les dépassa au ralenti, sa carrosserie vert sombre lustrée à éblouir. Un jeune Maori tenait le volant d'une main, lunettes noires et blouson de cuir, il les salua d'un geste nonchalant. Le feulement rauque du V8 tourna au scandale quand il accéléra. « Toi aussi Frenchie, tu devrais rentrer au pays. Trouver à t'installer... » Le Français sourit sans répondre, il ralentit le pas. Rongo Walker s'arrêta pour l'attendre. « Tu vas marcher, c'est ça ?… Rebrousser chemin jusqu'au nord… » Il étouffa un rire, il se remit en route et son équipier après lui. Au bout de quelques mètres le capitaine se ravisa, il barra la route au Français. « Fiordland, aye, ça c'est pour toi !… Disparaître dans la forêt… »

Ils récupérèrent le pick-up à l'entrée du port, passèrent acheter des beignets chez Stella, deux grands cafés à emporter. Ils roulèrent vers le sud et se garèrent sur le parking de Stirling Point. La route n'allait pas plus loin. Ils déjeunèrent dans la voiture, le café leur brûlait les doigts à travers les gobelets en carton. La passe était tranquille à ce stade de la marée, juste avant la bascule. Une longue houle, régulière, parcourait les eaux du détroit. Les pics de Stewart Island retenaient les nuages gris montés du sud, on devinait sur l'horizon le rideau mouvant d'une averse. Le vieux phare blanc ne brillait plus – il était tard. Le Français se pencha pour jeter un regard au promontoire d'Old Man's Bluff, qui semblait posé là de toute éternité. Rongo Walker plia méticuleusement le papier gras des beignets, il s'essuya la bouche. Il se tourna vers le Français, les mots au bord des lèvres. Il les ravala. Il tourna la clé de contact. « J'ai tout le temps, Frenchie, je t'emmène là-bas… » Il enclencha la marche arrière. « Je vais te déposer au début du chemin… »

Tevake

J'ai quitté Nifiloli sans rien expliquer à personne. J'ai salué les miens, Je pars. On sort jamais seul du lagon. S'aventurer en mer, c'est quelque chose… Les gens du village ont pensé, Tevake est un navigateur, le plus fameux des Santa Cruz. Sûrement, il sait ce qu'il fait. Ils ont cru que je partais pour Pileni, l'île jumelle. Ma famille est de là. Vingt milles à peine sur l'eau bleue, en plein vers le couchant. Même aveugle, j'irais… Ils ne se sont pas inquiétés. Maintenant ils savent.

Là où je vais, il n'y a pas d'île.

Pileni est loin derrière moi. Je l'ai dépassée dans la nuit, j'ai vu ses feux sur le rivage. Le vent me pousse, il souffle fort en cette saison, des semaines sans retomber. Naviguer plein ouest, c'est qu'on n'a pas peur d'aller vers la mort. Ce chemin-là, on le prend tous. Il est solitaire pourtant. L'ouest, c'est la fin – là où vont les âmes. Le grand volcan Tinakula grondait dans le noir l'autre nuit. Au lever, j'ai reconnu son long nuage gris. Il est différent ce nuage, à soixante milles on le voit. Tinakula, les esprits des morts y descendent se purifier. Plus à l'ouest on ne trouve rien, plus rien que l'eau bleue. Les anciens le savaient, ceux qui ont pêché toutes nos îles. N'allez jamais plus loin que le Tinakula, voilà leurs mots. Après c'est la Mer sans Retour. Est-ce que je basculerai là-bas, où l'océan finit ?...

Je suis pas perdu, comprenez. Je sais me retrouver sur le Grand Océan. Je sais où, car je l'ai appris, je sais sous quel astre se trouvent toutes les terres connues. Je connais les chemins d'étoiles, les oiseaux, tous les signes... Sans voir le ciel pendant trois jours, je trouve une passe étroite entre deux roches. C'est la houle qui me guide. Te Lapa m'aide aussi, les éclairs sous l'eau qui dansent en profondeur. On voit toutes sortes de lumières la nuit quand on est seul en mer. Les reflets de la lune et des constellations, ça tremble en surface. L'éclat jaune-vert qui brille là où l'eau brasse dans le sillage du Vaka, ou quand les poissons jouent avec ses vagues. Les feux des hommes qu'on aperçoit très loin, les objets enflammés qui traversent le ciel... On voit aussi des choses qu'on peut pas expliquer, des traînées rouge orange, des boules qui se déplacent. Ça c'est Te Akua, les feux du Diable !... Faut regarder ailleurs... Te Lapa, ça fait des filaments bien clairs, comme foudre dans le ciel. Quand les grains vous égarent, ça sauve. Te Lapa lance ses flèches depuis la terre, jusqu'à cent milles au large, suffit de remonter la trace. Quand on voit l'île, ces éclairs s'éteignent d'un coup. Personne peut vous expliquer ça. C'est la magie de l'océan... Te Lapa brille plus fort les nuits de pluie, quand les nuages mangent le ciel. Ça suffit pour barrer, si les yeux savent voir. Faut connaître la différence, si ça vient des récifs de Matema, d'Utupua ou de Vanikoro... Te Lapa brille pas tout le temps, faut savoir guetter ses éclairs. Naviguer c'est être attentif, garder les yeux ouverts en grand, sentir plus fort. Si seulement on mettait le même soin à tout, dans la vie...

Ma voile est pleine, ses cornes là-haut vont chercher le vent jusqu'au fond des creux. On dirait une pince de crabe. Nos femmes l'ont tressée, serré serré, avec les feuilles du pandanus. Ce Vaka, je le prends jamais. C'est la pirogue de mon père. *Te Puke*, la pirogue des grands voyages avec son balancier, la hutte où s'abriter, les charpentiers de Taumako la fabriquent depuis mille ans sans rien changer à leurs manières. Avec elle on peut aller loin. Elle a pas peur du mauvais temps, sa coque est bien fermée, l'eau rentre pas. Cette pirogue est ancienne, elle parcourait les routes bien avant ma naissance. Elle a trouvé toutes nos îles. L'océan est si vaste – un trait blanc sur ce bleu, aussitôt il s'efface... On croirait être le premier à ouvrir une route et après nous, personne. La vérité, c'est autre chose : la route est éternelle, elle renaît à chaque voyage. Sur les chemins d'étoiles il n'y a qu'un sillage, le même hier et demain, celui que les ancêtres ont creusé dans le temps. Faut pas quitter de vue le ciel, l'ordre est écrit là-haut. Dès qu'on s'écarte, on est perdu.

Il y a longtemps, jeune homme, j'ai quitté Nifiloli avec des passagers pour Taumako dans le Levant, là-bas aux îles Duff. Je suis parti en fin d'après-midi, comme je fais toujours. J'aime naviguer sous les étoiles quand le ciel est dégagé. On peut pas se sentir plus libre dans ce monde !... Soixante milles à peine entre Nifiloli et Taumako, le chemin est facile si on est préparé. Faut naviguer sous le Crabe quand le soir tombe, puis viser Tavau. Cette nuit-là était claire, la brise me portait. J'avais bien observé les couleurs au lever, les nuages annonçaient rien de mal. C'est mystérieux le ciel, il vous cache des choses... On pouvait compter les palmiers sur la plage de Taumako quand le vent a tourné, tempête du nord-ouest !... Je touchais presque l'île mais avec ce vent-là, pas moyen de franchir la passe. Alors j'ai mis à l'eau la petite pirogue à rame que j'emporte toujours sur mon Vaka pour débarquer, j'ai chargé dessus les hommes et leurs affaires, ils ont pagayé jusqu'à terre. Me voilà seul sur mon bateau, je pars à la dérive avec ce vent contraire !… Quand ça souffle comme ça, faut affaler la voile et décrocher le mât, balancier face au vent. Attendre que ça passe.

Après deux jours, le vent soufflait toujours du nord. J'ai décidé de remonter mon mât avec la voile et j'ai fait demi-tour. J'allais me réfugier à Tikopia, loin dans le Sud… La mer était en grand désordre mais comme elle me poussait, *Te Puke* volait sur les vagues, la pince de sa voile claquait dans le vent. Les nuages noirs avalaient le soleil, les étoiles aussi. Mais je connais la Longue Houle qui vient du sud-est. Celle du nord-ouest aussi, Houle de Mer – elle lève la poupe sans tangage. Je me retire dans la hutte, là je m'allonge au calme. Je ferme les yeux et j'étudie la danse du Vaka.

Trois jours à barrer sans dormir, c'était un grand combat. Mais Tikopia est venue jusqu'à moi. Faut être fin navigateur pour la trouver, cette île, rien qu'un petit volcan au milieu de l'eau bleue… Tikopia est sortie de l'eau au matin. J'allais juste accoster quand la brise est tombée, plus un souffle. Le courant m'a porté au large… Le lendemain après-midi, le vent est monté du sud-ouest. J'ai mis le cap sur l'île d'Anuta. Mais le soir, le vent est revenu au nord… Il soufflait fort, pas moyen de gagner la terre. Cette fois, je me suis dit, Mon pauvre Tevake, pas une île veut de toi !…

Je pouvais pas rester planté sans voile dans cette mer, à attendre que ça bascule – j'étais trop exposé. Je me suis souvenu de Tikopia, quand j'y étais allé plus jeune : le soir sous la maison des pirogues, les navigateurs chantaient les chemins d'étoiles du Sud, ceux des Nouvelles-Hébrides... C'est très loin de mon île, trois ou quatre cents milles, mais la mer me chassait là-bas. On peut pas aller contre... J'ai pointé la proue vers le sud, j'ai poursuivi ma route. Le vent avait forci, il a soufflé deux jours encore. À la fin, je me suis retrouvé sur un rivage que je connaissais pas, là-bas dans les îles Banks... Mon Vaka avait résisté, mais la tempête l'avait blessé. J'ai réparé ce que j'ai pu et je suis reparti. Le vent n'était pas favorable, j'ai dû m'y reprendre à trois fois. À force de persévérance, j'ai fini par rentrer chez moi. Les pêcheurs de Nifiloli m'ont vu venir de loin. C'était la grande peur au village, les femmes et les enfants criaient, Un fantôme !...

Sur l'île des Banks où j'avais échoué, il y avait un missionnaire. La vie est étrange, parfois. C'était le père Basil, celui qui m'a donné mon nom chrétien à la naissance – ce nom, je veux plus m'en souvenir. Pendant que j'étais là-bas, le cargo de la mission mélanésienne est venu. *Southern Cross*, même nom que l'ancien, le vieux navire à voile de Patteson. Vous connaissez pas cet homme-là, l'Anglais Patteson, premier évêque de Mélanésie ?... Il est venu jusque dans nos îles avec sa Bible. Ce qu'il voulait, c'était tuer notre savoir, les mots des ancêtres. Du temps de mon grand-père, à peine hier… Les Oiseaux Noirs rôdaient encore dans l'archipel, ces marchands cherchaient des esclaves pour couper la canne des Blancs, ramasser le coton, ils les emmenaient de force dans les plantations du Queensland, des Fidji ou des Samoa… À Nukapu, près de mon île, les Oiseaux Noirs ont enlevé cinq hommes, ils leur ont promis des merveilles pour les faire monter à bord, ils les ont enfermés dans la cale du grand bateau. Le plus jeune, Tueina, a tenté de s'enfuir en se jetant à l'eau, ils l'ont tué avec leurs fusils. Ils ont jeté son cadavre dans l'océan, sans cérémonie, sans un chant… Les autres sont partis, ils ne revenaient plus.

Alors quand l'évêque Patteson a débarqué sur l'île dans ses drôles d'habits… Celui-là ou un autre, fallait venger les disparus. Comprenez : les pirates et l'Église, c'était pareil pour nous. Les bateaux des missions emportaient nos enfants, les Oiseaux Noirs prenaient nos hommes… Après ils sont venus faire leurs guerres chez nous, ils ont tout détruit. J'étais né, j'ai tout vu !… Regardez maintenant, il nous reste plus rien de tout ce qu'on avait. Je le dis sans colère, car c'est la vérité. L'océan est plein de fantômes. Nos morts sont là, ils nous regardent.

Patteson se reposait sous la maison des pirogues, l'oncle de Tueina lui a broyé le crâne d'un coup de massue. Les gens de Nukapu ont voulu creuser une tombe au bord de la forêt. Mais les marins du *Southern Cross* se sont mis à tirer sur la plage avec leurs fusils et les villageois ont pris peur. Ils ont couché Patteson au fond d'une pirogue, ils ont posé des palmes sur sa poitrine, avec des nœuds, un charme de chez nous pour que l'esprit du mort revienne pas hanter les lieux... Les hommes ont porté la pirogue par-delà le récif, ils l'ont poussée vers le voilier. Quand les marins du *Southern Cross* ont hissé leur chef, ils ont vu les plaies sur son corps, cinq entailles qui saignaient encore... Cinq, comme nos disparus. Les Anglais ont pas pardonné la mort de Patteson, leur cuirassé de guerre a détruit le village. Des canons, des fusils contre nos arcs et nos lances. Ils ont tué trente hommes et brûlé toutes les maisons, ils ont détruit nos cultures, même nos vieilles pirogues...

Les hommes de Nukapu s'étaient envolés pour de bon, partis avec les Oiseaux Noirs. Mais un jour, deux sont revenus. Ils ont réussi à s'enfuir de leur plantation aux Fidji, ils ont volé une pirogue. Le navigateur, c'était Bakapu. Il avait gardé en mémoire les étoiles, les houles. Mille milles sans se perdre à travers le Grand Océan !... Dans nos îles, on connaît la mer. C'est dans le sang, tout ça. On est comme les oiseaux, ceux qui voyagent au bout du monde. Chaque année ils reviennent. Ils retrouvent le nid. Ils savent d'où ils sont, c'est le plus important. Un jour, je naviguais avec un Blanc qui voulait apprendre de moi. C'était la saison des orages, on voyait même pas le soleil. Il m'a demandé, Tu sais encore où est ton île ?... Sa question m'a fâché. Bien sûr que je sais où elle est. C'est mon île !...

Si je voulais, je rentrerais chez moi. Mais je rentrerai pas. Tout est si compliqué maintenant, j'ai parfois du mal à savoir qui je suis. Ce monde est comme moi, il glisse vers une terre qui n'existe pas. Le monde du dehors, celui qu'on nous apporte. Plus moyen de faire demi-tour. Personne sait d'où il vient. Ce que les hommes fabriquent, ça marche pas. Où ça pourrait mener ?... Le monde est en dérive et au bout, on trouvera rien. Voilà ce que je pense. Ma place est où sur ce Vaka ?...

Ma paix, elle est au large. Quand je navigue, tout s'éclaire. Je sais qui je suis. Les lois de la mer sont très simples, les lois de la nature – elles vous obligent à être honnête. La mer est tantôt douce comme une mère, tantôt elle prend la vie des hommes. Quand nos anciens ont fait sortir les îles du Grand Océan, ils ouvraient les chemins. Je me dis souvent, Quel courage !... Ils avaient pas peur de mourir, parce qu'ils savaient ce qu'ils faisaient, pourquoi ils le faisaient. Pour eux, c'était important. Ils aimaient beaucoup l'océan, pas de doute... Remplis-toi d'amour pour la terre, pour le ciel et la mer, voilà ce qu'ils chantaient. Alors seulement tu pourras t'y aventurer. Si tu as du respect pour elle, la nature t'aimera.

J'ai pas peur de me perdre. Je suis un homme. En mer, je traverse le temps. Je vois tout le passé dans ce miroir. L'esprit, ça va profond. Je me sens relié. Les ancêtres sont là, autour, leurs voix me guident. Le vent et les chemins d'étoiles, la houle qui danse mon Vaka – tout ça c'est le chant des ancêtres. Comme eux, j'appartiens à la mer. Je suis la mer.

Ma pirogue est si belle, elle précède les vagues. Elle a jamais blanchi le bleu de ces eaux-là. Si j'étais le premier ?...

Là où je vais, il n'y a pas d'île.

Remerciements de l'auteur

Ce livre est fait de rencontres et d'histoires partagées, d'amitiés solides. La courtoisie, la belle hospitalité, la profondeur d'esprit des gens du Pacifique m'ont accompagné tout au long du voyage. Je veux leur exprimer ici toute ma reconnaissance.

À Tahiti, je tiens à remercier l'ami Christian Robert et son épouse Titaina ; Monette Aline et Christian Picard ; Patrice Colombani et l'équipage du *Tuhaa Pae IV*. À Huahine, Ivanui et Varney Ebb, l'écrivain Chantal Spitz. À Raiatea, Vairea Paraue et les siens, Tamatea Ruahe. À Rapa, Michel et Titaua. Aux îles Fidji, Ariela Zibiah, Aaron, Lalai et les siens, Alison Newell, Jackie-Anne I Ete, Larry Thomas. Aux Samoa, Sita Leota. En Nouvelle-Zélande, le photographe John Miller, qui m'a ouvert tant de portes ; les artistes Chris Booth et Alex Nathan pour leur aide précieuse ; les écrivains Patricia Grace, Fiona Kidman et Brian Turner ; Sarah Dennis et Dominique Santini ; Ariana Tikao et tout son whanau ; Winston Roberts ; Shaun Barnett et Craig Potton qui m'ont guidé dans mes explorations de l'île du Sud ; Lynette Shum pour sa fine connaissance de l'histoire du *Ventnor* ; Andrea Hopkins ; Lindsay Beer et Rosi Coyle à Bluff ; Beccy Horder ; Anthony Chadwick à Te Kaha ; Tame Iti et Tamati Kruger ; Maata Wharehoka à Parihaka ; Michael Stevens et Te Maire Tau, Nick et Kim Cousins, Annie Baigent, Adan Te Huia, Wayne Abbott, Martine Marshall, Sue Baker Wilson, Franki James ; Bruce Reay, le trappeur du Fiordland. À la mémoire d'Andy Dennis, George Ehau et Teresia Teaiwa.

Toute ma gratitude à Christine, Pablo et Ulysse. À l'ami Frédéric Dalléas.

Je tiens à remercier Benoît Heimermann, Manuel Carcassonne et Émilie Pointereau pour leur confiance et leur soutien dans ce projet.

Ce livre a bénéficié d'une bourse de création du Centre national du livre, d'une résidence d'écriture au Randell Cottage de Wellington (avec le soutien de l'Ambassade de France en Nouvelle-Zélande), et d'une résidence au sémaphore du Créac'h, à Ouessant (association CALI, avec l'aide du Conseil régional de Bretagne).

*Cet ouvrage a été composé
par PCA à Rezé (Loire-Atlantique)
et achevé d'imprimer en novembre 2017
par CPI Brodard et Taupin
à La Flèche (Sarthe)
pour le compte des Éditions Stock
21, rue du Montparnasse, 75006 Paris*

Stock s'engage pour l'environnement en réduisant l'empreinte carbone de ses livres. Celle de cet exemplaire est de :
950 g éq. CO_2
Rendez-vous sur www.editions-stock-durable.fr

PAPIER À BASE DE FIBRES CERTIFIÉES

Imprimé en France

Dépôt légal : janvier 2018
N° d'édition : 01 – N° d'impression : 3026107
21-02-4459/7